古典文獻研究輯刊

二三編
曾永義 主編

第 10 冊

模式與意義：六朝器物詩賦研究（上）

張鏽樺 著

國家圖書館出版品預行編目資料

模式與意義：六朝器物詩賦研究（上）／張鏽樺 著 -- 初版
-- 新北市：花木蘭文化事業有限公司，2021〔民110〕
目 4+184 面；19×26 公分
（古典文學研究輯刊 二三編；第 10 冊）
ISBN 978-986-518-349-3（精裝）
1. 六朝文學 2. 詠物詩 3. 賦
820.8   110000427

ISBN-978-986-518-349-3

9 789865 183493

古典文學研究輯刊
二三編 第 十 冊
ISBN：978-986-518-349-3

模式與意義：六朝器物詩賦研究（上）

作　　者　張鏽樺
主　　編　曾永義
總 編 輯　杜潔祥
副總編輯　楊嘉樂
編　　輯　許郁翎、張雅淋　美術編輯　陳逸婷
出　　版　花木蘭文化事業有限公司
發 行 人　高小娟
聯絡地址　235 新北市中和區中安街七二號十三樓
　　　　　電話：02-2923-1455／傳真：02-2923-1452
網　　址　http://www.huamulan.tw 信箱 service@huamulans.com
印　　刷　普羅文化出版廣告事業
初　　版　2021 年 3 月
全書字數　300013 字
定　　價　二三編 31 冊（精裝）台幣 82,000 元

模式與意義：六朝器物詩賦研究（上）

張鏽樺　著

作者簡介

張鑛樺，女，1982 年 5 月生，臺灣台北人。輔仁大學中國文學碩士、博士。主要從事六朝文學、中國古典詩歌研究。曾教授中國文學史、大學國文、詩選等課程。代表作有：〈以焦慮為良師——從蒲松齡的〈畫皮〉談文本暗示和教學策略〉、《永明新變說再探——以詩樂分離為起始的討論》、《模式與意義：六朝器物詩賦研究》。

提　要

　　本文以雷德侯（Lothar Ledderose）提出之「模件化」為間架，藉助孫機、揚之水、巫鴻等先生的物質研究成果，對器物書寫的淵源／流變、動因／成果、本質／價值提出新的解釋。

　　先秦為器物書寫模式的初始型、原始型，漢代則是器物書寫的成型期，王褒等賦家具體地展示了由材料至道德意涵的文章架構。魏晉是器物書寫的換型期，此時最重要的改變是將「功能」置移於「材料」之前，立基於現實，有意去聖、崇尚簡樸。南朝是器物書寫的轉型期，受到文學內、外部發展影響，前代的幾個構件在五言八句的詩作中共同往「整體」融匯。

　　草木無情，人有所感，東漢末年以降的推移之悲普遍反應於六朝詩文，器物書寫也存此底蘊。通過對器物的留連，魏晉器物賦觸及了一種「懸置時間」的可能，而南朝器物詩對「片刻」的強調，也不妨視為「瞬間」形式的創造——以從「線性」和「循環」的時態中暫時解脫。

　　本文最末涉及畫屏風、畫扇和塑像贊。題面有器，但在內容中都略去了器體的物質性：依違於器體的有無，是詠器物題材的擴張；依違於物質與非物質之間，「畫‧像」一類的「非典型」，使得「歌詠」（詠物）完全發揮了它的作用——我們之所以讀出盎然興味，不是因為「屏風」，而是因為文學、因為文字。

上 冊

第一章 緒 論 …………………………………… 1
　第一節　研究動機 …………………………… 1
　第二節　相關研究綜述 ……………………… 6
　第三節　定義與範圍 ……………………… 14
　　一、物 ……………………………………… 14
　　二、物質 …………………………………… 18
　　三、器物 …………………………………… 21
　　四、日常／近身 ………………………… 25
　第四節　章節安排 ………………………… 26
第二章 雛型——先秦器物觀念與書寫演化 … 29
　第一節　〈彈歌〉與上古器物的泛禮化 …… 30
　第二節　先秦器銘 ………………………… 39
　第三節　模式的先驅——荀子〈箴賦〉 …… 42
第三章 原型——漢代器物觀念與書寫演化 … 47
　第一節　日常化——李尤銘器 …………… 48
　第二節　銘、賦離合 ……………………… 57
　第三節　無座之銘 ………………………… 62
　第四節　「規矩」的器物 ………………… 65
第四章 成型——魏晉器物觀念與書寫改向 … 73
　第一節　魏晉的器物認知維度 …………… 75
　　一、德行指標：以儉為好、以樸為貴 …… 75
　　二、取用傾向：科技發達、重視巧藝 …… 77
　第二節　魏晉器物賦的品項 ……………… 81
　　一、前代已見 ……………………………… 81
　　　（一）扇 ………………………………… 81
　　　（二）枕 ………………………………… 85
　　　（三）筆 ………………………………… 86
　　　（四）紡織工具 ………………………… 91
　　　（五）燈 ………………………………… 92
　　　（六）樂器 ……………………………… 95
　　　（七）遊藝器 ………………………… 100
　　二、前代未見 …………………………… 104
　　　（一）衣住行 ………………………… 105
　　　（二）機械技術 ……………………… 113

（三）武備用品 ……………………………… 119
（四）藝術審美 ……………………………… 121
（五）宗教信仰物品 ………………………… 130
三、小結 ………………………………………… 132
第三節　魏晉器物賦的書寫模式 ……………………… 133
一、以「功能」為取向 ……………………………… 133
（一）基本功能 ……………………………… 133
（二）信仰功能 ……………………………… 139
（三）遊慮功能 ……………………………… 142
二、以「殊料」為取向 ……………………………… 145
（一）出自崇山 ……………………………… 145
（二）來自他鄉 ……………………………… 148
（三）來自異國 ……………………………… 152
三、以「去聖」為取向 ……………………………… 157
（一）隱士 …………………………………… 159
（二）巧匠 …………………………………… 167
四、以「素樸」為取向 ……………………………… 169
（一）內質之奇 ……………………………… 169
（二）本色之美 ……………………………… 173
（三）至簡之物 ……………………………… 178

下　冊
第五章　轉型——南朝器物觀念與書寫發展 …… 185
第一節　南朝的器物認知維度 ………………………… 187
一、表意符號：以器為喻的系統化 ………… 187
二、取用心態：玩物 ………………………… 192
第二節　南朝詠器物的品項 …………………………… 196
一、前代已見 ……………………………………… 197
（一）燈燭 …………………………………… 197
（二）鏡 ……………………………………… 198
（三）扇 ……………………………………… 199
（四）織品與服飾 …………………………… 200
（五）紙筆 …………………………………… 202
（六）舟車 …………………………………… 203
（七）圍棋 …………………………………… 204
（八）樂器 …………………………………… 205

（九）武備 ……………………………………… 211
二、前代未見 ………………………………………… 215
（一）席 …………………………………………… 216
（二）竹檳榔盤 …………………………………… 218
（三）烏皮隱几 …………………………………… 220
（四）博山爐 ……………………………………… 221
（五）牀 …………………………………………… 225
（六）屏風 ………………………………………… 226
（七）幔、簾 ……………………………………… 228
（八）帳 …………………………………………… 228
（九）竹火籠 ……………………………………… 229
（十）眼明囊 ……………………………………… 231
（十一）步搖花 …………………………………… 232
（十二）塵尾 ……………………………………… 235
三、小結 …………………………………………… 236
第三節　南朝器物詩的書寫發展 ………………… 237
一、觀看什麼：有限的功能 ……………………… 237
二、觀看目的：觀空 ……………………………… 239
三、如何觀看：景的營造 ………………………… 244
第六章　六朝詠器物的書寫想像 …………………… 255
第一節　傷時的呼應 ……………………………… 255
一、懸置 …………………………………………… 256
二、片刻 …………………………………………… 264
三、愉快的香氣 …………………………………… 269
第二節　畫・像──消失的器體 ………………… 277
一、器上畫 ………………………………………… 278
二、佛像贊／銘 …………………………………… 287
第七章　餘　論 ……………………………………… 297
附錄一：上古兩漢具名器物銘、箴、頌、贊總目 · 307
附錄二：漢代器物賦總目 …………………………… 317
附錄三：六朝器物賦總目 …………………………… 321
附錄四：六朝器物詩總目 …………………………… 333
附錄五：六朝具名器物銘、箴、頌、贊總目 ……… 339
附錄六：兩漢六朝畫、像頌／贊／銘 ……………… 347
徵引書目 ……………………………………………… 355

第一章　緒　論

第一節　研究動機

　　考察器物對中國古代文學的影響力，在物質文化受到熱議、物質理論逐步闡出的今天，是很振奮人心的。很少有一個文明像古代中國這樣，有大量的、精美的器物創造，經常將其反映於文學，成為最重要的書寫題材之一，但同時又諱莫如深——大多數被覺察到的「物質欲望」，最後可能被解釋成「道德需要」。

　　生活離不開器物，先秦即有器銘，以及少部份的器箴、器頌和器贊，其動機是以器物的功能喻示為人處事之道。從文學性而言，器銘可以說是藉著器物的可視與可感，打通器與人之間的隔閡，讓兩者統一於「成器」與「成人」的共同經驗。如此，具體可徵的成果取代了抽象信念，以致富有感染力，從而避免了呆板的說理方式〔註1〕。但是，正因著眼於述理，關於器物的材料、質地、飾樣、形制，器銘往往不夠「精準」；如果說「詠器物」的條件之一是對「物質性」有所掌握的話，那麼器銘顯然是不足的：它缺乏器物的物質辨識度。

　　是以，漢代出現的「詠器物」格外受到研究者關注，因為它基本意味著書寫者必須對器物的方方面面加以詳察——此時正是「賦」體崛起的時候。從「都城」、「畋獵」朝向「品物」泛濫與普及，學界多半認同漢代器物賦開啟了一種

〔註1〕《國語・楚語上》記載楚莊王時申叔向太傅傳授教育太子的好方法，提出「若是而不從，動而不悛，則文詠物以行之」，韋昭注「以文辭風託事物，以動行之」，此所謂詠物，即以物託喻。參（吳）韋昭注；（清）沈鎔輯注：《國語詳注》第十七卷，宋志英選編：《《國語》研究文獻輯刊》第七冊（北京：國家圖書館出版社，2012），頁286～287。後文所引《國語》皆準此版本，惟記篇卷，不另加註。

書寫模式，成為典範：如王褒〈洞簫賦〉從材料寫起，陳述製作過程與器貌，盡可能地描摹樂音，展示功能，最後悟解器物的形上價值，作為鋪采摛文、曲終奏雅的呼應。

值得注意的是，模式實際上不是賦的專利，其基礎構件，早已顯示於先秦書寫，特別是荀子〈箴賦〉（包含材料的出處、針的作用、形貌的常備描寫以及崇禮的價值指示）。種種跡象表明：從先秦至南朝的主流器物書寫，演示了「模式」的初現、進階與轉型。

追究模式的成因是困難的，我們比較有信心的是，模式的書寫將提供讀者（也可以是作者）一個更快速認識、熟悉、並且掌握器物喻意的管道；也就是說，人們一旦始終保持一種以器為喻的語言藝術，以模式型態存在的詠器物，就得以一直發展下去。「模式」的「威能」，誠如德國藝術史家雷德侯（Lothar Ledderose）所說：「這一切（中國人創造數量龐大的藝術品）之所以能夠成為現實，都是因為中國人發明了以標準化的零件組裝物品的生產體系。零件可以大量預製，並且能以不同的組合方式迅速地裝配在一起，從而用有限的常備構件創造出變化無窮的單元。」〔註2〕

在本文觀察裡，魏晉器物賦的模式表現比漢代更為經典，根本理由是受到它的內容的直接服膺：魏晉器物賦通常在首段就揭示了「功能」，讓器物的「可用」成為全文的軸心。也就是說，魏晉的器物賦匯聚了漢賦模式的構件，然後進行它自己的「位移」，通過有意安排，道德目的相對趨弱，取而代之的是器物本身提供的感官經驗與功能體會，如下引二例：

> 治世之功，莫尚於筆。能舉萬物之形，序自然之情，即聖人之心，非筆不能宣。實天地之偉器也。（晉成公綏〈故筆賦〉首段）〔註3〕
>
> 蓋世有質文，則治有損益，故禮隨時變，而器與事易。既作契以代結繩兮，又造紙以當策。猶純儉之從宜，亦唯變而是適。（晉傅咸〈紙賦〉首段）

〔註2〕 （德）雷德侯著；張總等譯；黨晟校：《萬物：中國藝術中的模件化和規模化生產》（北京：生活・讀書・新知三聯書店，2005），頁4。

〔註3〕 〔清〕嚴可均撰；陳延嘉、王同策、左振坤校點主編：《全晉文》上冊卷五十九，《全上古三代秦漢三國六朝文》第四冊（石家莊：河北教育出版社，1997），頁613。後文所引文、賦，除各別情況，另外加註，餘皆準此版本。卷目頁碼等，詳見附錄一「上古兩漢具名器物銘、箴、頌、贊總目」、附錄二「漢代器物賦總目」、附錄三「六朝器物賦總目」、附錄四「六朝器物詩總目」、附錄五「六朝具名器物銘、箴、頌、贊總目」。

雖然魏晉作者也專注於字之瑋，但目的是展現器「之所以偉」；儘管留心於俳偶，但誰也不能說他們對一紙、一杖的瞭解不是誠懇入微。先秦的器銘、漢代的器賦乃以「擁有者」為核心，相較之下，魏晉作者則是承認器物的必要性，對生活中的物質文化表達了一定程度的依賴。可以這麼說，漢代模式提供了一個讀者熟悉器物及其喻意的途徑，而魏晉在功能上的強調，則是為此途徑提供了現實的保證。

南朝詠器物的主要載體由「賦」轉為以五言八句為主的「詩」。受到載體形式、山水書寫、佛教義理的多重影響，構件仍在，只是描寫由局部趨於宏觀、由細緻趨於整體，而且不再將功能置於詩之首：

> 昔聞蘭蕙月，獨是桃李年。春心儻未寫，為君照情筵。（南朝梁蕭衍〈詠筆詩〉）
>
> 皎白猶霜雪，方正若布棋。宣情且記事，寧同魚網時。（南朝梁蕭詧〈詠紙詩〉）

在蕭衍的眼中，筆成就了浪漫的詩句，而蕭詧則像一個專業的造紙者，清楚地知道魚網是紙漿中重要成分——游離於功能、製造，在物質現實的基礎上，如果說先秦是以構件的出現而可稱之為「雛型」，那麼漢代完整的模式即可稱為「原型」，而魏晉以構件之位移作為「成型」，南朝器物詩則因構件之依違顯示了具體的「變轉」。

本文很大程度受到雷德侯先生的啟發。作為西方漢學界研究中國藝術最具影響力的漢學家之一，他的眼光極善於捕捉那些我們司空見慣於是略而不聞的內在規律，已而找出它們共同的特性，並以此統率不同時期的中國藝術表現。〔註4〕在《萬物：中國藝術中的模件化和規模化生產》這本書裡，雷首先提到的是漢字，通過兩百多個部首的「模件」，組合成複雜而又龐大的五萬漢字的表意系統，相較於表音，前者顯然更有助於文化延續和政治上的一統，因為即便歷史因素造成字音轉換，人們也可以憑藉字形來讀取很久以前的文獻——而模件化在中國的文化結構中屢見不鮮。

按照雷德侯的研究，模件化是藝術（及藝術品）之所以可以大量生產和持續演化的理由，因著這個前題，我們的想法是：這是否能夠用以解釋中國文學史上「器銘」、「器賦」、「器詩」的長遠脈絡，用以說明這些作品總被後世批評

〔註4〕張總：〈誰識盧山真面目：代跋語〉，《萬物：中國藝術中的模件化和規模化生產》（北京：生活・讀書・新知三聯書店，2005），頁333。

邊緣化，卻始終在創作表現佔有一席之地的內在原因？

為了回答上述問題，本文的工作聚焦於六朝〔註5〕的「器物賦」與「器物詩」，沿波討源，周秦及兩漢的作品也在考察之列。綜合全文，可得先秦、兩漢、魏晉、南朝詠器物所呈現之器物與文化行為關係如下表：

	先秦（雛型）	兩漢（原型）	魏晉（成型）	南朝（轉型）
書寫模式		4～5 構件（自材料始）	4～5 構件（自功能始）	多為 4 構件
主要文類	銘	銘／賦	賦	詩
器物文化意義	戒鑑	教化	生活	賞玩
器物文化形象	神聖	規矩	理想	現實
人／器 互動	主／客			互為主體
	使用			創造
	解釋關係		依賴關係	存在關係
書寫中的時間型態			懸置	瞬間

1、書寫模式

漢代器物銘的主要構件為「形貌—喻意」；漢器物賦的主要構件為「材料—製作—形貌—功能—價值」；魏晉器物賦是將漢代模式的「功能」提前；南朝器物詩主要構件為「材料—靜態形貌—動態形貌—價值」。

2、主要文類

從先秦到南朝，詠器物的載體由銘轉為賦，再轉為詩。一方面，政治結構所包含的三重成分——娛樂、頌聖、道德諷喻——主宰了載體的流行，賦乃應運宮廷文化而發展起來，取代了先秦之器銘；另方面，載體的流行也受到文學演進的影響，誠如蔡英俊先生所說：「由於人類心智的成長，人類對於自然的觀察，漸由粗要以至於精微；對於文字的駕馭，漸由斂肅以至於放肆；因此，在《詩》三百篇中幾句話可以說盡的情事非轉為長篇大幅不可……文學既同時是境界與語言的雙重探索，當詞賦家在表現其心靈體驗的當時，必然也同時在

〔註5〕按照創作活動的動機和形式，本文討論的範圍當溯及建安七子所在之東漢末年，故所謂六朝，具體起始應為西元 196 年（建安元年）以降，包含曹魏（220～266）、兩晉（266～420）、劉宋（420～479）、南朝齊（479～502）、南朝梁（502～557）、南朝陳（557～589）。

尋覓適當的意象、辭彙、布局以充分呈示內在的世界」〔註6〕，已而，隨著漢代政治結構的崩解，仕途浮沉、現實徬徨引發的抒情需要被詩歌所實現〔註7〕，也同時為詠器物改頭換面。

3、文化意義

先秦器物的文化意義主要反映以「禮」為核心價值的社會生活，兩漢器物的文化意義則是實踐帝國的教化信念。進入魏晉以後，個人的安頓成為最重要的課題，自我意識的醒覺使人重新思考人／器關係，從而認知功能與生活的密切聯繫。至於南朝，相對安定與富足的環境成全了嗜美與任情之風，器物的文化意義遂充分反映出人們嫻於「賞」的眼光與「玩」的心態。

4、文化形象

在以禮為核心的社會生活中，器物多半是神聖的；在教化的信念中，器物必然是「規矩」的、合法度的；在密切關聯生活的使用體悟中，魏晉的器物形象是「理想」的；一直到南朝詩家，才能真正面對器物折舊、毀損的「現實」——在他們的賞玩眼光裡，瑕疵也饒富意趣。

5、人／器互動

由於作品中對於器物價值的種種申明，因此基本上先秦兩漢是以「主觀」的認知對「對象物」的意義與功能進行特定的「解釋」，魏晉以後，人器互動才由解釋關係轉為依賴關係。值得注意的是南朝器物詩對主／客立場的解消，就像上引的〈詠筆詩〉，筆在詩裡自有其能動性，所謂「器用」，不是取決於「人」，所謂價值，也不用人來解釋。它們各自保持自身的存在。

6、書寫中的時間型態

摒除了器物在現實中的毀與損，魏晉的「理想」器物給人以一種想像空

〔註6〕蔡英俊：〈抒情精神與抒情傳統〉，蔡英俊主編：《抒情的境界》（台北：聯經出版事業公司，民71），頁96。

〔註7〕呂正惠〈形式與意義〉指出，中國詩人有一種「感情本體世界觀」，而這種「本質化」的傾向是中國抒情傳統的重大特色，而詩歌（特別是律詩）就是表現此特色最完美的形式。（蔡英俊主編：《抒情的境界》（台北：聯經出版事業公司，民71），頁35～36）更細膩的剖析早年即見於高友工〈律詩的美學〉，同樣認為律詩實現內心情感抒發的形式方案：「這一模式所兆示的前景是：如果內心世界隱密深藏，難以觸及，如果表情達意的語言不足以抒發內心的真情實感，那麼通過形式化的語言描寫一個外部事實就可提供一條到達詩人內心世界的間接通道。」詳參高友工：《中國美典與文學研究論集》（台北：臺大出版中心，2004），頁220。

間：時光之流的忽略、時間之傷的暫時懸置。南朝詩人偏好片刻的停留與凝視，同時也樂於向「古物」取材，流露對「永恆」的信心，也不禁使人演繹，這是某種回應時間感受的刻意為之——在瞬間的時態中擺脫線性時間的推移感；縱使物換星移，人卻能在「古物不朽」的觀照之中，「彼」「此」穿越，任它流轉。

第二節　相關研究綜述

　　雖然說器物進入中國古典文學視野，很可能是因為它與人密切有關，但對當代學者而言，這似乎並不構成強烈的研究動機，近二十年來，「自然之物」（包含植物、動物、天象）依然更受囑目。以**動物**為題的唐前詠物，有 1999 年吳儀鳳先生《詠物與敘事——漢唐禽鳥賦研究》（臺灣輔仁大學中研所博士論文），2008 年李華先生《魏晉動物賦研究》（山東師範大學碩士論文）、2010 年阮玉茹先生《魏晉動物賦研究》（臺灣國立臺南大學國語文學系碩士論文）、2014 年有沈明憲先生《六朝禽鳥詩研究》（臺灣國立彰化師範大學國文研究所碩士論文）。以**植物**為題，有 2002 年蔡碧芳先生《南朝詩歌中的柳意象研究》（臺灣國立彰化師範大學國文研究所碩士論文）、2004 年陳溫如先生《魏晉時期花木賦研究》（國立臺灣師範大學國文研究所碩士論文）、2008 年江凱弘先生《六朝詠植物詩研究》（國立彰化師範大學國文研究所碩士論文）、2010 年張勇華先生《魏晉花果草木賦研究》（湖南師範大學碩士論文）、張健先生《魏晉植物賦研究》（廣西大學碩士論文）、2014 年鍾孟穎先生《魏晉植物賦研究：以意象形成切入》（國立臺灣師範大學國文研究所碩士論文）。以**天象**為題，2010 年林曉虹先生有《魏晉詩歌中月意象研究》（臺灣國立雲林科技大學漢學資料整理研究所碩士論文）。

　　以上都是自然之物的專論或專著。相反的，許多對器物的關注，是為了一個更大的主題，將器物視為一個文化的組構（figuration）。1999 年于浴賢先生《六朝賦述論》第十一章在對「文化藝術、科技工藝賦」的介紹之中，談到了「文具」、「棋類」、「雕琢、紡織工藝」以及「相風、漏刻」。〔註8〕2003 年鮑恩洋先生《六朝詠物賦研究》（南京師範大學碩士論文）以「動物」、「植物」、「器物」為入路，對六朝樂器賦特別是嵇康〈琴賦〉有比較多的闡述。2005 余

〔註8〕于浴賢：《六朝賦述論》（保定：河北大學出版社，1999）。

江先生《漢唐藝術賦研究》分「樂舞賦」、「書畫賦」、「雜技賦」三方面論述，涉及「樂器」、「筆」、「畫像」、「投壺」等賦作的探討。〔註9〕同年，侯立兵先生在其博士論文《漢魏六朝賦多維研究》當中的第九章第三節提到漢魏六朝賦中的扇意象，文中指出「(扇)除了表現宮怨主題、隱喻戀君情結之外，有時也被用以寄寓歷史興衰之感。」〔註10〕文學表現以班婕妤〈紈扇詩〉為最早，戀君情節則以傅玄〈扇賦〉為代表，嵇含和傅咸的〈羽扇賦〉則具有考證歷史的價值。至於2015年祁立峰先生《遊戲與遊戲之外——南朝文學題材新論》第二章探照南朝詠物文化脈絡流變，將「燭」、「屏風」並列於「梧桐」、「松」、「舞馬」、「蟬」、「禽鳥」。〔註11〕

　　專研器物，當以2006年荅風華先生一系列解釋漢代器物賦為先導，包含〈漢賦器物描寫與漢代風俗文化〉(《廣西社會科學》第2期)、〈漢賦器物文化因素初探〉(《求索》第4期)、〈天人合一思想與漢代器物描寫〉(《甘肅理論學刊》第1期)。學者試圖用漢代風俗文化知識對漢賦的取材、製作、表象書寫加以解釋：「認為那些逍遙玩物的賦家所作的『賣弄情調的小玩意兒』『意義不大』的看法未免有些偏激——他們畢竟折射出了漢代風俗文化的若干特點，畢竟有著不可磨滅的歷史文化價值。」〔註12〕而後2008年有朱國偉先生《唐代器用賦研究》(南京師範大學碩士論文)，第一章裡有對先秦至六朝器物賦書寫發展的簡單爬梳。不過完全的聚焦，還是要等到2011年盧秀慈先生《魏晉器物賦研究》(臺灣國立臺南大學國語文學系碩士論文)。

　　盧先生的著作主要分兩個部份，一從陰陽、儒家、道家、不遇、華美追求為標題，講器物賦的內容意涵；一從藝術表現談功能意象、寫作模式、修辭技巧，2012年黃雅京先生有《漢魏六朝器物賦研究》(湖南師範大學碩士論文)以「思想旨趣」、「章法技巧」為綱目，兩文的論述方向基本一致。2013年閆月珍先生〈器物之喻與中國文學批評——以《文心雕龍》為中心〉〔註13〕，此篇以宏觀的角度論述了器物之喻有別於「自然物」、「生命化」的象

〔註9〕余江：《漢唐藝術賦研究》(北京：學苑出版社，2005)。

〔註10〕侯立兵：《漢魏六朝賦多維研究》(北京：人民出版社，2007)，頁362。

〔註11〕祁立峰：《遊戲與遊戲之外——南朝文學題材新論》(臺北：政大出版社，2015)。

〔註12〕荅風華：〈漢賦器物描寫與漢代風俗文化〉，《廣西社會科學》第2期(2006.2)，頁190～191。

〔註13〕收錄於蔣述卓主編：《現代視野下的文藝研究與文學批評》(北京：商務印書館，2017)，頁25~49。

喻傳統〔註14〕的獨到之處。學者指出，器物製作與文章寫作之間存在一種親和關係，它們採用不同材質，但在構思之考究、製作之精細和法度之規範方面是一致的。並且，器物及其製作經驗極大地豐富了中國文學批評的言說空間，為中西詩學提供了可供溝通的話語。換句話說，器物之喻雖不是學術界探索的主流，卻是古代作品中極為重要而普遍的現象。學者的這個命題基本上可以是器物受到當代關注的一個指標。同年，趙曉夢先生有《先唐器物賦研究》，鑑於歷來詠物三大類（植物、動物、器物）之中關於器物的論述太少：「長期以來，學界習慣將『器物賦』納入『詠物賦』的範疇，或以時間為限、或以作家之別進行論述」〔註15〕，故在此基礎上對詠物賦加以整體觀照與多維比較。

　　青年學者的專論是否意味著「議題」之共識，尚未可知，但可以確定的是無論 2006 年昝風華先生的有意發掘還是 2013 年趙曉夢先生的有意為之，都還沒有提出以器為主、在物質背景前題下的研究方法和成果。

＊　＊　＊　＊　＊

　　洞悉了「物具決定作用」，2011 年，鄭毓瑜先生直截地提出反思，並企圖系統地對「物的存在方式」加以梳理：「眼前我們仍然缺乏由『物』的角度，而不只是『情』的先決優先，去重新討論與詮釋『抒情傳統』」。〔註16〕著者對「物」的理解，既來自於她對物項的觀察，更來自於她所觀察到的種種悖反，最顯著的情況是：中國「物」字的意義發展脈絡中，幾乎不以單一的個別物存在，而是與「類」密切相關，傳達出：「不問『物是什麼』，而是問『物如何在』；重點不只是聚集了多少『物』，而在於是否串連了『類』的展示」。〔註17〕這個

〔註14〕閆月珍先生指出，目前學界對中國文學批評象喻傳統的探索主要有三端：自然物、人與錦繡之喻。人之喻以錢鍾書先生〈中國固有的文學批評的一個特點〉（《文學雜誌》第 1 卷第 4 期，1937）為先導，吳承學先生繼之，稱名為「生命之喻」（〈生命之喻──論中國古代關於文學藝術人化的批評〉，《文學評論》1994 年第 1 期）。至於錦繡之喻則有古風〈「以錦喻文」現象與中國文學審美批評〉（《中國社會科學》1990 年第 1 期），應視為器物之喻的發端。

〔註15〕趙曉夢：《先唐器物賦研究》（安徽：安徽師範大學碩士論文，2013），頁 1～2。

〔註16〕鄭毓瑜：〈類與物──古典詩文的「物」背景〉，《清華學報》第 41 卷第一期（2011.3），頁 7。

〔註17〕詳參鄭毓瑜：《引譬連類：文學研究的關鍵詞》第五章〈類與物〉（台北：聯經出版事業股份有限公司，2012），頁 233～236。

扣問所連鎖的問題包含：「物類」、「事類」如何形成？分類系統如何連繫彼此，而成為有意義的關係體？其形成與個我的身體實踐如何相關？在什麼樣的行動狀態下，連類意義會被體現？是什樣的「技法」確保了書寫時此一「共識體系」的在場？

　　實際上，鄭教授很早就注意到文學研究裡對「物質」的缺乏，並持續投入數年的關注。2005 年，著者〈抒情、身體與空間——中國古典文學研究的一個反思〉一文，試圖用「身體」與「空間」回應抒情傳統此一熱門的核心的議題，文中將空間環境與個人之間詮釋為「並非單方面的宰制」、「彼此的相互定義（mutually defining）」，儼然已發現所謂「物質存在」與文化傳統或社會權力結構等的糾結，必須採取更多面向的整合研究。同年，刊登於楊儒賓、祝平次主編《儒學的氣論與工夫論》的〈從病體到個體——「體氣」與早期抒情說〉，談「物／我」、「宇宙／人身」之間是如何順利地穿越與匯聚。2006 年，又以〈身體表演與魏晉人倫品鑑〉強調「論述『自我』不再能僅僅由心神本體或先天才性作片面解釋，因為根本無法忽略隨時都在社會運作結構中扮演意義傳輸管道的身體表現」，點出「自我」成就於「身體」的實踐，身體亦是生活方式、美感品味、社會資本等映現與交流的場域。以上的探討，有意化解以「心」、「神」為主，「物」、「形」為客的傳統概念，回應並建立以「物」為優位的抒情論述。

　　以類物為主、以心神為客，就理論而言，很大程度地依賴文本所在的「物質文化」和「物質條件」的復原。2012 年，高桂惠先生《金瓶梅禮物書寫初探》探討小說中禮物的精神及意義：「筆者由明清物質文化特有的『文化再生產』與『社會再生產』，以及文人擅長製造『奇貨』、『奇癖』論述，捻出『物觀視角』的重讀，探究小說『采風』、『博物』、『賞物』的『物觀光譜』，並旁及『禮物論述』的跨時空對話，探討禮物精神的感性形式與禮物美學的精神載體的意義。」〔註18〕2014 年，李溪先生在臺灣中山大學人文研究中心舉辦的「以物觀物——臺灣、東亞與世界的互文脈絡」研討會，發表〈作為自身的語言——硯銘的意義世界〉，文章從硯的「物質性」立論，指出在銘文雖賦予硯臺以意義，但作為一種「硯之壽，以世計」之物，雖不是真的永不受損，但這種貼近於「永恆」的使用印象，使硯臺自身成就了自己的「可用」，誠如李溪

―――――――――――
〔註18〕高桂惠：《金瓶梅禮物書寫初探》（臺南：國立成功大學人文社會科學中心，2012），頁 30。

所說「硯臺意義的發生，首先源自文人對其材質的領悟」。〔註19〕以上，皆可視為呼應復原物質文化之研究方法的里程之作。

＊＊＊＊＊

與文學思潮同步，受到西方漢學界物質文化研究的啟發，陳玨先生致力於臺灣物質文化研究的發展，期待通過中西方的互補與共生，產生新的效益，帶動新議題與新方法。2010 年 11 月，召開「杜希德與二十世紀歐美漢學典範大轉移——《劍橋中華文史叢刊》四十週年紀念國際研討會」，此次會議論文在 2014 年集結成書，命名為《漢學典範大轉移——杜希德與「金萱會」》，同時也作為《「漢學與物質文化」研究叢刊》的第一輯。事實上，2011 年，《清華中文學報》就已經以「漢學與物質文化研究」為題出版專輯，除了收錄有日籍學者道坂昭廣先生〈關於王勃〈滕王閣序〉的幾個問題——並論正倉院《王勃詩序》和《王勃集注》的文字差異〉、康韻梅先生〈異物／法術——唐代小說中的西域圖像〉，還跨越語言、思想、藝術等領域。2015 年，「唐代文史的新視野：以物質文化為主——紀念杜希德國際研討會」論文集出版，是為叢刊第二輯，邀稿範圍更集中在物質表現：如辛德勇先生〈談唐代都邑的鐘樓與鼓樓——從一個物質文化側面看佛、道兩教對中國古代社會的影響〉、陳尚君〈從長沙窯瓷器題詩看唐詩在唐代下層社會的流行〉。

特別要提出的是，在叢刊第二輯中，為首的兩篇：田曉菲先生〈芳帙青簡，綠字柏熏——六朝與初唐物質文化的一個側面〉與宇文所安先生〈文本的物質性和文本中的物質世界〉都談到了一個重要概念，那就是「文本是物質文化的一部分」〔註20〕、「文本文化並不是超越了物質文化的抽象存在」〔註21〕，這不止肯定文本裡頭的器物和現實世界共通的可能，同時也肯定文本除了記載知識，關於「它自身」的體積、生產、保存、複製、收集、流通也都是觀察

〔註19〕 李溪：〈作為自身的語言——硯銘的意義世界〉，國立中山大學人文研究中心：《以物觀物——臺灣、東亞與世界的互文脈絡研討會論文集》下冊（2014），頁 388。

〔註20〕 （美）田曉菲：〈芳帙青簡，綠字柏熏——六朝與初唐物質文化的一個側面〉，陳玨主編：《唐代文史的新視野——以物質文化為主》（台北：聯經出版事業股份有限公司，2015），頁 1。

〔註21〕 （美）宇文所安：〈文本的物質性和文本中的物質世界〉，陳玨主編：《唐代文史的新視野——以物質文化為主》（台北：聯經出版事業股份有限公司，2015），頁 24。

物質文化重要的部分。我們在後文裡會談到六朝的「詠畫屏風」、「詠畫扇」，按照詩題，它的對象應該是針對器體繪畫的歌詠，但實際上，在內容裡我們看不到屏風，也看不到扇子的生風驅熱，也就是說，這種詠器物與器物可以說是完全無關。「文本」才是繪畫的載體——這種作品很大程度地詮釋了文本的物質性，最重要的是它可以使我們進一步反省六朝「物質」的定義和範圍。

＊　＊　＊　＊　＊

　　得益於中國古代美術與中國當代藝術的深厚底蘊，巫鴻先生的研究向度融合了圖像、詩文、考古，可以說是近年來以「器物」為主軸最重要的論述之一。從最早出版的《武梁祠：中國古代畫像藝術的思想性》的屋頂、山牆、牆壁的著眼開始，經過 1995 年《中國古代藝術與建築中的紀念碑性》談禮器、宮殿，1996 年《重屏：中國繪畫中的媒材與再現》圍繞於屏風的討論，再到 2012 年《廢墟的故事：中國美術和視覺文化中的「在場」與「缺席」》凝聚了時間價值的古建築遺跡，在管窺思想性的同時，也潛伏了一道由「物質性」所鋪就而成的文化軌跡，遂有 2016 年《黃泉下的美術》嘗試由「空間性」、「物質性」、「時間性」建立理解考古材料的方式。2017 年《空間中的美術》也有談「物」的專章，文中指出「中國古代藝術對『器』的執著」可能來自於對「禮」的重視，而器物的設計，比如現藏於寶雞青銅器博物院的西周初年折觥上的銘文被刻鏤於器物內部空間，而不是更顯而易見的外部，則是從為維護觥身獸形的威勢。也就是說，內外部空間既是排他的，卻也是共生的，而也正是此二者構成了禮器獨特的形式。

　　對本文而言，最重要的還是《重屏——中國繪畫中的媒材與再現》。誠如作者所說：「在浩瀚無邊的古代文化中，我們很難找到另一個物件，它的實際作用和象徵意義如此全然地與空間的概念糾葛在一起。」〔註22〕若不是從屏風的物質性去做一歷史性地發展梳理，我們只可能把淮南王劉安（前 179～前 122）的〈屏風詩〉：「列在左右，近君頭足。不逢仁人，永為枯木。」單純地視為人格化的書寫，從而忽略了「屏風的擁有者被期望能洞察屏風上的意涵」、忽略了屏風的「教導」或「反射」角色。進而言之，屏風圖樣的深意與擁有者的理念精神是相稱的，所以才說「屏風將會反射出一位獲得精神覺悟的士人身

〔註22〕（美）巫鴻著；錢文逸譯：《「空間」的美術史》（上海：上海人民出版社，2017），頁 109。

上所能發現的東西，並將之紀錄下來」〔註23〕，而這也才能解釋屏風在漢代以後常出現的山水圖景。

屏風只是起點，巫鴻先生最核心的扣問是「什麼是中國傳統繪畫」，然後他發現現有的討論不是集中在風格和圖像的內部分析，要不就是集中在政治、社會與宗教語境的外部研究，而忽略了邊框、灰泥牆壁、卷軸、冊頁、扇子等與繪畫的「物質性」相關聯的概念與實踐——以上，不僅是《重屏》的，也是本文的動機與軌跡。

＊＊＊＊＊

不可否認，作為一美術史家，巫鴻先生所論並非針對文學創作，因此，立基於文學比方何維剛先生〈從鏡賦書寫看六朝時人對鏡子認識的轉變〉在這個視野中遂佔有一席之地。通過晉朝傅咸（239～294）、南朝劉緩（生卒年不詳）和庾信（513～581）的三首與鏡相關的作品，何文試圖梳理出道德意識弱化一直到感官之「美」的掘起過程〔註24〕。其立意、方法和本文都極為接近，最大的差別在於選取的材料——僅僅通過三篇作品便試圖解釋六朝人照鏡的意向趨勢，恐怕不是所有研究六朝詠物者所能同意的。比方說，先生認為傅咸的〈鏡賦〉具有更高的目的性、偏重儒家思想，和南朝劉緩、庾信朝向「美」的追求不同，此話固然不錯，但卻不夠「有效」。因為「鏡子」在被傅咸書寫以前，已經有很長的書寫歷史，它的道德意涵並非晉時的特色，充其量，傅咸只是接續了這個傳統。實際上，傅咸的〈鏡賦〉可以說是一個例外，因為在那些被他所詠，而過去不曾出現的「器物」中，都可以看見他對道德的有意擺脫，也就是說，就單篇〈鏡賦〉來看，傅咸可以是傳承者，但就所有作品來論，他未必不是「美」的先驅。

真正從「物質性」關注文學，儘量避免泛論，試圖解決過去所不曾開拓之蹊徑者，要屬揚之水先生。

隨著物質研究的熱門，揚之水先生重提了一個古代用以表示「各式各樣的物」〔註25〕的術語：名物。作為一個古老的學科，它最初是以「訓詁」的型態

〔註23〕（美）巫鴻著；文丹譯：《重屏：中國繪畫中的媒材與再現》（上海：上海人民出版社，2009），頁109。

〔註24〕詳參何維剛：〈從鏡賦書寫看六朝時人對鏡子認識的轉變〉，《人文社會科學研究》第五卷第二期（2011.6），頁120～143。

〔註25〕「名物」一詞出於《周禮》「庖人掌共六畜六獸六禽，辨其名物」，賈公彥疏「此

－12－

被人們所理解的，比如《爾雅》，根據青木正兒先生的爬梳，認為要到了東漢劉熙《釋名》，名物學才算是獨立了，指標之一是以「物」為主的釋義，而不是以「載物之文」為主的釋義，因此還涉及當時的生活情狀。用先生的話來說，這「生活情狀」就是覆蓋於物之上的「層層之文」，而她的任務就是發現與尋找這些故事。

　　師從孫機先生，在文獻理解與文物考古的雙重用功之中，2000 年，著者撰成《詩經名物新證》，2004 年撰成《古詩文名物新証》，對名物學這個古老的傳統學說之於當代研究有了一些比較確定的認識，2016 年《揚之水談名物》叢書出版，在卷一最末，著者以〈詩中「物」與物中「詩」——關於名物研究〉代為新版後記，其間指出此十多年間的「新証」之路最主要的任務就是作一種新研究方法的提出：

> 「名物新証」所追求的「新」，第一是研究方法。融人文科學與自然科學於一身的考古學異軍突起，為名物學的方法革新賦予了最為重要的條件。第二是研究層次的深化以及研究內涵的豐富。由單純對「物」的關注發展為「文」、「物」並重，即注重對「物」的人文意義的揭示與闡發。〔註26〕

在王國維「二重證據法」的啟發之下，先生指出，「物」與「詩」相通，因此我們固然可以由名家與名篇看文學之精華，但通過物的解讀，對歷史細節和生活細節的還原，可以將作品中的意蘊理解得更完全：

> 我給自己設定的理想是：**用名物學建構一個新的敘事系統**，此中包含著對文學、歷史、文物、考古等學科的打通，一面是在社會生活史的背景下對「物」的推源溯流；一面是抉發「物」中折射出來的文心文事。希望用這種方法使自己能夠在「詩」與「物」之間往來遊走，尋找它們原本就是相通的路徑。〔註27〕

值得注意的是，揚之水先生否定了某些「詠物」之「物」的真實性：

禽獸等，皆有名號物色，故云辨其名物」，青正正兒以為如果按《周禮》以六為多的習慣來看，這裡就是各式各樣的物的意思，名物學因此可以最基本理解為詳細而明確理解各式各樣的物的學問。詳參（日）青正木兒著；范建明譯：〈名物學序說〉，《中華名物考》（北京：中華書局，2005），頁 11～12。

〔註26〕揚之水：〈詩中「物」與物中「詩」——關於名物研究〉，《揚之水談名物》卷一（香港：香港中和出版社，2016），頁 429。

〔註27〕揚之水：〈詩中「物」與物中「詩」——關於名物研究〉，《揚之水談名物》卷一（香港：香港中和出版社，2016），頁 423。

我想到應該先把我關注的「物」與詠物詩稍作區分。詠物詩之物，是普遍之物、抽象之物，在此意義上，也可以說它通常是一個一個虛擬的話題。比如唐代李嶠、元代謝宗可、明代瞿佑等人的詠物詩。而我的研究物件，即詩文——或者更明確一點說是近年我主要關注的兩宋詩文——中的物，是個別之物，具體之物，相對於前者，它是一個一個真實的話題。〔註28〕

也許，這裡不是一種悖論，我們的觀點恰是從揚之水先生的睿見上進行思考的：六朝作品裡的器物或許不像後世器物那樣具體可徵，但它們為什麼不能同時是現實而真確的呢？畢竟，六朝被歌詠的器物雖普遍，但沒有普遍到完全失去個別性，雖抽象，沒有完全失去定位它們的時空線索。

緣是，本文將以雷德侯先生提出的「模件化」為間架，藉由孫機、揚之水、巫鴻等先生對物質的推源，試圖為六朝詠器物尋找一個新的定位。

第三節　定義與範圍

隨之而來的問題是，本文所謂的器物究竟包含了哪些？在進行界定以前，我們要先回顧與器物相關的幾個重要概念。

一、物

上古最先對「物」提出完整解釋的自當許慎（58～147），《說文·牛部》曰：「物，萬物也。牛為大物，天地之數起於牽牛，故从牛，勿聲。」〔註29〕這句話具有以下幾個不同層次的意思：

首先是「萬物」。此一泛事、物化的概念可以說最符合古今對物的基本理解，呂思勉所謂：「事、物二字通用，古書所見甚多，不煩舉證。此語相沿甚久，《通鑑》唐肅宗至德元載，李萼說顏真卿曰：『昔討默啜，甲兵皆貯清河庫，今有五十餘萬事。』一事即一物，不待解釋也。胡《注》曰：『一物可以給一事，因謂之事。』為之說，反覺迂曲。」〔註30〕

〔註28〕揚之水：〈詩中「物」與物中「詩」——關於名物研究〉，《揚之水談名物》卷一（香港：香港中和出版社，2016），頁424～425。

〔註29〕〔漢〕許慎撰；〔清〕段玉裁注：《說文解字注》（台北：洪葉文化事業有限公司，1999），頁53。後引《說文解字注》皆準此版本，唯記部首，不另作註。

〔註30〕呂思勉：《呂思勉讀史札記》下冊（上海：上海古籍出版社，2005），頁1198。

　　其次，是將牽牛視為二十八宿之一。古代之天按子、丑、寅、卯分成十二等分，當北斗七星之斗柄四星（天權、玉衡、開陽、瑤光）指向子位，就算一年的開始，所謂周正建子「惟一月，既南至，昏昴畢見，日短極，基踐長，微陽動于黃泉，陰慘于萬物。是月斗柄建子，始昏北指，陽氣虧，草木萌蕩，日月俱起于牽牛之初。」（《逸周書》卷六〈周月解第五十一〉）〔註31〕而此時太陽的位置正好在牽牛，所以說天地萬物起於牽牛星。

　　第三種說法是把牽牛視為牛，代表學者是王國維。先生將殷墟卜辭「古十牛」和「古物」的對舉，認為物為雜色牛的專名，並參照《周禮》所謂「雜帛為物」〔註32〕的記載，將物延伸為「更因以名萬有不齊之庶物」。〔註33〕《左傳·隱公五年》：「君，將納民於軌、物者也。故講事以度軌量謂之軌，取材以章物采謂之物」，孔穎達疏引正義「物謂事物、旌旗、車服之屬。」〔註34〕

　　在物與「旜」「旒」「旖」並列的前題下，衍生出「物」的第四種具體意指：這裡視作旗的一種，而且專屬於特定的階級身分。為了要能達到識別、恫嚇、決勝的效果，上面繪的往往都是具有原始性和神秘性的「怪」，如：熊虎、鳥隼、龜蛇等，「凡旌旗有軍旅者，畫異物，無者帛而已」，杜正勝先生〈古代物怪之研究〉一文力證此說。

　　已而，杜正勝先生由物的字根是「勿」而不是「牛」進行說解，以為勿的重文是「旒」，所謂「象其柄，有三游」，也就是某種形制的旗幟，此種形制

又見范文瀾《文心雕龍注》〈神思篇〉「物沿耳目，而辭令管其樞機」，云「物，謂事也，理也。事理接於心，心出言辭以明之。」（台北：學海出版社，民80），頁497。王元化〈心物交融說「物」字解〉，《文心雕龍講疏》（台北：書林出版有限公司，民82），頁93～98。

〔註31〕〔晉〕孔晁注：《逸周書》（北京：中華書局，1985），頁151～152。

〔註32〕《周禮》卷第三十二〈春官宗伯下〉：「司常，掌九旗之物名，各有屬，以待國事。日月為常，交龍為旂，通帛為旜，雜帛為物，熊虎為旗，鳥隼為旟，龜蛇為旐，全羽為旞，析羽為旌，及國之大閱，贊司馬頒旗物：王建大常，諸侯建旂，孤卿建旜，大夫、士建物，師都建旗，州里建旟，縣鄙建旐，道車載旞，斿車載旌，皆畫其象焉，官府各象其事，州里各象其名，家各象其號。〔漢〕鄭玄著；〔唐〕賈公彥疏：《周禮注疏》（上海：上海古籍出版社，2016），頁1054。後文所引《周禮》皆準此版本。為求版面簡淨，惟記篇目，不另作註。

〔註33〕王國維：《觀堂集林》卷六〈釋物〉（台北：河洛圖書出版社，民64），頁287。

〔註34〕〔晉〕杜預注；〔唐〕孔穎達等疏：《春秋左傳正義》，楊家駱主編：《十三經注疏補正》第九冊（台北：世界書局，民52），頁21。後引《左傳》皆準此版本，不另加註。

「以帛素飾其側」〔註35〕，並不摻雜很多顏色，所以雜色牛云云並不正確。從旌旗所畫之物來考量，《左傳》襄公十年宋平公於楚丘宴請晉悼公提供了很好的事例〔註36〕，後者恐懼於旌夏之旗，非得撤旗以後宴會才能順利完成，可見旗面的畫必然大有文章，「驚嚇悼公的當然不是旗幟，而是旗面的畫，很可能是猙獰而神秘之物怪圖象吧。」〔註37〕也就是說，物的實指是旗幟，**但發揮作用的是「物怪」，已而帶出了「物」的第五種意指**——現存方言中「mih」所留有的物怪意味，應作為有力的引證：

> 當「物」字在已廣泛地指稱天下萬事萬物之時，中國人的語言中卻還保留一個奇特的意義，專指鬼物精怪。台語單說「物」（mih）意味物怪，而與表示東西的「物件」（mif-kiàn）有別，含有敬畏不敢直指或恐怕言語招致故不直說。這個「碩果僅存」的義涵沉澱在社會心態底層，根據我們的推測，很可能才是「物」的本義。〔註38〕

學者提醒，以物為神秘意味的生存實有也可以在先秦文獻中找到相關用法，《周禮》卷第十九〈春官宗伯第三〉：「以血祭祭社稷、五祀、五嶽，以貍沈祭山林、川澤，以疈辜祭四方百物」，在與地祇鬼神並稱的情況下，此百物應與「以夏日至致地示物魅」（《周禮注疏》卷第三十二〈春官宗伯下〉）的物怪之類同觀。

綜上，關於物的理解：它可以指物，又可以指事；既可以指向一，又可以指向眾；它既抽象又具體，既普遍又怪誕——總之，要將「物」定於一名頗有難度，與其說它有一個固定的意指，毋寧說它適應於不同的語境與目的，誠如徐亮先生所說：「物不是物，不是實體，而是符號」、「它們是為了區別不同的意思而被生產和使用的記號」〔註39〕。

在文學視域裡，「物」作為記號，主要用來體現「人」與「外於人者」的

〔註35〕 勿，勿部，段注引《司常》「通帛為旃，雜帛為物」，〔漢〕許慎撰；〔清〕段玉裁注：《說文解字注》，頁458。

〔註36〕 《左傳·襄公十年》：「宋公享晉侯于楚丘，請以桑林。荀罃辭，荀偃、士匄曰：『諸侯宋魯，於是觀禮，魯有禘樂，賓祭用之，宋以桑林享君，不亦可乎？』舞師題以旌夏，晉侯懼而退，入于房。去旌，卒享而還。及著雍，疾。」

〔註37〕 杜正勝：〈古代物怪之研究——一種心態史和文化史的探索〉（上），《大陸雜誌》第一〇四卷第一期（民91.03），頁14。

〔註38〕 杜正勝：〈古代物怪之研究——一種心態史和文化史的探索〉（上），《大陸雜誌》第一〇四卷第一期（民91.03），頁14。

〔註39〕 徐亮：〈物的文化性與物質文化的歸路〉，收錄於徐敏、汪民安主編：《物質文化與當代日常生活變遷》（北京：北京大學出版社，2018），頁3。

互動關係，所謂葛天樂辭、南風之詩，已而有依依楊柳、東風搖百草的嘆逝，此互動最直接的解釋是「景物引起的作用」，古代批評家稱之為「興」，或名之為「感」。「興」所對應的是物的「常態」，是悠遊於水、時而鳴之的關雎鳥，或是曙光乍現、迎風凝露的蒹葭草，是「鳶飛魚躍式」，是「純樸的初民對於新鮮活潑的大自然的感應」，偏向激昂、熱烈〔註40〕。至於「感」，則是出自於五言詩——特別是古詩十九首——所奠定的感傷情調。「感」對應的是物的蕭瑟面，是因為物的生命的可悲而生起的情緒。

「常態」與「此情」之間的連繫，在《詩經》裡給人個別的、單一的印象，「興者，先言他物以引起所詠之詞也」；然而，「感」明確地指向「物色」，是與四時之變化有關的「一切」物，是一首詩裡的「促織」加上「玉衡」加上「白露」加上「野草」和「秋蟬」。由是，《文心雕龍‧物色》說「感物聯類」：「是以詩人感物，聯類不窮。流連萬象之際，沉吟視聽之區。」鄭毓瑜先生指出，這種情況並非文學活動所獨發，而是一種底層的思考方式「此『感』並非針對個別事物的判斷，而是一種「關聯式思考」（coordinative thinking）」〔註41〕、「事物之相互影響，亦非由於機械的因之作用，而是由於一種『感應』（induction）……萬物之存在，皆須依賴於整個『宇宙有機體』而為其構成之一部份。」〔註42〕依「關聯」建立知識體系，如古類書，便是這種思考模式最直接的體現。

而「人」，實際上也在這個關聯式思考裡頭。由是，人的創作一方面出自於個人的心志，另一方面是在回應物色之召喚，所謂「物色相召，人誰獲安？」孔穎達疏解《詩經‧豳風‧七月》說：「秋言淒淒，春言遲遲者，陰陽之氣感人不同……然則人遇春暄，則四體舒泰。春覺晝景之稍長，謂日行遲緩，故以『遲遲』言之。及遇秋景，四體褊躁，不見日行急促，唯覺寒氣襲人，故以『淒淒』言之。」〔註43〕人與天（萬物）不僅是同步的，更重要的是，人有用「語

〔註40〕 呂正惠先生語。詳參〈物色論與緣情說——中國抒情美學在六朝的開展〉，《抒情傳統與政治現實》（武漢：華中師範大學出版社，2011），頁55～56。
〔註41〕 語出鄭毓瑜：《引譬連類：文學研究的關鍵詞》（台北：聯經出版事業股份有限公司，2012），頁14。
〔註42〕 （英）李約瑟（1900～1995）著；陳立夫主譯：《中國古代科學思想史》（江西：江西人民出版社，1990），頁375。
〔註43〕 〔漢〕毛亨傳；〔漢〕鄭玄箋；〔唐〕孔穎達疏；〔唐〕陸德明音釋：《毛詩注疏》（上海：上海古籍出版社，2013），頁710。後引《詩經》皆準此版本，惟記卷篇，不另作註。

言」表達此種同步的迫切與渴望，故〈物色篇〉在「詩人感物，聯類不窮」之後舉例：

> 灼灼狀桃花之鮮，依依盡楊柳之貌，杲杲為日出之容，瀌瀌擬雨雪之狀，喈喈逐黃鳥之聲，喓喓學草蟲之韻。〔註44〕

語言表達的「需要」促成了「摹物（狀）詞」的出現。曾有學者主張，此六句應被視為最早的詠物〔註45〕，雖然它並未指明「詠某物」，但它「表達」、「體現」的動機是一樣的，因此，雖「感物」與「體物」有各自的指向，前者是一種以表達主觀情感為目的的方式，後者則重在客觀物態的表現能力，但其實二者密切相聯，誠如清人俞琰（生卒年不詳）所說：「詩『感』於物，而其『體』物者不可以不工，狀物者不可以不切，於是有詠物一體，以窮物之情，盡物之態，而詩學之要，莫先於詠物矣。」〔註46〕

綜上，關於詠器物的文學歷史地位，本文的預想是：作者並非「不感」，在載體演進與社會環境的推波下（詳見本章第一節），他們的「所感」最終是化為「所體」，對器物的細節上、製作上刻意與執拗的關注，未嘗不能視為他們認真地感受生活、寄情作品，用文字創造一個更合乎期待的世界的追求。

二、物質

放眼當代的全球語用，真正普遍的是「物質」一詞——這個來自西方的語彙，一樣有適應不同語境與目的的意涵：普羅大眾與專業領域者如人類學家、考古學家、社會學家、科學家、收藏家、藝術家、文學家等，都各自有一套面對物質的表述。

常人視物質為「物體」（material），包含可見、可觸、可感的材料，以及由

〔註44〕〔梁〕劉勰著；王更生注譯：《文心雕龍讀本》下冊（台北：文史哲出版社，民93），頁302。

〔註45〕古今關於詠物起源的重要說法，大約有三：以為《詩》三百中還沒有詠物者，如南宋朱弁（1085～1144）、清人陳僅（生卒年不詳）；以為縱然沒有完整的詠物詩，卻有明確的詠物單句者，如宋蘇軾（1037～1101）、清王士禎（1634～1711）；認為詩三百當中已有完整詠物，如清代王夫之（1619～1692）和方玉潤（1811～1883）。相關爬梳可參趙紅菊《南朝詠物詩研究》（上海：上海古籍出版社，2009），頁31～34；鄒巔《詠物流變文化論》（長沙：湖南人民出版社，2009），第二章〈詠物的發生及其文化動因〉，頁39～53；于志鵬，《宋前詠物詩發展史》（濟南：山東人民出版社，2013），頁15～18。

〔註46〕〔清〕俞琰輯：《歷代詠物詩選》〈序〉（台北：清流出版社，民65）。

它所構成的物件。在此基礎上，人們將會意識到物體是被人之感官所接收的對象（object），因此產生主客二分的立場。換言之，即便在這個視域底下對象物保持可見可觸的性質，人們關注的依然是它的非主體性。

　　大多數的專業領域的討論都是從對象物（object）出發的〔註47〕，尤其當人們試圖以主客二分認識世界，卻又發現它存在著根本矛盾的時候：比方說，實際上實現了以更快更省力的方式抵達目的地的，是腳踏車，而不是人——在無法否認物質對人的文化行為的重重影響，體認到「被物質『導致』、『改變』、『創造』的生活」的面目，因而問起「物是什麼」的時候，主客界限就會趨於模糊，誠如尚・布希亞（Jean Baudrillard, 1929～2007）所說：「我們生活在物的時代：我是說，我們根據它們的節奏和不斷替代的現實而生活著，在以往所有的文明中，能夠在一代一代人之後存在下來的是物。」〔註48〕在尚・布希亞看來，人與物的互動關係至少是兩個不同的體系：圍繞著人的是象徵的，在這個體系裡，物質的一切都與人密切相關，被人的規劃所定義，因此一面鏡子的意義是歲月的痕跡；另一個體系是功能的，鏡子不被解釋成與衰老的容貌有關，而是一個提供映照需要的消費品。

　　尚・布希亞的學說基本上不僅代表他個人對物質的認識，也是社會學家觀察物質研究發展的傾向。在西方，物質的討論很大程度有賴於社會學家的建構與發展——當然，早在社會學家大談「物質」與「物質文化」以前，人類學家與考古學家已經對物質極為重視，只是他們的基本態度是將物質視為追蹤文

〔註47〕西方以「物質」稱呼這種可以被材質、製作至於價值等環節進行分析的對象，並且是在它被當成一個術語加以重視時，就已預言了主客的對立框架：19世紀美國歷史學家威廉・普雷斯科特（William H. Prescottm, 1796～1859）用「物質文化」一詞指稱墨西哥的古老文物，這種源於殖民歷史的背景，促進了一種將非西方原始部落的物質文化研究用於對照資本主義運作的邏輯。因此，西方主客對立的結果是開啟「商品」與「非商品」兩道討論的分支：前者涉及物的生產、價值、消費，當人們意識到商品是使用價值與剩餘價值的物質體現，物質討論就被上升到一個新高度。這個主張的代表是20世紀中葉以後布爾迪厄（Pierre Bourdieu, 1930～2002）將商品所指向的審美品味連結到權力所能構成的封閉系統，視物質為影響社會結構的關鍵之一。非商品的討論則主張，商品只可能是物質生命的一部份，當它不再作為商品而流動，取而代之的是它自身交換、流通於時空的本質。後者以牟斯（Marcel Mauss, 1872～1950）的《禮物：舊社會中交換的形式與功能》為代表，他特別強調將物質對應於情感、尊重等的非經濟交流。

〔註48〕（法）尚・布希亞（Jean Baudrillard）著；劉成富、全志鋼譯，《消費社會》（南京：南京大學出版社，2006），頁1。

化問題的線索，在考古領域裡的「物質」和「文物」常常是溝通的，比方說器皿、藝術品上的造型與條紋都可被囊括進物質概念裡，並不限於日常、功能性的用品。

　　社會學家通過物質觀察社會結構、行為活動、權力分配等社會現象，而不僅關心物質本有的實用或審美功能。著名的論著包含牟斯（Marcel Mauss, 1872～1950），其《禮物：舊社會中交換的形式與功能》將物質對應於情感、尊重等的非經濟交流；20世紀中葉以後，布爾迪厄（Pierre Bourdieu, 1930～2002）將商品所指向的審美品味連結到權力所能構成的封閉系統；在前人基礎上，伊爾格．克比托夫（Igor Kopytoff, 1930～2013）在"The Cultural Biography of Things"提出一種新的視角，主張物質不僅是文化線索，它本身也是文化的重要組成部份，因此「為物質作傳」是有意義的。

　　是以，就用以理解物質世界的語言資料而言，它們顯示的總是一種對生命意義、生存狀態加以理解的企圖，於是，此種關乎形上的物／我的辨證探索，西方如此，東方古老哲學亦然，如莊周夢蝶。〔註49〕作為一種方法，「物化」可以表明物、我只是狀態不同，死與生，沒有實質上的差異；物化也同時是它自己的目的，因為理解物我如一、死生如一，遂能不為死生苦樂，所以物化是在泯除物我差異的前題下強調物我和諧所能成就的精神境界。明陸西星（1520～1606）《南華真經副墨》：「若以一人而分夢覺，曩為夢裡之蝴蝶，今為覺後之莊周，故曰：『則必有分』。蓋所謂一而二，二而一者，若果是兩箇，須索待彼，原是一箇，則不消有待也。此之謂物化。」〔註50〕所言蝴蝶莊周二而為一，也不僅是強調人身個體，而是意識如何憑藉著物化的體認而消解看似被「分」或被「合」的種種現象，而最終是要脫離此分合中所產生的種種情緒，提升生命的境界。

　　集中在莊周夢蝶所能展示的精神境界，就會發現「蝶」在其中確是必要的。事實上在《莊子》的其它篇章裡，我們看見鯤魚化大鵬，甚至是人與雞、鼠

〔註49〕「夫時不暫停，而今不遂存，故昨日之夢，於今化矣。死生之變，豈異於此，而勞心於其間哉。方為此則不知彼，夢為蝴蝶是也。取之於人，則一生之中，今不知後，麗姬是也。而愚者竊竊然自以為知生之可樂，死之可苦，未聞物化之謂也。」〔明〕焦竑撰：《莊子翼》（台北：廣文書局，民52），頁35。

〔註50〕〔明〕陸西星：《南華真經副墨》卷二，《中國子書名著集成》珍本初編儒家子部（台北縣新店鎮：中國子學名著集成編印基金會，民67），頁139。

肝、蟲臂、車馬、彈丸的互通。〔註51〕物種流轉的情況在莊子的語境裡顯得很有意思，不同於「昔者鯀違帝命，殛之於羽山，化為黃熊，以入於羽淵」（《國語・晉語八》），莊子並沒有將這個流轉歸諸神話，而是試圖處理它們，以「與造物者為人，而遊乎天地之一氣」將它們彼此以「跨界」的方式統一起來，所謂「致虛極，守靜篤，萬物並作，吾以觀復」（《道德經》十六章）〔註52〕，其真諦是尋找一個以一觀百的原理原則，換句話說，我們相信，一個傳遞符號意義的物質語境，具體而又複雜地在《莊子》的語言裡第一次顯形。

三、器物

　　承前所言，因著目的不同，「物／物質」的解釋非常廣泛，同時也可能非常極端，因此更多的研究，特別是非社會學領域卻必須使用「物／物質」一詞加以表述者，會更主張一種折衷但具體的看法：比如柯嘉豪（John H. Kieschnick）先生在談佛教對中國物質文化的影響所提到的「由個人或群體製造的可見有形的物品（比如工具、衣物、屋舍）」，並用邁克爾・布萊恩・席夫（Michael Brian Schiffer）的解釋更準確地表明人造物的概念「製造、複製物品，或者借由人力形成物品整體或部份的現象」，因此星辰、河流、野生動物這些「外在者」（externs）都將被排除在外。〔註53〕

　　決定一個放諸四海皆準的最佳定義很困難，那姿態就像孟悅先生在〈什麼是「物」及其文化？——關於物質文化的斷想〉開篇所寫：「什麼是『物質文化』？「物質文化（material culture）」這個術語涵蓋了相當廣闊的範圍。它究竟是一種文化門類，還是一種物質形態，是一種特殊的研究對象，還是一種研

〔註51〕　〈至樂〉：「種有幾？得水則為䘏，得水土之際則為鼁蠙之衣，生於陵屯則為陵舄，陵舄得鬱棲則為烏足，烏足之根為蠐螬，其葉為蝴蝶。蝴蝶胥也化而為蟲，生於竈下，其狀若脫，其名為鴝掇。鴝掇千日為鳥，其名為乾餘骨。乾餘骨之沫為斯彌，斯彌為食醯。頤輅生乎食醯，黃軦生乎九猷，瞀芮生乎腐蠸。羊奚比乎不筍，久竹生青寧；青寧生程，程生馬，馬生人，人又反入於機。萬物皆出於機，皆入於機。」〔清〕郭慶藩撰；王孝魚點校：《莊子集釋》（北京：中華書局，2013），頁555。後文所引《莊子》皆準此版本。為求版面簡淨，惟記篇名，不另作註。

〔註52〕　〔魏〕王弼注：《老子道德經》（台北：臺灣商務印書館，民55），頁12。後文所引《道德經》皆準此版本。為求版面簡淨，惟記篇名，不另作註。

〔註53〕　詳參（美）柯嘉豪著；趙悠等譯；祝平一等校：《佛教對中國物質文化的影響》（上海：中西書局，2015），頁14～15。

究方法？」〔註54〕這種扣問很可能是徒勞的。我們最終會發現我們之所以接近「物質」，不是為了要弄清楚它的意義，而是為了要體味物質所在的那個「不復存在的語境」〔註55〕：

> 若是一定要規定物質文化的定義，那麼不如把它想像成一個談話空間或論壇……不同學科領域的人聚集到這個空間，不是為了尋找結論，而是為了發現問題和尋求啟示，以更深入更有效地理解和描述我們生存的世界。〔註56〕

唯一可以確定的是，無論我們是如何把握物質內涵，一旦我們的目標是在探究物質如何反映文化，物質如何影響與決定人們的行動、如何折射出社會生活與人情人心，就不能不承認「人工之物」——本文聚焦於器物——在此中所扮演的關鍵角色。

《說文·皿部》說器：「皿也」，「飯食之用器也」。器的本質是「用」，「埏埴以為器，當其無，有器之用」（《道德經》十一章），「古之良工，不勞其知巧以為玩好。是故無用之物，守法者不失。」〔註57〕《韓非子》記載了一則這樣的事：「堂谿公謂昭侯曰：『今有千金之玉卮，通而當無，可以盛水乎？』昭侯曰：『不可。』『有瓦器而不漏，可以盛酒乎？』昭侯曰：『可。』對曰：『夫瓦器，至賤也，不漏，可以盛酒。雖有乎千金之玉卮，至貴而無當，漏，不可盛水，則人孰注漿哉？』」（〈外儲說右上〉）〔註58〕在人們的普遍認知裡，一件美觀卻製作不當、不具作用的玉卮，比不上一件廉價的陶碗。

自然，器具不是只有食器。《說苑》引《墨子》述云：「食必常飽，然後求美；衣必常暖，然後求麗；居必常安，然後求樂。為可長，行可久，先質而後文。」〔註59〕在基礎需求滿足後，人則有裝飾、娛樂的需求，因此又有飾器、

〔註54〕孟悅、羅綱主編：《物質文化讀本》（北京：北京大學出版社，2008），頁1。

〔註55〕揚之水先生語。詳參〈詩中「物」與物中「詩」——關於名物研究〉，揚之水：《揚之水談名物》卷一（香港：香港中和出版社，2016），頁430。

〔註56〕孟悅：〈什麼是「物」及其文化？——關於物質文化的斷想〉，孟悅、羅綱主編：《物質文化讀本》（北京：北京大學出版社，2008），頁4～5。

〔註57〕黎翔鳳撰；梁運華整理：《管子校注》〈五輔第十〉（北京：中華書局，2004），頁201～202。後文所引《管子》皆準此版本，惟記篇目，不另作註。

〔註58〕張覺撰：《韓非子校疏》卷第十三〈外儲說右上第三十四〉（上海：上海古籍出版社，2010），頁857。後文所引《韓非子》皆準此版本，惟記篇目，不另作註。

〔註59〕〔漢〕劉向撰；程翔譯注：《說苑譯注》卷二十〈反質〉（北京：北京大學出版

觀賞用器、樂器、遊藝用器等等。作為研究魏晉詠物的先驅，廖國棟先生將「珍寶玉器」、「樂器」兩類與「日常用品」一類分開，大概就是採取這樣的思路〔註60〕。幾年後，先生又將「飲食」作為器物之一。〔註61〕不過，無論是三類還是四類，顯然都和古代的劃分不一致：例如《昭明文選》沒有「器物」一類，樂器賦被歸在「音樂」當中；《北堂書鈔》在「藝文部」裡有筆、紙、硯、墨，「衣冠部」有衣、裳、袍、裘，但沒有一部稱為「器物」，匣、熏籠、屏風等則在「服飾部」。為了檢視，茲將歷來重要類書和文集分部情況列載如下：

《北堂書鈔》〔註62〕分19部：帝王。后妃。政術。刑法。封爵。設官。禮儀。藝文。樂。武功。衣冠。儀飾。服飾。舟。車。酒食。天。歲時。地。

《藝文類聚》〔註63〕分47部：天。歲時。地。州。郡。山。水。符命。帝王。后妃。儲宮。人。禮。樂。職官。封爵。治政。刑法。雜文。武。軍器。居處。產業。衣冠。儀飾。服飾。舟車。食物。雜器物。巧藝。方術。內典。靈異。火。藥香草。草。寶玉。百穀。布帛。果。木。鳥。獸。鱗介。蟲豸。祥瑞。災異。

《初學記》〔註64〕分24部：天。歲時。地。州郡。帝王。中宮。儲宮。帝戚。職官。禮。樂。人。政理。文。武。道釋。居處。器物。寶器（花草附）。果木。獸。鳥。鱗介。蟲。

《太平御覽》〔註65〕分55部：天。時序。地。皇王。偏霸。皇親。州郡。居處。封建。職官。兵。人事。逸民。宗親。禮儀。樂。文。學。治道。刑法。釋。道。儀式。服章。服用。方術。疾病。工藝。器物。雜物。舟。車。奉使。四夷。珍寶。布帛。資產。百穀。飲食。火。休徵。咎徵。神鬼。妖異。獸。羽族。鱗介。蟲豸。木。竹。果。菜。香。藥。百卉。

《歷代賦匯》〔註66〕正集收體物之作，分30類：天象。歲時。地理。都

社，2009），頁538。後文所引《說苑》皆準此版本，惟記篇目，不另作註。
〔註60〕詳參廖國棟：《魏晉詠物賦研究》（台北：文史哲出版社，民79）。
〔註61〕詳參廖國棟：《建安辭賦之傳承與拓新：以題材及主題為範圍》（台北：文津出版社，2000）。
〔註62〕據〔唐〕虞世南撰；〔清〕孔廣陶校註；〔清〕富文齋刊刻：《校宋刻本北堂書鈔》（台北：新興書局，民60）本。
〔註63〕據〔唐〕歐陽詢撰：《宋本藝文類聚》（上海：上海古籍出版社，2013）本。
〔註64〕據〔唐〕徐堅等：《初學記》（北京：中華書局，1980）本。
〔註65〕據〔宋〕李昉等撰：《太平御覽》（北京：中華書局，2000重印）本。
〔註66〕據〔清〕陳元龍撰：《歷代賦彙》（南京：鳳凰出版社，2004）本。

邑。治道。典禮。禎祥。臨幸。蒐狩。文學。武功。性道。農桑。宮殿。室宇。器用。舟車。音樂。玉帛。服飾。飲食。書畫。巧藝。仙釋。覽古。寓言。草木。花果。鳥獸。鱗蟲。

《佩文齋詠物詩選》〔註67〕共 486 卷：卷 1～20 為天象，卷 21～23 為天象感受，卷 24～32 為節氣，卷 33～48 為節日，卷 49～83 為山類，卷 84～110 為水類，卷 111～126 為亭臺城郭，卷 127 為舟，卷 128 為車，卷 129～137 為軍旅陣列，卷 138～147 為武備（射、弓、箭、刀、劍、旌旗、戰袍、彈、鞭、雜類），卷 148 為鹵簿，卷 149、150 為儀器（儀器、權衡度量），卷 151～154 為寶物（寶玉、珠、金、錢），卷 155～163 為布帛衣飾（錦綺、布帛、芋葛、氈罽、印笏、冠簪、衣、帶佩、履舃），卷 164～167 為居家用物（屏障、簾幕、如意塵拂、砧杵），卷 168～171 為書籍（書籍、經、史、讀書），卷 172～178 為書法類（書法總類、御書、篆書、真書、草書、書札、碑），卷 179～184 為筆紙（筆、墨、硯、紙、箋、畫），卷 185～203 為音樂類（樂律、鐘、鼓、磬、簫、管、笙、笛、琴、琴石、瑟、箏、琵琶、箜篌、笳、角、觱篥、方響、雜樂器），卷 204～223 為生活類（鼎彝、爐、鏡、扇、棊、投壺、杖、文具、玩具、飲具、釀具、茶具、食具、坐具、寢具、雜器、香、燈燭、火、煙、薪炭），卷 224～241 為角色，卷 242～274 為食物總類，卷 275 為總樹類，卷 276～375 為總花類，卷 376～386 為藥類，卷 387～396 為草類，卷 397～486 為鳥獸蟲魚。

俞琰《歷代詠物詩選》〔註68〕計有 28 部：天。歲時。地。山。水。居處。寺觀。人。麗人。文。武。樂。巧藝。器用。雜玩。玉帛。冠服。飲食。菓。穀。蔬。花。木。草。禽。獸。鱗介。昆蟲。

一個事實是，這些劃分只維持最基本的相似，一種服膺天人關係的排列（由天象到人事再到蟲草花木），細項部分因為材料的不同而不同，推究起來，細項不如想像中嚴謹，前後代的分類影響也未必有跡可尋：比方說同樣寫車渠碗，曹植、徐幹和應瑒的被《藝文類聚》放在「雜器物部」，曹丕和王粲的則被放在「寶玉部」；到了《歷代賦彙》將眾人之作置於「玉帛」，但單單又將徐幹的作品挪到了器用——他們的這些車渠碗，可都帶有明顯的

〔註67〕據〔清〕張玉書、汪霖等奉敕編：《佩文齋詠物詩選》，景印文淵閣四庫全書集部三七一總集類，第一四三二冊（台北：臺灣商務印書館，民72～77）本。
〔註68〕據〔清〕俞琰輯：《歷代詠物詩選》（台北：清流出版社，民65）本。

共作痕跡，從動機和內容來說，似乎沒有「分門別類」的理由。若從這些類書容忍項目之間的重疊情況來說，我們不得不猜想，知識份子從一開始就有意識地「區別」而不是「歸類」、是求「同中之異」而非「異中之同」。

由是之故，我們也就不得不將「器物」的選取範圍擴到最大：所選作品之題面不限於「器」，乃以動機與詩賦內容為準，觀照目前從文獻或實物可徵知的人工的、可移動的產品，包含「禮器」、「樂器」、「服飾」、「舟車」、「農具」、「測量儀器」、「文具」、「食器」、「燈具」、「暖涼器」、「珍寶器」、「遊藝器」〔註69〕，排除不可移動的固定式家具如門、窗、楹、灶等，這些在古代多被放在不同於器物的「居處」部內。應該注意的是，我們也同時排除了那些看上去是詠器物，實則難以討論的作品：1、大部分闕名的上古器銘，2、無法確定詠何種器物的作品如班昭〈欹器頌〉，3、同時包含兩件（及以上）器物的作品如陸機〈鼓吹賦〉、江淹〈橫吹賦〉、蕭統〈弓矢贊〉等。

四、日常／近身

在後文裡，我們會反覆提到一個概念，那就是表現於器物書寫中的「日常化」現象：

1、「日常化」的初始狀況是將許多從未被寫進作品的器物當成題材，以東漢李尤（44？～126？）的器銘為代表。

2、日常化的進階是作者特別關注那些不被他人重視的器物的特徵，張華（232～300）的〈相風賦〉是一個典型。相風是一種古代的測風儀器，儘管很早就有這個器具，但這個題材的書寫要到了魏晉才有廣泛的參與者。問題是其中有一座一直不受到作者的青睞。究其原因，張華以為是太過素樸：「大史候部有相風在西城上，而作者弗為，豈以其託處幽閒，違眾特立，無羽毛之飾，而丹漆不為之容乎？」和當時嗜美的風氣不和。但即便如此，樸素並不影響它的功能「爰在保章，世序其職，辨風候方，必立唯極，循物致用，器不假飾。」特立獨行在當時引來了同時代善賦者傅咸（239～294）的筆爭，認為張華所見還不是最素樸的，又找來了一個「簡易之至」的相風。

3、更深刻的日常化反映在「言志」以外、「政教」以外的興趣。最有名的例子是嵇康（223～262）的〈琴賦〉。面對前代王褒（前90～前51）〈洞簫賦〉、馬融（79～166）〈長笛賦〉兩篇經典，嵇康表明它們還有未盡之處，其中一方

〔註69〕詳目參見附錄三「六朝器物賦總目」、附錄四「六朝器物詩總目」。

面是樂音未必以悲哀為主，另一方面，他認為眾器之中琴德最高、影響最大——在賦序裡，嵇康說明了自己的眼光和他長年以來賞音習琴的養成有關。殷巨（生卒年不詳）〈鯨魚燈賦〉針對的是泰康二年大秦國來朝時所獻一件「鯨魚燈」所作的，面對「伊工巧之奇密，莫尚美於斯器」，殷巨選擇用賦文表達他的奇異經驗，成為另一種歷史記錄。

4、當作者讓更多的器物參與了寫作，用藝術的方式標誌了器物，因著個人的領略不同，也就掘發了「日常化」最精要的意思：作者擅於發掘平凡中的不凡，通過對那些不曾進入視野的現實與必須的承認，重新範圍人們所身處的廣大世界，使「生活」、「日常」等字眼獲得新的定義。〔註70〕

要強調的是，後文還有另外一個意思與器物如影隨形，那就是「近身」。理論上來說，「日常」就同時是「近身」的表態，不過諸多作品（特別是南朝）的描寫每每表明「近身」之物，未必常常使用。在第五章裡我們會試圖說明這種近身而非日常的強調，實際上是一種別開生面的物觀。

第四節　章節安排

除卻緒論與結論，正文共有五章。

第二章梳理先秦的器物書寫，提供六朝創作現象的討論背景。在數量上，先秦最為突出的主要是「戒箴之銘」，要求君主謹言慎行、戒慎恐懼；或者為「頌贊之銘」，對功勳善事加以記載。這種流行反映了器物與政治的息息相關。擁有器物往往被視為掌握權力的重要指標，而器物也在某種程度上保障

〔註70〕 此處所指日常化的第四層概念，源自美國學者柯霖（Colin Hawes）〈凡俗中的超越——論歐陽修詩歌對日常題材的表現〉對歐陽修的創作解讀：「歐陽修吟詠的事物，一定總能喚起一個與之不同的世界，或者因其外形而與之有關的東西，或者因其出產之地。他一定要不遺餘力地在庸常的存在中發現奇崛，同時又不否認存在的真實與必需。」（錄於朱剛、劉寧主編：《歐陽修與宋代士大夫》（上海：上海人民出版社，2007），頁111）重點在於對平庸的「喚起」，以產生改變世界的認知意識。關於文學作品的日常化一題，學界普遍用以觀察宋代詩歌。根據柯霖的看法，吉川幸次郎《宋詩概說》論述歐陽修、梅堯臣等人的日常化創作現象和背景因素，雖然成果卓著，但其中仍需修正，包含歐、梅等人藉由戲謔的技巧、奇崛的發現所能達到的其實是詩意上超越，不僅為日常瑣碎紀錄或譏彈時弊。在此基礎上，又有朱剛〈「日常化」的意義及其局限——以歐陽修為中〉進一步談歐陽修的「自納敗闕」，揭示其意欲以「日常化」重塑日常生活卻遭遇失敗的原因（該文見《文學遺產》2013年第二期）。

了權力擁有者的合法性，在相互依附的關係，器物遂能在人們的預期中發揮「戒箴」與「頌贊」的作用。

　　銘文的對象是統治者，而銘文的作用是要讓他成為一個更好的統治者——這種關於區別尊卑、知所進退的運作，基本上是上古社會最精準的一個微縮：那是一個最重視「禮」的年代，《禮記》：「夫禮者，所以章疑別微，以為民坊者也。故貴踐有等，衣服有別，朝廷有位，則民有所止。」（〈坊記〉）〔註71〕是故，先秦器物書寫的其它表現：〈彈歌〉與荀子〈箴賦〉，大抵與具體的「狩獵」和「生產」無涉，前者的重點在於孝親的表揚，後者寄託了作者心嚮往之的「有禮」社會。值得注意的是荀子的〈箴賦〉，在他試圖以謎語形式的器物之喻展開「禮」的問答時，其實就透露了器物的「構件」認知，此時被我們稱之為模件化的「雛型」。

　　第三章梳理漢代的器物書寫。先秦時候鏤刻（或書而不刻）銘文所用的器物，意義上固然為禮器，但同時也是用器，這種人器的緊密互動很大程度促成了兩漢的器物銘書寫。作為產量最豐、質量最足的銘文作家，李尤（44？～126？）器銘幾乎包含了我們所能想像到的各種器物，重新範圍了「日常」；因為關注物質，必要的鎔裁使他的銘文和同時的器物賦在「模式」上有明顯的一致性。

　　第四章討論魏晉的器物賦，首先爬梳魏晉社會對器物的認知維度，已而取徑主要構件：「功能」、「殊料」、「去聖」、「素樸」觀察魏晉器物賦的模式書寫。我們可以輕易發現作品奠基於物質現實，以及它特定的創作動機——而不單純是為了文字上的炫技——例如〈羽扇賦〉說明了吳地之扇向北傳播的一段歷史，而人們對〈車渠碗賦〉的傾心，則是因為它是一種罕見珍寶。在魏晉賦裡，「材料項」某個程度擺脫了神聖意味。在「製作」方面，聖人也不再是唯一選擇，嵇康〈琴賦〉很明白的表示了這一點。在「形貌」方面，我們可以看到賦家如何推崇一個樸實無華的器具，例如張華的〈相風賦〉，殷巨盛贊沒有一件器物能比「鯨魚燈」更美了，但最終也說，這種美並非來自於它的裝飾，而是來自於它「照耀」的本質。

　　為了避免流於泛論，同時也為了確保不落入任何一種主觀的分類，第四章的第二節對個別的器物進行了獨立的考察——溯源此器物的歷史，觀察它們

〔註71〕〔清〕孫希旦著；王星賢、沈嘯寰點校：《禮記集解》卷五十〈坊記〉（台北：文史哲出版社，民79），頁1283。

的考古成果，目的在貼近器物賦書寫的時代，盡可能掌握器物所在的物質氛圍及觀物眼光。

　　第五章談南朝的器物詩。作為一種變轉，部分詩歌中保有模式的範型（有時五言八句恰好平分了四個部分），但更多時候器物的「貌」與「用」，會融混成一種全面的、整體的「相」。從某個角度而言，「相」將會更符合我們認知器物的存在狀態：被視覺所認知，可以被空間與時間所定位，同時也就在時、空中折損、毀滅。因此，南朝詠器物的現實感，較魏晉時期更家強烈。另一方面，也因著「相」的捕捉，光、風的運用，南朝器物詩和南朝山水詩的發展，可以說有緊密的內在關係。以故，本文第五章談南朝的器物詩，是以「觀看」為取徑：觀看什麼、觀看的目的、如何觀看，從而揭示器物詩所富有的意義想像。

　　第六章是模式之外的綜合性討論。首先談詠器物與魏晉以降傷時意識的關係。本文的看法是，通過對器物的留連，魏晉器物賦「懸置」了時間，而南朝器物詩對「片刻」的強調，也不妨視為「瞬間」時態的創造——以從「線性」和「循環」的矛盾中暫時解脫。其次談「詠畫」（詠像）。在前幾章裡，我們沒有提及此種詠器物，主要是因為「詠畫」（詠像）通常都對它的器體（無論是扇面、屏風、捲軸、牆面、塑體）不置一詞：它不是一個標準的器物；然而，它終究是和上述器體緊緊相依的，這一點，連作者自己都要強調，於是題面會清楚地表達「詠畫扇」、「詠畫屏風」——他們不要作品被人以為是單純的詠景。

　　依違於器體的有無，是詠器物題材的擴張；而依違於物質與非物質之間，「畫」一類的詩賦可以說是一個新的東西（按：是以在這章中，還必須論及六朝為數眾多的佛像贊），我們無法確定這是作者的有意為之，但這裡的確展現了一種文字的優勢、文學的力量：首先，描寫器體的美文被過濾掉了，只留下抒情內在的部分。其次，詠畫像成就了某種不朽。所謂「器體的拋棄」、「消失的器體」，其實正效勞於對物質世界的一定認知與熟悉——器體終將殞滅，而文字則可以永遠地保留下來。

　　最後，通過「文本」與「以器為題的文本」界線逐漸模糊的提示，進行「文本」中「虛構之器」與「真實之器」的區分，以「詩」為語言之一的徑路，辨析語言與器物的生成先後問題。

第二章　雛型——先秦器物觀念與書寫演化

「詠器物」究竟有多長的歷史？由於物質議題過去在中國文學研究中的相對弱勢，歷來鮮有定說，關心較多的是「詠『物』」的淵源。

從根源上說，「詠器物」也是一種「詠物」。由目前可考察的匯集來看，元人謝宗可（約 1330 年前後在世）最早將「詠物」劃分成一個專門的類別，《四庫全書總目》「詠物詩一卷」如是記載：「宗可自稱金陵人，其始末無考。相傳為元人，故顧嗣立《元百家詩選》錄是編於戊集之末……宗可此編凡一百六首，皆七言律詩。」〔註1〕明人瞿佑（1347～1433）繼志述事，有《詠物詩》集：「少日見謝宗可《詠物詩》，愛之，因效其體，亦擬百篇，其已詠者，不重出也。」〔註2〕類型化的編選遲至元明時期，但作為一種書寫表現，詠物在中國文學源頭的作品中已見端倪。雍正年間，俞琰（生卒年不詳）〈詠物詩選序〉說「詠物一體，三百導其源，六朝備其製」〔註3〕，四庫館臣則以為：「昔屈原頌橘，荀況賦蠶，詠物之作，萌芽于是，然特賦家流耳。漢武之《天馬》，班固之《白雉》、《寶鼎》，亦皆因事抒文，非主于刻畫一物。其託物寄懷，見於詩篇者，蔡邕詠庭前若榴，其始見也。」〔註4〕

〔註1〕〔清〕紀昀、陸錫熊、孫士毅等原：《欽定四庫全書總目》（下冊）卷一六八「詠物詩一卷」（北京：中華書局，1997），頁 2246。
〔註2〕〔明〕瞿佑撰：《詠物詩》〈序〉，嚴一萍編：《原刻景印叢書集成三編》v.18：26 卷（北縣：藝文印書館，民 60）。
〔註3〕〔清〕俞琰輯：《歷代詠物詩選》〈序〉（台北：清流出版社，民 65）。
〔註4〕〔清〕紀昀、陸錫熊、孫士毅等原著：《欽定四庫全書總目》（下冊）卷一六八「詠物詩一卷」（北京：中華書局，1997），頁 2246。

　　儘管漢代詠物較先秦更為成熟，但此時的重心還在寄託，而非物身，真正被作家認知為寫作的方法〔註5〕要等到南朝，《文選》所謂「紀一事，詠一物，風雲草木之興，魚蟲禽獸之流，推而廣之，不可勝載矣。」〔註6〕同一時期，鍾嶸（468？～518？）《詩品》以為擅於詠物的詩人的作品，正是一首詠器物詩〈詠柟榴枕〉。〔註7〕

　　「詠器物」已經有多長的歷史？從成分和批評術語的成立來看，它基本和詠物的歷史一樣悠久。

第一節　〈彈歌〉與上古器物的泛禮化

　　中國現存最早的物質文化遺產是距今240～200萬年安徽繁昌人字洞出土的石製品與骨製品。這些製品多具稜角、某端呈尖狀，主要作為砍伐、挖掘、狩獵之用（圖 2-1，引自《器之藏——考古學視野下的中國上古文明》）〔註8〕。1985～1988 年之間，四川重慶巫山廟宇鎮龍坪村龍洞坡發掘出古人類的化石，距今約 204～201 萬年，其間也發現許多石、骨器，形制不一，用於砍、砸、刮、削，說明了器物製造和人類文明進展的同步性。古代文獻中許多關於

〔註5〕雖然「詠物」可以指向特定的命題與表現方式，但它在南朝尚未上升至一個「體類」，相關爬梳可以鄒巔《詠物流變文化論》為代表：「鍾嶸、蕭統所說的『詠物』、『詠一物』儘管在某種程度上也涉及這一時期興盛的詠物詩與詠物賦，但主要指詠物這一表現方式與創作行為，因為它們在句子中的語法功能都是謂詞性短，而不是概念性名詞。路成文《宋代詠物詞史論》認為鍾嶸、蕭統所說的『詠物』、『詠一物』具有文學體類的意義，不夠準確……六朝詠物創作潮萌發了文學批評中的詠物體類意識，但還比較模糊，表現在：蕭統雖有『詠一物』之說，但在《文選》中沒並沒有將詠物詩單獨作為一個門類來加以輯錄，而是將它摻雜在游覽、雜體、樂府、詠懷等類別中；劉勰對詠物的闡述最為詳盡細統，但始終沒有從文學體類來認知詠物；鍾嶸雖然從文學體類的角度來認知，但他用『詠物』指詠物表現手法，其『形狀寫物之詞』則不是完全用來指稱稱詠物之作，也涵蓋了一般性寫景作品。」（長沙：湖南人民出版社，2009），頁 11～12。

〔註6〕〔梁〕蕭統編；〔唐〕李善注：《文選》〈序〉（台北：五南圖書出版有限公司，民80），頁4。

〔註7〕《詩品》卷三評許瑤之「許長於短句詠物」，周振甫譯注：「許瑤之有《詠柟榴枕詩》：『端木生河側，因病遂成妍。朝將雲髻別，夜與蛾眉連。』所謂長於短句詠物。」《詩品譯注》（南京：江蘇教育出版社，2005），頁 151。

〔註8〕黃愛梅、于凱：《器之藏——考古學視野下的中國上古文明》（上海：上海教育出版社，2004），頁 26。

木器使用的記載，在考古方面並不能得到證實，至今尚未發現一萬年跨度以上
的木器文物，除了考古本身的偶然性以外，最主要還是取決於文物本身的質
料：木器比石器、骨器更易腐壞毀滅。推想木器的使用不比骨器、石器要晚，
是完全可以成立的，不過當然不表示木器可能和骨器、石器一樣普遍，原因是
這些留存下來的器物幾乎是作為生產、狩獵工具之用──我們可以理解，這種
器具一定要在可取得物質中較為堅韌。

圖 2-1：繁昌人字洞出土石刀　　　　圖 2-2：許家窯遺址出土石球

圖 2-3：河姆渡文化骨鏃

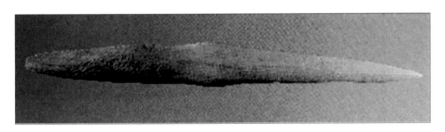

圖 2-4：河姆渡文化陶球　　　　　　圖 2-5：殷墟陶球

以石頭為材料的球狀器最早出土於距今約 65 萬至 80 萬年的陝西藍田公
王嶺遺址。〔註9〕按照狩獵的投擲需要，石器由塊狀被搥削成較規整的形狀，

─────────

〔註9〕詳參李超榮：〈石球的研究〉，《文物季刊》1994 年第 3 期，頁 103。

以減少風阻，增加命中率。距今 10 萬年前的許家窯遺址所發現的多達上千件的石球，即被打磨得更為圓潤（圖 2-2，引自《器之藏——考古學視野下的中國上古文明》，頁 29）。石球的形制到了新石器時代獲得進一步發明，除了石材以外，西安半坡遺址（距今 6000～7000 年前）還出土了 327 件陶球，而且球體更小，更適合投擲。值得注意的是同一時期的河姆渡文化（距今 6000～7000 年前）出土大量箭鏃（一千七百餘件），劉軍《河姆渡文化》指出，以弓箭發射骨鏃（圖 2-3，引自《中國河姆渡文化》）〔註 10〕與彈丸（圖 2-4，引自《中國河姆渡文化》，頁 17）〔註 11〕，是此時擊落飛鳥的並行方式；也就是說，彈丸的形制基本上和骨簇一樣是因應彈弓而製造。工藝日精，這種推論在殷墟（商朝晚年）出土的陶球得到證實——此時的陶球中腹有一周凹槽，考古學家以為那正是弓弦所在的位置（圖 2-5，引自陳紹慈〈以彈弓文物論證上古歌謠〈彈歌〉的創作動機與流傳因素〉）。〔註 12〕

上段對最早出土器物的勾勒是必須的（儘管相當粗略），它幫助我們以物質角度認識上古的器物存在狀況，並以物質角度提供器物書寫的合理性：學界普遍同意，在詠器物溯源裡，以狩獵工具為主題的〈彈歌〉〔註 13〕是最早而完整的一篇。

〈彈歌〉見載於《吳越春秋》，是獵手陳音在越王跟前所唱的獵歌。全文八字、兩句，前句講彈弓的材質，後句講狩獵的行動，簡短直白，卻也對仗工整、層次分明，被《文心雕龍·通變》視作「質之至」：

　　斷竹續竹，飛土逐宍。〔註 14〕

〔註 10〕劉軍：《中國河姆渡文化》（浙江：浙江人民出版社，1993），頁 90。
〔註 11〕詳參劉軍：《河姆渡文化》（北京：文物出版社，2006），頁 72。
〔註 12〕本文關於石器、石球、彈丸資料的取得與觀念的爬梳，得益於陳紹慈先生〈以彈弓文物論證上古歌謠〈彈歌〉的創作動機與流傳因素〉（《彰化師大國文學誌》第 29 期，2014.12）。
〔註 13〕〔清〕李因培選評；凌應曾編注《唐詩觀瀾集》卷二一詠物詩五律四十七首：「詠物之作本六義，賦體兼以比興，如古詩斷竹之謠，楚詞橘頌之賦，已開朕兆。」江蘇學署，清乾隆己卯編刻，哈佛燕京圖書館善本微卷，頁 547。劉逸生：《唐人詠物詩評注》〈前言〉「『斷竹續竹』是我們可見的最早一篇詠物詩。其實，這一類詩不但起源很早，而且數量也是不會太少的，只不過當時沒有文字記載，除了這一篇，其他全都失傳罷了。」（廣東：中山大學出版社，1985），頁 2。
〔註 14〕周生春《吳越春秋輯校匯考》以中華書局四部叢刊影印之明弘治十四年鄺璠所刊《吳越春秋》、元大德十年紹興路儒學刻明修本、明吳琯《古今逸史》本，

古老的勞動一方面捕獲獵物，維持生命所需，一方面也可以視作對猛禽危險的擊退、對侵擾的抵抗，無論是否經過加工，從內容與風格看來，學者依然相信〈彈歌〉反映了先秦時期的生活面貌。〔註15〕《禮記・王制》：「用器不中度，不粥於市」，鄭玄注：「用器，弓矢、耒耜、飲食器也。」〔註16〕從工具的角度，很容易為彈弓找到定位，不過它很可能不同於生活實錄，《吳越春秋》〈勾踐陰謀外傳〉是這樣寫的：

> （善射者陳音）曰：「臣聞弩生於弓，弓生於彈，彈起古之孝子。」
> 越王曰：「孝子彈者奈何？」音曰：「古者人民樸質，饑食鳥獸，渴飲霧露，死則裹以白茅投於中野，孝子不忍見父母為禽獸所食，故作彈以守之，絕鳥獸之害。」〔註17〕

比「弓之彈」更為醒目的是作彈而守的孝子，也就是說，〈彈歌〉伴隨的是一個與孝行相關的行動，表揚有關孝的理念與秩序。

　　孝子的行跡或許是小說家式的敷衍與杜撰，但愈是如此，愈顯示上古時期社會化的詮釋路徑。大量話語使我們斷言，無論是制度的創建、關係的定義、規章的發明，都建基於等級的區別──雙親與孝子關係如是、夫與妻關係如是、君臣關係亦如是──而最終是歸源於一個核心的價值：禮。所謂「民之所由生，禮為大。非禮無以節事天地之神也，非禮無以辨君臣、上下、長幼之位也，非禮無以別男女、父子、兄弟之親，昏姻、疏數之交也。」（《禮記・哀公問》）《集說》引藍田呂大臨所言更為清晰：

> 禮之所貴，別而已矣。親疏長幼、貴賤賢不肖，皆別也。大別之中，又有細別存焉……貴貴之義，有所不行，此亂之所由生也。燕

校對為「斷竹續竹，飛土逐害」；《北堂書鈔》卷一百二十四、《白孔六帖》卷十四、《太平御覽》卷三百五十所引作「肉」。今依逯欽立輯校《先秦漢魏晉南北朝詩》（台北：學海出版社，民80）作「宍」。後文所引唐以前詩，皆準此版本，不另作註。

〔註15〕徐志平比對《古詩源》所錄《吳越春秋》的另一首〈越群臣祝〉，站在四言詩體在春秋時期的浙江已然流行的立場，認為現存〈彈歌〉流傳自吳越爭霸時期應無可疑。詳參徐志平：《浙江古代詩歌史》（杭州：杭州大學出版社，2008），頁4～5。

〔註16〕〔漢〕鄭玄注；〔唐〕陸德明音義；〔唐〕孔穎達疏；〔清〕孫希旦集解：《禮記集解》卷十四〈王制第五之三〉（台北：文史哲出版社，民79），頁375。後引《禮記》皆準此版本，為求版面簡淨，不另加註。

〔註17〕周生春：《吳越春秋輯校匯考》外傳卷九（上海：上海古籍出版社，1997），頁152。

禮之別，故上卿、小卿、大夫、士、庶子，其席、其就位，皆有次。
獻君、獻卿、獻大夫、獻士、獻庶子及舉旅行酬皆有序。俎豆、牲
體、薦羞皆有等差。君臣貴賤之義，極其密察至于此者，所以防亂
也。〔註18〕

而器物，是最有效區別等級的物品。是故《毛詩》序〈小雅·彤弓〉說「彤弓，
天子賜有功諸侯也。」《詩傳》則引《春秋傳》：「諸侯敵王所愾，而獻其功，
於是乎賜之彤弓一，彤矢百，旅弓矢千，以覺報宴。」〔註19〕西周到春秋，周
天子以弓矢賞有功諸侯，弓弦是鬆脫的、象徵性的，諸侯接受以後，要收入弓
韔中，不可以真正使用，「彤弓弨兮，受言藏之」、「彤弓弨兮，受言載之」、「彤
弓弨兮，受言韔之」，在封建網絡裡，與其說彈弓是狩獵工具，毋寧說是「諸
侯征伐權力的代表物」之一〔註20〕。

　　弓矢僅是一例，上古的樂器、馬匹、炊具等等也都表明了它們在政治溝通
上的角色：仲叔于奚要求「曲縣」、「繁纓」，用三面牆懸掛樂器、用繁纓裝飾
的馬匹來朝見，孔子便看見因不合禮而可能引發的政權問題，「唯器與名，不
可以假人，君之所司也。名以出信，信以守器，器以藏禮，禮以行義，義以生
利，利以平民，政之大節也。」（《孔子家語·正論解》）可以說器物的象徵意
涵與它的實用功能是同時出現的，而且出現得很早，究其原因，吳旻旻先生指
出製造所需要花費的時間、人力、經費決定了擁有者，換句話說，只有掌握權
力的人才同時有能力擁有這些物品〔註21〕。關於這一點，公元前605年以組
列姿態現身的九鼎是很好的說明。當楚王用「鼎之大小、輕重」之問作為對
周王室的有意示威，而王孫滿不疾不徐以「在德不在鼎」相應對〔註22〕——

〔註18〕〔宋〕衛湜撰：《禮記集說》卷一百五十九（北京：北京圖書館出版社，
　　　　2003）。
〔註19〕〔宋〕朱熹：《詩經集傳》卷十（長春：吉林人民出版社，1999），頁147～
　　　　148。
〔註20〕陳溫菊：《詩經器物考釋》（台北：文津出版社，2001），頁256。
〔註21〕詳參吳旻旻：〈器物上的「新」面貌：王莽時期度量衡、銅鏡、錢幣的文化觀
　　　　察〉上古至前漢關於器物象徵意義淵源與流變的爬梳，《台大中文學報》第五
　　　　十六期（2017.03），頁28～30。
〔註22〕《左傳·宣公三年》：「楚子伐陸渾之戎，遂至於雒，觀兵于周疆。定王使王孫
　　　　滿勞楚子。楚子問鼎之大小輕重焉。對曰：『在德不在鼎。昔夏之方有德也，
　　　　遠方圖物，貢金九牧，鑄鼎象物，百物而為之備，使民知神、奸。故民入川澤
　　　　山林，不逢不若。螭魅罔兩，莫能逢之，用能協于上下以承天休。桀有昏德，
　　　　鼎遷于商，載祀六百。商紂暴虐，鼎遷于周。德之休明，雖小，重也。其奸回

九鼎的擁有者理論上是政治權力的擁有者，但由於人們相信權力擁有者同時
也是明德、天命所歸者，而周德仍在，所以九鼎不可動搖──這個解釋顯然與
「可執而用」的「炊具」毫無關聯。

　　所謂「夫鼎者，非效醯壺醬甀耳」〔註23〕、「簠簋俎豆，制度文章，禮之
器也」(《禮記‧樂記》)，在《周禮》的記載中，「禮器」是專門用在為天神、
人鬼、地祇而設的「祭祀」的器物，所以又稱祭器，有專門負責的人員（大、
小宗伯），至於人們平常所用的器具，則另外稱作用器、養器或燕器，不歸大、
小宗伯管理，除此之外，還有墓葬專用的明器。應該注意的是，禮器、用器等
雖然在名稱上嚴格劃分，但禮器卻「具備」它的原始功能：鼎可以煮肉、簠可
以盛飯、爵可以裝酒〔註24〕──從這點來看，它和用器的界限又顯得模糊不
清。巫鴻先生的睿見是，這確實是禮器的一個內在的「悖論」：

　　　　一方面，作為一種象徵物，禮器必須是特殊的，必須在材質、形狀、
　　　　裝飾和銘文等物質形態上和實用器物區別開來，人們因此可以清楚
　　　　地識別和認識它所代表的概念；另一方面，禮器仍是「器」，在類型
　　　　與日常用器有關，甚至一致。換言之，禮器看上去可以是一把斧頭、
　　　　一個鼎、一只碗，但它不是一個普通的斧頭、鼎或碗。〔註25〕

　　那麼隨之而來的問題就是：為什麼要選擇這樣多重角色的器具？關於這
一點，巫鴻先生也有極具啟發性的回答：「九鼎的政治象徵意義之所以能夠歷

　　　　昏亂，雖大，輕也。天祚明德，有所底止。成王定鼎于郟鄏，卜世三十，卜年
　　　　七百，天所命也。周德雖衰，天命未改。鼎之輕重，未可問也。』」〔春秋〕左
　　　　丘明撰；〔晉〕杜預集解；李夢生整理：《春秋左傳集解》〈宣公上第十〉（南京：
　　　　鳳凰出版社，2010），頁281。

〔註23〕　語出《戰國策》〈東周策〉：「夫鼎者，非效醯壺醬甀耳，可懷挾提挈以至齊者；
　　　　非效鳥集烏飛，兔興馬逝，漓然止於齊者。昔周之伐殷，得九鼎，凡一鼎而九
　　　　萬人輓之，九九八十一萬人，士卒師徒，器械被具，所以備者稱此。今大王縱
　　　　有其人，何途之從而出？臣竊為大王私憂之。」此段前後主要記載齊國出兵替
　　　　周王室抵禦秦國，顏率雖以九鼎相獻作為條件，事後又以「九鼎巨大難以運
　　　　輸」以及「路途遙遠」作為理由打消齊國取鼎的念頭，解決了難題。詳參繆文
　　　　遠、羅永蓮、繆偉：《戰國策》（北京：中華書局，2016），頁3。

〔註24〕　〔清〕龔自珍：〈說宗彝〉將眾器依用途分為十九種，分別為祭器、養器、享
　　　　器、藏器、陳器、好器、征器、旌器、約劑器、分器、略器、獻器、媵器、服
　　　　器、抱器、殉器、樂器、微器、瑞命。詳參王佩諍校：《龔自珍全集》第四輯
　　　　（上海：上海古籍出版社，1999），頁261～262。

〔註25〕　（美）巫鴻：《全球景觀中的中國古代藝術》（北京：生活‧讀書‧新知三聯書
　　　　店，2017），頁30。

經多個王朝數百年地流傳下去，正是因為它們在祭祀中的持續使用可以不斷充實和更新對以往先王的回憶。」〔註26〕也就是說，禮器（如鼎）的象徵意義的獲得，和它的日常化息息相關——人們有充份的空間與時間親近器物，通過核心價值「禮」的導引，解釋「禮儀過程」、成就「禮儀行為」、標榜身份與象徵，最終，這些所有集中於器物的涵義，成全了一種「證明」與「紀念」的必要：大量的器物從上古的身份尊貴者的墓穴中出土，商代中期的青銅禮器開始帶有圖形徽志與祖先廟號，商代末年在青銅禮器上發現了敘事性的銘文。

＊＊＊＊＊

本節很大程度得益於巫鴻先生關於禮與器的論述，但由於禮儀活動的範圍很廣，還有一些可以補充。在此的補充是：從鼎的兩個物質特性，可以看出取得象徵意義的兩種途徑，進而解釋其它器物的禮用色彩：

首先，後世對鼎的「空」、「虛」概念的強化與運用。鼎能「協于上下，以承天休」，使天地之間的物事相偕互存，並使其承受天的福祇。熟悉語言比喻系統的人大概對這樣的意指都不會陌生，這裡不僅涉及一種抽象的嚮往，鼎之所以能承載「天休」根源自它的中空可盛。由足、腹、耳、蓋組構，無論是三足、四足，還是方體、圓體，中空的腹身都是鼎最重要的特徵，它非常具體地表明了老子《道德經》十一章裡強調的那種「以無為用」〔註27〕。雖然無法證成王孫滿對這種機制的覺察，但在日後的詠器物裡，我們確實反覆看到「空」、「虛」概念的示現，比如李尤（44？～126？）的〈几銘〉：「虛左致賢，設坐來賓。筵床對几，盛養已陳。」（節錄）和〈盤銘〉：「或以承觴，或以受物。既舉清觴，又成口實。」作為一位老莊哲學的擁護者，棗據（生卒年不詳）〈船賦〉的寫作動機直接呼應了任化自然的理想，他用「外質樸而無飾，內『空虛』而受盈」的船的形體，提出生命應有態度的指示。梁代庾肩吾（487～551）〈賦得轉歌扇詩〉說「團紗映似月，蟬翼望如空。迴持掩曲態，轉作送聲風。」這首南朝的詠扇很大程度是把扇當作一種非必要的配件，作用是增加視覺上的美感：詩人用「空」來表達蟬翼之薄。扇面厚則重，手持則難

〔註26〕　（美）巫鴻著；李清泉、鄭岩等譯：《中國古代藝術與建築中的「紀念碑性」》（上海：上海人民出版社，2008），頁9。

〔註27〕　「三十輻，共一轂，當其無，有車之用。埏埴以為器，當其無，有器之用。鑿戶牖以為室，當其無，有室之用。故有之以為利，無之以為用。」（《道德經·十一章》）

免笨伯累贅；反之，扇面輕而薄，則讀者可以想像持輕扇婀娜多姿的體態。已而揮動生風，不過此風必然甚微，僅僅只是傳送了歌聲。由作者引領，讀者從殿閣之闊，集中於持扇之細膩，再由眼前的曲態，向聲風所到之處逸散，這種靈動的流暢感，不能不說「空」起了很大的作用。梁代蕭繹（508～555）〈古意詠燭〉饒富興味：「花中燭，焰焰動簾風，不見來人影，迴光持向空。」人們總以為燭火的必要性是來自於一個需要被照見的對象，但嚴格說來，燭光不僅照明、燭光也「照暗」；不僅照物之「在」，也照物之「空」，亦即物之不在。陳代徐德言（生卒年不詳）的〈破鏡詩〉可謂異曲同工：「鏡與人俱去，鏡歸人未歸。無復姮娥影，空留明月輝。」「空」在這裡並不是「落空」，而是另一道風景。

　　第二，因鼎之可遷而進一步形成的「可擁有」性質。即便相對困難，但鼎是可以被遷移、被挪動的〔註28〕，物權變化，指示了新掌權者的新身份。先民的各種重要儀式活動都與不同形式的「器物『擁有』」有關，比如《禮記·冠義》說：「冠者禮之始也。」〈昏義〉說：「禮，始於冠」，以「擁冠」作為一種成人的界定。就儀式來說，受冠的動作是表面的，它既不保證加冠者的人格修養，也不保證日後的結果；但是，就個人而言，「正容體、齊顏色」的這種基本面貌的「換獲」，正是被儒家視為「辭令順」、「禮義備」的條件，誠如學者所說：「受冠之後，個人生命的禮儀就應從最切己的當下身體姿勢、面部表情、語言聲調等日常舉止行為中顯現出來。人之為人，不是單純體現在一種觀念認識上，確切地說，應該是在當下生命的每一個交往中展現出『人』之生活，而日常人倫關係無疑也是通過生命個體以恰適的形式居走一定的身體空間展現出來。」〔註29〕（按：射禮中的文射與武射即源於這種身體展示。武射分「主皮射」、「貫革射」，兩種都屬於軍事訓練。文射即禮射，是一種通過射箭形式來完成人際互動的禮儀形式。禮射分為四種：大射乃天子或諸侯匯集臣下於大學所舉行；賓射和燕射都是天子或諸侯招待賓客的活動；鄉射則是州長與士人行鄉飲酒禮之後在州學舉行的：「射禮，必先比耦。故一耦皆有上射、下射，皆執弓而挾矢。其進也，當階及階，當物及物，皆揖。其退也，亦如之。其行有左右，其升降有先後，其射皆拾發，其取矢於福也。始進，揖；當福，揖；

〔註28〕關於鼎的移動困難，詳見《戰國策》〈東周策〉「秦興師臨周而求九鼎」。

〔註29〕成守勇：《古典思想世界中的禮樂生活：以禮記為中心》（上海：上海三聯書店，2013），頁90～91。

取矢，揖。既搢夾揖，退與將進者揖。其取矢也，有橫弓卻手兼斂順羽，拾取之節焉。卒射而飲，勝者袒，決遂，執張弓；不勝者襲，說決拾，加弛弓，升飲相揖如初。則進退周旋必中禮可見矣。夫先王制禮，豈苟為繁文末節使人難行哉，亦曰以善養人而已。」〔註30〕射禮之所以可以作為一種經常性的活動，呂大臨先生這裡的意思是，正因為射箭的規矩、動作，恰好顯示一種有禮的文化養成。）

圖 2-6：無幘之冠　　　　　　　圖 2-7：有幘之冠

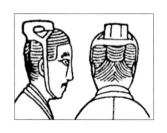  

有意思的是，當我們留意文獻裡對「冠」的描述就會知道，冠無論無幘（先秦至西漢常見冠式，如圖 2-6，引自孫機《圖說》圖版 58-5）有幘（東漢以降冠式，如圖 2-7，摹本參孫機《圖說》圖版 58-7、58-10），實用性都很低。《儀禮注疏》卷地二〈士冠禮第一〉鄭注：「緇布冠無笄者，著頍圍髮際，結項中，隅為四綴，以固冠也。」〔註31〕孫機先生指出「頍在冠下，呈帶狀……特別是始皇陵兵馬俑坑中的戴冠俑，將頍表現得很清楚。這些冠只能罩住髮髻，確乎不能障風取暖。」〔註32〕孫機先生的推論可以補充《淮南子・人間訓》：「今人待冠而飾首，待履而行地也。冠履之於人也，寒不能暖，風不能障，暴不能蔽也，然而戴冠履履者，其所自托者然也。」〔註33〕冠的象徵功能比它的實用功能更為重要，它服膺於禮儀活動——從這個角度來說，是「擁有」的概念決定了器物的誕生。

〔註30〕〔宋〕衛湜撰：《禮記集說》卷一百五十七引呂大臨說（北京：北京圖書館出版社，2003）。

〔註31〕〔漢〕鄭玄注；〔唐〕賈公彥疏：《儀禮注疏》卷第二〈士冠禮第一〉（上海：上海古籍出版社，2011），頁 30。後文所引《儀禮》皆準此版本。為求版面簡淨，惟記篇目，不另作註。

〔註32〕孫機：《漢代物質文化資料圖說》（上海：上海古籍出版社，2011），頁 266。

〔註33〕〔漢〕劉安著；陳廣忠譯注：《淮南子譯注》下冊第十八卷〈人間訓〉（上海：上海古籍出版社，2016），頁 933。後文所引《淮南子》皆準此版本，惟記篇目，不另作註。

　　器物擁有的另種形式表現在〈昏禮〉當中的「用雁」。在古婚禮的六個程序（納采、問名、納吉、納徵、請期、親迎）中，「納吉、納征、請期每一事，則使者一人行。惟納征無雁，以有幣故，其餘皆用雁」（《禮記‧昏義》孔疏），只有納徵因有幣而不用雁。何以用「雁」？自古以來莫衷一是，林彥君先生就諸家說法稍作總結，以為：「其一：雁秋往南春至北，北陰南陽，雁往來陰陽，是聯繫夫婦的象徵，也取其向陽之義，喻妻從夫。其二：雁飛行有序，故婚嫁須按長幼順序。其三：士本以死雉為禮，但婚禮屬嘉禮，故用活雁。其四：雁是鍾情鳥，雌雄一方死去，另一方哀鳴不食而死。藉由雁的象徵意義來說明倡導夫婦間的相處……。」〔註34〕雁自然不能算作一種器物，卻也有器物的隨身特質，《周禮注疏》卷第十九〈春官宗伯第三〉：「以禽作六摯，以等諸臣；孤執皮帛，卿執羔，大夫執雁，士執雉，庶人摯鶩，工商執雞。」《禮記‧曲禮下》：「凡摯，天子鬯，諸侯圭，卿羔，大夫雁，士雉，庶人之摯匹，童子委摯而退。」在這些記載裡頭，雁是被當作「禮之器」──「摯」──來使用的，「擁有」它，強化了男家對婚禮的敬慎、對女家的尊重。

　　綜上，從〈彈歌〉顯露的孝行開始，在重禮的氛圍之中，先秦器物書寫基本上不存在「描繪器物原始樣態」。值得深究的是，此種解讀並不完全主觀，它有自身的物質基礎：「中空」則承天之德，「可遷」指涉權力與地位之擁有，這些概念從禮器而來，但並不限於祭祀，包含冠禮、昏禮、燕禮等古代重要的禮儀活動，我們都可以看到這種器物意義的取徑。

第二節　先秦器銘

　　先秦重器，因此它們既是實用的，又是象徵的。也正因為重器，他們將特別的、值得記錄的文字鑴刻其上──這種文字稱為「銘文」。

　　在古文獻裡，銘又作「名」，本意即是記載、陳述。據巫鴻先生研究，目前可見最早的是殷墟 5 號墓出土的商代晚期（大約公元前 13 世紀）青銅器銘文，這些銘文都是名字，包含兩種，數量較少的是「廟號」（司□母、司母辛），數量較多的則是「生稱」（婦好）。因為生稱數量龐大的關係，所以可以推測器物的製作不是為了死者，而是為了王室成員，它們能表現生者的權力地位，是

〔註34〕林彥君：《〈禮記〉所反映的女性生活禮儀與角色地位》（高雄：國立高雄師範大學經學研究所碩士論文，2011），頁 65。

死後才隨著下葬。鑄有廟號的器物之後就成為主流，這表示它們被用於祭祀祖先，上面有作器者／奉獻者的名字，意謂著作器者／奉獻者用他們自己從上位者那裡得到的獎賞榮耀祖先，「夫鼎有銘，銘者，自名也，自名以稱揚其先祖之美，而明著之後世者也。為先祖者，莫不有美焉，莫不有惡焉，銘之義，稱美而不稱惡。此孝子孝孫之心也。」、「銘者，論譔其先祖之有德善、功烈、勳勞、慶賞、聲名，列於天下，而酌之祭器，自成其名焉，以祀其先祖者也。顯揚先祖，所以崇孝也。身比焉，順也。明示後世，教也。」(《禮記‧祭統》) 於是銘文鑄刻的就是奉獻者現世的成就，關於時間、地點、原因、經過可能都會很清楚〔註35〕，「這些器物的主要意義不再是在禮儀中與神明交通的器具，而更多地成為展示生者現世榮耀和成就的物證。其結果是，變化多端的象徵形象失去了它的活力與優勢；冗長的文獻紀錄被煞費苦心地鑄在一件沒有多少裝飾的盤內或淺腹鼎中。作為紀念性的作品，這樣的青銅器要求的是『閱讀』而非『觀看』。」〔註36〕就藝術欣賞而言，也許帶有些許遺憾，但從「閱讀」來說，無疑是一種開啟——此時呈現的是所謂敘事性的銘文，一篇同時包含「紀事述功」、「頌揚功德」、「警示教誡」三部份的銘文篇幅可以長至四五百字。〔註37〕

理論上，凡是銘刻於器的文字皆稱為器銘，但根據出土與文獻的保留情況觀察，戒鑑之銘的創作活動至少裂變成兩種情況：一是「書而銘刻」，一是「書而不刻」，書寫和銘刻本為兩件事情，「後世繁多的銘文，有的刻石，有的刻於器物上，但書而不刻的情況也常有，這時，就只不過是做為文章的一體而寫作

〔註35〕 詳參（美）巫鴻著；李清泉、鄭岩等譯：《中國古代藝術與建築中的「紀念碑性」》（上海：上海人民出版社，2008），頁66～77。

〔註36〕 （美）巫鴻著；李清泉、鄭岩等譯：《中國古代藝術與建築中的「紀念碑性」》（上海：上海人民出版社，2008），頁77。

〔註37〕 雖然有同時包含三種取向內容的銘文，但有部分學者就現存作品的情況指出商周時期鏤刻於青銅器的銘文多以紀事述功、頌揚功德為主，而警示教誡則是勒刻發展起來，古人亦施之於其它用具（器物居室銘）、立石於山川（山川銘）、置於身邊座旁（座右銘）的結果。人們自然可以從勒刻的角度將青銅銘文與其它銘文看作一類，但就內容差異而言，青銅銘文當與其它銘文分別視之。以褚斌杰先生《中國古代文體學》「箴銘文」的意見為例：「在古代與箴文性質相近的文字，還有所謂『銘文』。但這裡所說的『銘』，與古代鑄金刻石以記功、記事的所謂『銘』不同。商周時代，常在鐘鼎器物上鏤刻文字，以記功頌德，一般稱銅器銘文，後又『以石代金』刻於碑版以頌德記事，一般稱碑銘。而另外還有一種所謂銘文，乃是一種警戒性文字，與前兩種名同而實不同。」（臺北：臺灣學生書局，民80），頁428。

罷了」〔註38〕，這也許可以解釋為什麼某些戒鑑內容與器物的連結較為薄弱──如相傳為商湯所作的〈盤銘〉：「苟日新，日日新，又日新。」於是，真正引人入勝的是那些不僅以器為載體，而是同時使其器質、器形、器能成為語言之意義的，《文心雕龍·銘箴》：「昔帝軒刻輿几以弼違，大禹勒筍簴而招諫，成湯盤盂，著日新之規，武王戶席，題必誡之訓，周公慎言於金人，仲尼革容於欹器，列聖鑒戒，其來久矣。」著名的例子包含《大戴禮記·武王踐阼》記有武王銘十七篇，其中〈盥盤銘〉如下：

> 與其溺於人也，寧溺於淵。溺於淵，猶可緩也；溺於人，不可救也。

（武王）

《困學紀聞》另載有武王書銘二十章〔註39〕，其中〈鏡銘〉也是很好的例子：

> 以鏡自照者見形容，以人自照者見吉凶。

從「盛水」發揮，形容生活如臨淵水，應有危急之自覺；而「見」往知來則必定有賴於「照」。雖說「語言是取義的根本」，但它同時也必須奠基於世界，從這個角度來說，是器物召喚了書寫，成就了書寫的可能。

上述所引題材雖然都是金屬的質料，但目前可見的非金屬題材的銘文數量實際上遠較金屬為多；金屬器物雖有不易毀壞的特點，卻未必方便於生活中如影隨行，警示戒戒的發揮效果相對之下顯得很有限，而服飾、几席等這種較輕便、與食衣住行更接近的物品，則恰好符合了「時時戒慎」的目標：「昔肅慎納貢銘之楛矢，所謂天子令德者也。黃帝有巾几之法，孔甲有槃杆之誡，殷湯有甘誓之勒，黿鼎有丕顯之銘。武王踐阼，咨于太師，而作席機楹杖雜銘十有八章。」〔註40〕只從武王所作的銘文來看，就包含了席、几、楹、杖、帶、履屨、弓、矛、冠、車、鏡、鑰、硯、衣、筆、箕。

固然，銘文並非以「體物」為目，然而論器物題材之發掘，同時以書寫促成某器的細膩觀照，則「銘文」是「賦」出現以前最重要的文類──器銘在兩漢有大量創作，馮衍、李尤等人尤好事之。

〔註38〕褚斌杰：《中國古代文體學》（臺北：臺灣學生書局，民80），頁435。

〔註39〕《困學紀聞》卷五記載：「《踐阼篇》載武王十七銘。」又參考《後漢·朱穆傳》注引《太公陰謀》、《太公金匱》，錄記銘文二十篇，涉及衣、鏡、觴、几、杖、筆、箕、冠、履、劍、車、鏡、門、戶、牖、鑰、硯、鋒、刀、井。詳參〔宋〕王應麟著；〔清〕翁元遺圻等注；欒保群、田松青、呂宗力校點：《困學紀聞》卷五〈大戴禮記〉（上海：上海古籍出版社，2008），頁677～678。

〔註40〕蔡邕〈銘論〉，〔清〕嚴可均撰；陳延嘉、王同策、左振坤校點主編：《全後漢文》卷七十四（石家莊：河北教育出版社，1997），頁698。

第三節　模式的先驅──荀子〈箴賦〉

考察先秦器銘之後，荀子〈箴賦〉在梳理脈絡中顯得特別關鍵，原因在於它所選擇的敘述方式，意謂著「器物構件」在作者意識當中的「顯形」。

〈箴賦〉是怎麼寫的？早前詠物研究對荀子〈箴賦〉的看法，是一種典型的命題分類。它把〈箴賦〉從原境的〈賦篇〉裡頭抽取出來〔註41〕，轉換成一個單獨的結構。研究者們把目光投向這個單獨結構時，最先感到興趣的多半是它所採取的是一種有別以往的、隱語式的語言策略〔註42〕，在謎面的引導之下，「作者要讓我們看到什麼」變成首要之務，「作者希望我們怎麼看到」反而成為次要。

〈箴賦〉寫了什麼？《說文・竹部》曰：「箴，綴衣箴也。」段注「綴衣聯綴之」、「使不散。若用以縫，則從金之鍼也」。箴同鍼，現代最常使用的是「針」字。作為〈賦篇〉第五，在〈箴賦〉以前，〈賦篇〉的謎面分別是禮、智、雲、蠶，而在針的描述以後，荀子還有一段總結式的文字：

> 天下不治，請陳佹詩。天地易位，四時易鄉。列星殞墜，旦暮晦盲。
> 幽晦登昭，日月下藏。公正無私，反見從橫。志愛公利，重樓疏堂，
> 無私罪人，憨革貳兵。道德純備，讒口將將。仁人絀約，敖暴擅強。
> 天下幽險，恐失世英。螭龍為蝘蜓，鴟梟為鳳皇。比干見刳，孔子
> 拘匡。昭昭乎其知之明也，郁郁乎其遇時之不祥也。拂乎其欲禮義
> 之大行也，闇乎天下之晦盲也。皓天不復，憂無疆也。千歲必反，
> 古之常也。弟子勉學，天不忘也。聖人共手，時幾將矣。與愚以疑，
> 願聞反辭。（〈賦篇〉）〔註43〕

這看似無關的五樣東西，因著這個總結，透顯出一個更高層次的訊息：通過

〔註41〕「其〈禮〉、〈知〉、〈雲〉、〈箴〉五賦的基本結構是一致的。即每賦都由三部分組成，第一部分是詩式的韻語，以四言為主體，第二部分是有韻的散文疑問句，這兩部分都用隱語暗示一種事物；第三部分又多是詩式的韻語，前幾句仍是隱語，最後一句才道出謎底答案。」詳參簡宗梧：〈賦與隱語關係之考察〉，《逢甲人文社會學報》第8期（2004.05），頁42。

〔註42〕簡宗梧：〈賦的可變基因與其突變──兼論賦體蛻變之分類〉：「這種諧辭隱語，用之於意在言外的諷誦，荀子雖非言語侍從，然對諧辭隱語多所措意，而有〈賦篇〉與〈成相〉之作，多少具有藉暇豫以進行諷喻的性質。」《逢甲人文社會學報》第12期（2006.06），頁7。

〔註43〕〔清〕王先謙撰；沈嘯寰、王星賢點校：《荀子集解》（北京：中華書局，2013）下冊，頁567～570。後引《荀子》皆準此版本，惟記篇目，不另作註。

「智」的運用，對廣大的自然天地抱持敬畏之心，像「蠶」一樣懂得養老長幼、功立身廢的道理，並且如「針」一般具備下覆百姓、上飾帝王的修為。智是方法，蠶是示範、針是效果，從而顯示出「禮」的價值，在〈賦篇〉沒有提到的表述裡，潛藏了對於「無禮」的焦慮——沒有一個從事中國古典文學研究的人會忘記當時是什麼樣的文化氛圍：禮壞、樂崩。

　　一切似乎迎刃而解。〈箴賦〉之所以看上去像在先秦器物書寫史上橫空出世，是因為與它與春秋戰國百家爭鳴哲學環境，特別是儒家所持的信仰更直接相關。器銘和〈箴賦〉兩條支線看似分歧，其實連貫：器銘在前，它所代表的是對禮樂昌明時期的種種證明與紀錄，〈箴賦〉在後，它所代表的是對禮樂昌明時期的種種嚮往。無獨有偶，也就是在哲學議論盛行的時候，禮器製作有了一個轉變的新物質形象，東周以前那種小型的、精緻的，作為權力與身份象徵物的器具衰退了，巫鴻先生指出：「帶有長銘的宗廟彝器被私人器物和奢華用具取代；『紀念碑式』的大型墓葬建築在東周晚期出現了；『再現性』雕塑和繪畫形象被新興統治者提倡推廣，成為新時代的藝術標誌。」〔註44〕器銘、〈箴賦〉的血脈都根植於「禮」，但禮壞樂崩對物質文化造成嚴重的影響，表現之一就是造器的環境與目的的改變，使得〈箴賦〉成為「接續」傳統藉「物質之器」表意的「發聲方式」之一。

　　〈箴賦〉在上古哲學史、美術史的重要性如上述，而作為一種文學史上的「接續」，它自有其獨特的地位：謎語的形式則有助於物的特徵的提出，為了有效地指向「謎底」，物的「線索」會相對詳細、客觀——以往描述過份簡約，就會使得題面與內文之間的連結產生空白，比方說具有飛土逐肉功能的不止有彈弓；換句話說，當作者強化了「特徵」（謎面）與「對象」（謎底）之間的關聯，同時也就有了「詠」（表現）與「物」（對象）之間的促進，誠如郗文倩所說：「『體物』特徵像血脈一樣成為連接它們（隱語與散體賦）的紐帶，體現出二者間親密的母子關係。荀卿《賦》篇就是處於隱語向賦過度階段中的標誌性作品。」〔註45〕

　　關於促進的具體內涵可進一步由三方面分說：

　　首先，雖同樣以謎語問答，〈箴賦〉卻不同於〈雲賦〉、〈蠶賦〉從「居則

〔註44〕（美）巫鴻：《全球景觀中的中國古代藝術》（北京：生活·讀書·新知三聯書店，2017），頁49。
〔註45〕郗文倩：《古代禮俗中的文體與文學》（北京：人民出版社，2015），頁89。

周靜致下，動則綦高以鉅」、「儳儳兮其狀，屢化如神」的物質狀態寫起，而首先觀照的是製針所使用的原料「鐵」：

> 有物於此，生於山阜，處於室堂。無知無巧，善治衣裳。不盜不竊，穿窬而行。日夜合離，以成文章。以能合從，又善連衡。下覆百姓，上飾帝王。功業甚博，不見賢良。時用則存，不用則亡。臣愚不識，敢請之王。王曰：此夫始生鉅，其成功小者耶？長其尾而銳其剽者邪？頭銛達而尾趙繚者邪？一往一來，結尾以為事。無羽無翼，反覆甚極。尾生而事起，尾邅而事已。簪以為父，管以為母。既以縫表，又以連裏，夫是之謂箴理。（〈箴賦〉）

比較存在的狀態，鐵充塞天地，針在空間中幾乎微不足道；比起變化的可能，鐵多元而廣泛，而針則是製成的產品。若用「輕重」評估二者，則大概可以說鐵為重、針為輕；若用「貴賤」來評估二者，則鐵為貴，針為賤，然而能連綴成文，有廣博之功用的，卻正是針這樣的微賤之物，誠如熊公哲先生所說「其物雖微，功用至重」〔註46〕。因此，若不先講鐵，則無法對比出針的輕微，也就無法延伸出它的偉大，在賦文的起承安排之間，荀子營造了一種有趣而有效的寫物方式：在比較之中看出物的特徵。

其次，雖然作品似乎展示了從原料到用器的物態變化，但關於「製造」，其實作者只是簡筆帶過，言下頗有製造容易、毋須贅言的意味，然後接著說針乃是一種「無知無巧」——如果說理想的治道是「無為而為」，那麼荀子的描述正效勞這種言外之意。

其三，如果把荀子的「巧」看作「文」，「功」看作「質」，某一程度上來說，他其實是正在回應古老的「重質輕文」的價值觀。在上古的語境裡，只有亂世才會嚮往於巧琢之器物，這個經驗之說往往反過來成為一種先驗——但凡尚巧的，都離亂世不遠了。一旦投心於雕飾，便爭奇鬥豔、耗費時日，以至於荒廢更緊要的工作：

> 老子曰：為國之道，上無苛令，官無煩治，士無偽行，工無淫巧，

〔註46〕熊公哲：「古者婦女，無論貴賤，皆有應作之事。魯敬姜嘗言：王后織玄紞，即帽上懸玉瑱之繩也。公侯夫人，加作紘綖。卿之內子，加作大帶。命婦作祭服。烈士之妻，皆為其夫作衣。其語見國語魯語。這是古時禮法，所謂婦功也。荀子之賦箴，楊（倞）注以意在譏切世事。蓋見夫末世婦功不脩，因託辭於箴，言其物雖微，而功用至重；固非專以體物為事也。」熊公哲註譯：《荀子今註今譯》（台北：臺灣商務印書館，1984），頁533。

> 其事任而不擾，其器完而不飾。亂世即不然，為行者相揭以高，為
> 禮者相矜以偽，車輿極於雕琢，器用邃於刻鏤，求貨者爭難得以為
> 寶，詆文者逐煩撓以為急，事為詭辯，久稽而不決，無益於治，有
> 益於亂，工為奇器，歷歲而後成，不周於用。（〈上義〉）〔註47〕

為政者則有責任養成洞悉文質的識見，必須具備從器物當中觀察治亂之跡的能力。所以一般人觀器與上位者觀器是大不相同的：前者觀的是器形、器用；後者觀的是器道。這樣的精神，可說在荀子身上得到更具體地申述：

> 農精於田而不可以為田師，賈精於市而不可以為賈師，工精於器而
> 不可以為器師。有人也，不能此三技而可使治三官，曰：精於道者
> 也，（非）精於物者也。精於物者以物物，精於道者兼物物。（〈解
> 蔽〉）〔註48〕

君子應該往器師（田師與賈師）的目標前進，而他之所以能不同於工匠（農夫與商人），正在於超越器物（事物）表象，更重要的是掌握了萬物的原理原則。

於是，既是寫器物，也是更宏觀的詠物；既是提出了治世的見解，更是站在一個更廣闊的觀點上，荀子展示了一個更高層次的嚮往。

〔註47〕彭裕商：《文子校注》（成都：巴蜀書社，2006），頁 223～224。

〔註48〕按文義，此引姑留「非」字，誠如俞樾注解所云：「『精於物』上，疑當有『非』字。言此人不能三技而可治三官者，精於道，非精於物也。精於物，若農精於田、賈精於市、工精於器是也。精於道，則君子是也。下文云『精於道物者以物物，精於道者兼物物，故君一於道而以贊稽物子』，可證其義。今本奪『非』字，則『精於道者也，精於物者也』兩語平列，而其義違矣。」〔清〕王先謙撰；沈嘯寰、王星賢點校：《荀子集解》（北京：中華書局，2013）下冊，頁 472。

第三章　原型——漢代器物觀念與書寫演化

　　兩漢四百餘年的文學歷史中,「器銘」是詠器物最突出的載體,創作者有意識地擴大了題材範圍,對前所未見的器物加以觀照,從而展露人與器物的新互動關係。同時,「以一物為題」的詠物也頻頻出現了,發揮先秦以來「賦寫」的傳統,作家對器物的材料、製作、形體等進行細膩的描摹,啟引了後來廣大從事者的書寫興趣。

　　本章論述環節如下:

1、整理漢代器物書寫作品:包含器物銘、李尤銘器、器物賦、座右銘。

2、考察關鍵作品的書寫內涵和牽涉問題:

　　(1)李尤器銘為數眾多、言近旨切,何以歷來飽受批評?

　　(2)器銘和器賦的模式表現?其一致性意謂著什麼?

　　(3)以道德勸喻為目標的「器物形象說明」,將有什麼樣的特色?

　　(4)座右銘所指的「座」指的是位置之右,相較於傳統以「實物」為題,這裡更接近一種虛指。何以要選擇一個虛的「所在」取代慣有的題材?

3、參照《漢代物質文化資料圖說》:為了讓行文有具體的討論基礎,本章涉及之器物分類,當依據孫機的考見,一方面比較現存器物和現存書寫的品項差異。

第一節　日常化──李尤銘器

　　漢代具名之器銘凡百篇〔註1〕，整理起來，最多的是「飲食器」及「武備」（依孫機《漢代物質文化資料圖說》分類），這兩項在生活上的必要性自不必說，不過更具意義的是，它們就是先秦青銅器製造中的指標器物：1、禮儀中的容器，2、武器〔註2〕。祖先、神靈對上古先民而言是實有的存在，祭祀的活動基本上是生活的複製，而武器則是鞏固政權、維護權力最實際的保障。先秦青銅器的製造中基本上沒有任何包含農業、紡織等的生產工具，漢銘也符合這個情況。位居第三的是「日用雜品」，例如穿於腳末的襪子，專用於盛羹的湯匙「魁」（圖3-1、3-2，引自〈論漢代飲食器中的卮和魁〉圖五、六）〔註3〕，作為它物之計量的「權」與「籥」（圖3-3，引自孫機《圖說》圖版9-21、9-22、9-10），與掃除用具帚配成套的「箕」（圖3-4，引自《馬王堆漢墓文物》）〔註4〕，用來盛裝什物的「匱匣」等等。食衣住行、清潔收納，這些器物涉及最瑣碎的生活細節──從題材的變化來看，漢代器銘既有對先秦器銘的延續，又有它自身的開創。

圖3-1：東漢龍柄陶魁　　　　　　　圖3-2：東漢邢渠持魁哺父圖

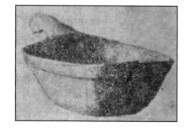 

〔註1〕　參考附錄一「上古兩漢具名器物銘、箴、頌、贊總目」。
〔註2〕　此現象之論述很多，以《青銅器史話》的說明為例：「商周時期的青銅生產部門是被王室和諸侯所掌握的，當時設有工官專門掌管青銅器的生產。在青銅器的生產中，大量鑄造青銅禮器是這一時期青銅業的特點……青銅被大量用來鑄造兵器，這是當時的又一個特點。」頁58～70。詳參曹淑琴、殷瑋璋：《青銅器史話》（北京：社會科學文獻出版社，2012）。
〔註3〕　王振鐸〈論漢代飲食器中的卮和魁〉：「漢代的魁是一種形似水匜、寬腹平底、有柄的盛羹器，在民間使用的是用木料製造，在上層人物中使用則多用銅或漆製造，或有龍柄的裝飾，由於它雖然形似斗勺，而體形過大的原故，在民間語言中，常被引申作為形容大型為首事務的詞彙。魁不應是一個抽象的名辭，而是一件具體盛羹的飲食用具。」詳參王：《科技考古論叢》（北京：文物出版社，1989），頁371～379。
〔註4〕　傅舉有、陳松長編著：《馬王堆漢墓文物》（長沙：湖南出版社，1992），頁65。

圖 3-3：環權（左）、石權（中）、籥（右）

圖 3-4：長沙馬王堆出土箕

孫機《漢代物質文化資料圖說》之品項	漢器銘品項	附錄一漢器銘總目篇次	總計	李尤器銘品項	總計	漢器物賦品項	總計
農業							
漁獵							
手工工具							
計量器	斛	5	5		1		
	權	6、7、85		權衡			
	衡	（85）		（權衡）			
	箕	87					
窯業							
制鹽、采礦							
冶鐵							
紡織						機（王逸）	2
						鍼鏤（班昭）	
漆器							

錢幣							
車	車	12、20、21、22、71、72	6	車天軒車	2		
輦、鹿車、輿、榻、擔、負、戴、鞍具	鞍	55	3	鞍	3		
	轡	56		轡			
	箠	57		馬箠			
船	楫	70		舟楫	1		
武備	劍	8、27、47、98	16	寶劒	8		
	刀	9、10、（28）、（27）、45		錯佩刀			
	戟	48					
	矢	49					
	弓	50		弧矢良弓			
	弩	51		弩			
	彈	52		彈			
	鎧	53		鎧			
	盾	54		盾			
	鉞	92					
旌旗、節符、金鼓、騎吹	鉦	58	1	鉦	1		
塞防設施							
家具	席	13、14、61	8	席	5		3
	屏風	17、40		屏風		屏風（劉安、羊勝）	
	案	41		書案			
	床	59		臥床			
	几	60		床几		几（鄒陽）	
服飾	襪	25	5		2		
	縫	29					
	釵	33					
	幘	68		冠幘			

	履	69		文履			
	衣	（87）					
盥洗器、化妝用品							
鏡	鏡	64	1	鏡	1		
文具	檄	42	5	經檄	5		2
	筆	44		筆		筆（蔡邕）	
	印	66、87		印			
	墨	67		墨硯			
						書（手扈）（杜篤）	
	書刀	46		金馬書刀			
算籌、圭表、漏壺、日晷、地動儀	刻漏	28、39	2	漏刻	1		
地圖、星圖							
醫藥							
飲食器	鼎	1、23、31、73、89、90、91、93	21	鼎古鼎	7		
	甕	2					
	杯	15、77		杯			
	爵	16					
	樽	24、76、94		樽			
	盤	74、96		盤			
	盂	75					
	魁	78					
	安哉	79		安哉			
	豐侯	81		豐侯			
蒸煮器與炊具							
炊爨、釀造							
筒、筐、簏、匱、笈、籃、笄、簞、盒	匣	80	3	匱匣	1		
	筒	86、88					
	匱	（80）		（匱匣）			

日用雜品	杖	3、11、34、62	12	靈壽杖	4	麒麟角杖（劉向）	7
	扇	18、30				竹扇（班固） 白綺扇（班固） 扇（傅毅、張衡） 圓扇（蔡邕）	
	枕	26、35、43、95		讀書枕		芳松枕（劉向）	
	塵尾	63		塵尾			
	箕	82		箕			
燈	燈	84	1	金羊燈	1	燈（劉歆、馮商）	2
薰爐	熏爐	4、65	2	薰爐	1	薰籠（劉安）	1
玉器	佩	32	1				
玉器、玻璃器							
金銀器							
樂器	鐘	36	3	鐘簴	3		10
	虡	（36）		（鐘簴）		虡（賈誼）	
	琴	37		琴		雅琴（劉向、傅毅） 琴（馬融、蔡邕）	
	笛	38		笛		長笛（馬融）	
						笙（枚乘）	
						洞簫（王褒）	
						簧（劉玄）	
						箏（侯瑾）	
雜技							
娛樂	圍棋	83	1	圍棋	1	圍棋（劉向、馬融）	4
						樗蒲（馬融）	
	鞠					彈棋（蔡邕）	
宗教迷信物品							
少數民族文物							
漢代與域外的文化交流							

　　漢器銘的眾作者之中，李尤（約55～135，一說約44～126）無疑是最受人矚目的。他的創作量大、題材覆蓋廣，《隋書・經籍志》所載李尤集五卷已

佚，但明張溥（1602～1541）《漢魏六朝百三家集》〈李蘭臺集〉得以保存，文淵閣景印本《四庫全書》以為底本，錄於集部總集共一卷，存賦五篇、七體一篇、銘文八十五篇、序文一篇、詩一首。銘文序列如下：

> 函谷關／孟津／河／洛／鴻池陂／井／明堂／太學／辟雍／永安宮／德陽殿／闕／雲臺／京師城門／正陽城門／高安館／平樂館／東觀／堂／門／中東門／上西門／上東門／關陽城門／津城門／旄城門／廣陽門／雍城門／夏城門／穀城門

> 室／楹／牖／琴／鐘簴／漏刻／鼎／古鼎／屏風／舟楫／寶劍／笛／車／天軿車／經橫／讀書枕／筆／墨硯／冠幘／文履／錯佩刀／金馬書刀／弧矢／弩／彈／盾／鉦／書案／牀几／鎧／良弓／彎／鞍／馬筆／臥牀／麈尾／薰鑪／安哉／羹魁／豐侯／箕／權衡／匱匣／武庫／圍棋／盤／樽／杯／印／鏡／靈壽杖／金羊燈／竈／席／鞠城

我們盡可能在這個序列裡尋找規則，將〈室銘〉以前的視為戶外，以後的視為室中之物，只是室中之物的前後連結甚為微弱，例如「鼎」列在「漏刻」與「屏風」之間，而武備之中又夾雜「書案」、「牀几」，「羹魁」、「豐侯」、「箕」。「羹魁」用以舀持食物、「豐侯」乃指酒器、「箕」則用以收集去除了的米糠，嚴格來說，三篇的內容皆與食物有關，但卻是計量器「權衡」接之在後。

　　真正的困擾不在於尋找序列的邏輯，而是目前可見的八十五篇不是李尤銘文的全部，根據嚴可均的考證尚有三十餘篇已經散失：「《華陽國志》十中，和帝召作東觀、闕雍、德陽諸觀賦、銘，《懷戎頌》，百二十銘，著《政事論》七篇。帝善之。今搜輯群書，得八十四銘。其餘三十七銘亡。」〔註5〕饒富興味的是，考證的同時，嚴可均一邊對銘文的排序進行了很大幅度的調整：維持著先室外後室內的基本次序，室內部分，嚴本從傢俱排起，接著是擺設，然後是武備，武備以後才列起居用物。器類之間的連結也頗有層次：讀書枕作為書房的用物，可以和筆連結，而筆的小巧可攜，連結隨身之配刀亦甚合理。武庫是收藏之處，與臥床眠寢異曲同工，而文履所意謂的行動則連結車舟。重新編列的同時，也暗示了嚴本對某些器物的性質的重新定義，比方金羊燈在圍棋之後，突顯了燈器的藝術、娛樂性質。以下是嚴可均的序列：

〔註5〕嚴可均：《全後漢文》卷五十李尤〈權衡銘〉案語。

河／洛／鴻池陂／函谷關／明堂／太學／辟雍／東觀／永安宮／雲
臺／德陽殿／鞠城／京師城／高安館／平樂館／上林苑／闕／門／
穀城門／上東門／中東門／上西門／旄門／開陽門／平城門／津城
門／廣陽門／雍城門／上西門／夏城門／

堂／室／楹／牖／井／灶／

鐘簴／琴／笛／

漏刻／屏風／書案／經橈／讀書枕／筆／

錯佩刀／金馬書刀／寶劍／戟／弧矢／良弓／弩／彈／鎧／盾／鞍
／轡／馬箠／鉦／武庫／

臥床／几／席／靈壽杖／塵尾／鏡／薰爐／印／研墨／冠幘／文履／

舟楫／小車／天軿車／

鼎／盤／盂／樽／杯／羮魁／安哉／匵匣豐侯／箕／

圍棋／

金羊燈／

權衡

我們無法確認嚴本基於什麼樣的動機加以改動，但顯然他並不是唯一對其中
銘文之「分門別類」有異議的人。劉勰（465～521）《文心雕龍·銘箴》指出：
「李尤積篇，義儉辭碎。蓍龜神物，而居博奕之中，衡斛嘉量，而在臼杵之末；
曾名品之未暇，何事理之能閑哉！」〔註6〕根據他的說法，李尤銘文的品項雖
然多，但卻恰好曝露了他的缺失：「權衡」無關吃食，卻放在「杵臼」之末；
「圍棋遊戲」「蓍龜神物」錯雜在一起（按：劉勰所舉例的幾篇已經遺佚），在
劉勰的觀念裡，草有「區」、禽有「族」，庶品皆有「類」，只有把物品的分類
等差品弄清楚了，才有可能熟悉物品的事理，他自己的《文心雕龍》就是依類
論述的最佳例子。劉勰以前，摯虞（250～300）已經有過類似評論：「李尤為
銘，自山河都邑，至於刀筆平契，無不有銘，而文多穢病；討論潤色，言可采
錄。」〔註7〕所謂穢，即如田中雜草，既多且亂；總之，看重「事類」，在當時

〔註6〕〔南朝梁〕劉勰著；王更生注譯：《文心雕龍讀本》上冊（台北：文史哲出版
　　　社，民93），頁188。
〔註7〕〔晉〕摯虞：〈文章流別論〉：「夫古之銘至約，今之銘至繁，亦有由也。質文

是一種普遍的品物前題：「（漢賦）假象過大，則與類相遠；逸詞過壯，則與事相違」。〔註8〕

　　對後世而言，器物分類主要是反映某一時期的普遍物觀，大抵無關對錯，彼此的異同往往也只是寬、嚴的分別。據《後漢書‧李尤傳》記載，李尤少以文章顯，時人稱他有司馬相如、揚雄之風。張溥指出，這所謂的揚雄之風，即類於揚雄（前 53～18）所作的〈百官箴〉：「當時薦者稱其文有相如揚雄風，何哉？銘八十餘，多體要之作，及所匠意，於子雲百官箴得其深矣。摯仲治譏以穢病，居諸王莽鼎銘之下，抑文家以少言為貴，而多者難於見工也。」〔註9〕顧名思義，「官箴」是以官職為題名的箴文，而「百官」之百，以數量之眾回應古代官箴王闕的盛況，自然是虛數：「左傳襄四年，昔周辛甲之為太史也，命百官箴王闕……揚雄以下所作，命之曰百官箴，蓋取古者官箴王闕之義。」（《古文苑》）〔註10〕同書又記載「初揚雄依虞箴作十二州二十五官箴，其九箴亡闕。」加上後來人的增補，故《古文苑》所載錄的官箴達到四十八篇。〔註 11〕嚴可均按實際的搜集情況，以為可見而可信為揚雄所作的，數量應是三十三〔註 12〕。以上是「百官箴」的成文背景。揚雄自身不曾將此些作品指為「百官」，但從宋、明的分類眼光來看，此些作品依其性質可以用「百官」來整合——章樵、張溥等人可以說是察覺了揚雄作品的內在

時異，論既論則之矣，且上古之銘，銘於宗廟之碑。蔡邕為楊公作碑，其文典正，末世之美者也。後世以來之器銘之嘉者，有王莽《鼎銘》、崔瑗《杌銘》、朱公叔《鼎銘》、王粲《硯銘》，咸以表顯功德。天子銘嘉量，諸侯大夫銘太常，勒鐘鼎之義。所言雖殊，而令德一也。李尤為銘，自山河都邑，至於刀筆平契，無不有銘，而文多穢病；討論潤色，言可采錄。」《全晉文》卷七十七，頁802。

〔註8〕　詳參鄭毓瑜：《引譬連類：文學研究的關鍵詞》第五章〈類與物〉；雷德侯《萬物：中國藝術中的模件化和規模化生產》〈導言〉。

〔註9〕　〔明〕張溥編：《漢魏六朝百三家集》卷十五漢李伯仁集題詞（台北：新興書局，民52），頁205。

〔註10〕　〔宋〕章樵編：《古文苑》〈百官箴序〉（台北：鼎文書局，民62），頁374。

〔註11〕　〔宋〕章樵編：《古文苑》〈百官箴序〉：「後涿郡崔駰及子瑗，又臨邑侯劉騊駼增補十六篇，胡廣復繼作四篇，文甚典美，乃悉撰次首目，為之解釋，名曰百官箴，凡四十八篇。」（台北：鼎文書局，民62），頁374～375。

〔註12〕　「子雲僅存二十八篇，今遍索群書，除《初學記》之《潤州箴》，《御覽》之《河南尹箴》顯誤不錄外，得《州箴》十二，《官箴》二十一，凡三十三篇……《百官箴》收整篇不收殘篇，故子雲僅二十八篇，《群書徵引》據本集，本集整篇殘篇兼載，故有三十三篇。其司空、尚書、太常、博士四篇，《藝文類聚》作揚雄，必可據信也。」嚴可均《全漢文》卷五十四〈上林苑令箴〉案語。

統一性。

那麼李尤銘器的一致性呢？不妨想像一下，李尤是如何醉心於銘體，以至於「讓」更多器物成為對象物。在李尤看來，名稱不一，即便器形相近，器用雷同，還是各自的可觀之處，如詠「樽」與「杯」：

> 樽設在堂，以俟俊義。三山共承，雕琢錯帶。（〈樽銘〉）

> 小之為杯，大之為閜。杯閜之用，無施不可。以飲以享，慎斯得正。

> 周公之美，驕吝為病。（〈杯銘〉）

同為盛器，杯有小大不同的容量，可適應不同的飲品，而樽的特色則在「雕琢錯帶」。同為樂器，琴的特色在於「蕩滌邪心」，笛的特色則在引發「壯士抑揚」的情緒：

> 琴之在音，蕩滌邪心。雖有正性，其感亦深。存雅却鄭，浮侈是禁。

> 條暢和正，樂而不淫。（〈琴銘〉）

> 出自西涼，流離浩蕩。（〈笛銘〉節錄）

古老的〈湯盤銘〉：「苟日新，日日新，又日新。」到了李尤筆下，則〈盤銘〉呈現完全不同的面貌：「或以承觴，或以受物。既舉清觴，又成口實。」武王〈鏡銘〉說：「以鏡自照見形容，以人自照見吉凶。」李尤〈鏡銘〉則說：「鑄銅為鑑，整飾容顏。修爾法服，正爾衣冠。」在這裡，對器用的敏銳促成了與道德聯想更緊密的關係。最好的說明大概是以下這首：

> 五鼎大和，滋味集具。雖快其口，損之為務。（〈鼎銘〉）

褪去了鼎的禮用色彩，李尤讓它恢復它飲食器的身份，並在這個原始身份上闡發鼎的「另一種用」——使飲食的滋味過於複雜。

橫向來看，李尤只不過是比其它人多寫了一些；縱向而言，卻是不讓道德意識主宰書寫內容的表現。與其說他是站在公眾的立場作此器銘，更突出的毋寧說是「私人」的視角、是作者的「日常」。而且這個私人的、日常的視角比公眾的、道德的視角更為開闊——（器物）題材更豐富，文學性也更精彩，最重要的是李尤並沒有否定它們的「平凡」之處，誠如柯霖（Colin Hawes）所謂「在庸常的存在中發現奇崛，同時又不否認存在的真實與必須」〔註13〕，平凡

〔註13〕柯霖此話本是論述歐陽修（歐陽修吟詠的日常事物，一定總能喚起一個與之不同的世界，或者因其外形而與之有關的東西，或者因其出產之地。他一定要不遺餘力地在庸常的存在中發現奇崛，同時又不否認存在的真實與必須），而李尤的創作，亦不妨以柯霖所指「詩意的表現」、「不凡的掘發」和「廣大世界的揭顯」幾個方面觀照。詳參柯霖著、劉寧譯：〈凡俗中的超越——論歐陽修

的「日常」因此得以擴大。如此，回應前文，李尤的無所不銘，也許就是因為在他眼裡，那都是擴大的日常的一部分。

我們相信李尤的量產不是一種盲目的文字遊戲，因為只有深刻關心，才能發現器物的不凡。進一步說，一旦留心於器物的原始角色，使得物質性更多地參與到作品之中，鎔意裁辭，為物質性的描寫留下位置就成為必要的措施，已而形成一個新的面貌：先是「記物」，然後「警戒」，〈靈壽杖銘〉是一個很標準的例子：

> 亭亭奇幹，實曰靈壽。甘泉潤根，清露流莖。乃制為杖，扶危定傾。
> 既憑其實，亦貴其名。（〈靈壽杖銘〉）

書寫順序是這樣的：從材料寫起，然後是製作，最後是功能，容本文提醒，這正是我們所熟悉的漢代器物賦書寫模式──也就是說，在李尤的器銘裡，有器物賦的身影。實際上，若不是題目的提示，〈靈壽杖銘〉看上去就像是一篇微型的「靈壽杖『賦』」。

第二節　銘、賦離合

承上，東漢李尤的大量器銘透露了他對物質世界的關注，「日常化」的傾向使他降低了某些器物原本的禮用色彩，恢復了它們的器用角色，發揚它們的不凡處，進而開闊了題材的範圍。由於「記物」是「日常化」的鏡像，為了適應新的視角，李尤的器物銘遂發展出和同時器物賦極為相似的面貌。

文學表現如是，究其原因，不能不說是銘文面臨著自身物質條件的變革，特別是「庸器之制久淪」：

> 然矢言之道蓋闕，庸器之制久淪，所以箴銘異用，罕施於代。（《文
> 心雕龍・銘箴》）

說銘文是庸器之制的產物完全是可以成立的，上文所提到的銘文的三種內涵：「紀事述功」、「頌揚功德」、「警示教誡」，追根究柢，發揮的是「載具」功能，用來證明那些銅器的擁有者，因之它背後的真正的動機與其說是「為藝術而創作」，不如說是「杜絕任何可能的創造性質的發揮」，必得「相符於事實」，誠如《文心雕龍・銘箴》所定義：

詩歌對日常題材的表現〉，朱剛、劉寧主編：《歐陽修與宋代士大夫》（上海：
上海人民出版社，2007），頁88～121。

> 銘者，名也，觀器必名焉，正名審用，貴乎慎德。
>
> 夫箴誦於官，銘題於器，名目雖異，而警戒實同。箴全禦過，故文
> 資確切；銘兼褒讚，故體貴弘潤。其取事也必覈以辨，其摛文也必
> 簡而深，此其大要也。

用後世的角度看，伴隨著庸器制度而生產的器銘絕對是不夠「文學」的，只有脫離這個生產的背景，才有可能恢復它自身的「文體性格」：在認識功能、鏡鑑功能、堅持器物特徵的前提下，達到類比作用，並且在主題、結構、意象、宗旨的設定上，顯露作者的體悟、品味與巧思。

關鍵就在這裡，逐漸恢復文體性格的器銘在兩漢處於一種特殊的處境，「記物」與「警戒」的典範正召喚出另一種文類，賦，進而產生「共相」的錯覺和「離合」的意識：

（一）「記物」之器體描摹不僅是銘文的專職，同時也是賦文的擅長，所謂「鋪采摛文，盡賦之體；體物寫志，盡賦之旨」〔註14〕，下引兩首分別是李尤的〈金羊燈銘〉和劉歆的〈燈賦〉，圈號數字代表它的內涵：①為賢人所用，②為製器動機，③為燈形，④是燈具的效果。可以看見，兩篇的組成基本上是相同的，差別在於內涵的序列先後：

> 賢哲勉務，惟日不足。金羊載耀，作明以續。（李尤〈金羊燈銘〉）
> 　　①　　　　　　②　　　　　③　　　　　④

> 惟茲蒼鶴，修麗以奇。身體刻削，頭頸委蛇。負斯明燭，躬含冰池。
> 　　　　　　　　　　　　　　　　③

> 明無不見，照察纖微。以夜繼晝，烈者所依。（劉歆〈燈賦〉）
> 　　②　　　　　　　　④　　　　　　①

再比較李尤〈屏風銘〉和羊勝（？～前148）〈屏風賦〉，圈號數字①是使用的情況，②是屏風形貌的描寫，銘文已包含了端正的喻意，③是功能，④是屏風的延外價值，在屏風形貌的捕捉上，羊勝顯然更為細膩：

> 舍則潛避，用則設張。立必端直，處必廉方。雍閼風邪，霧露是抗。
> 　　①　　　　　　　　②　　　　　　　　③

> 奉上蔽下，不失其常。（李尤〈屏風銘〉）
> 　　④

〔註14〕紀昀評〈詮賦〉，江蘇廣陵古籍刻印社：《紀曉嵐評注文心雕龍》（揚州：江蘇廣陵古籍刻印社，1997），頁79。

先後不同表明的是文類的差異，賦文以體物為旨，所以著重於器形；銘文以戒箴為要，所以常常在開篇就標舉正確的行為。如果說書寫序列就是銘文和賦文在書寫成規上的最大出入，那麼可以說，賦文的內容依歸，並未突破銘文的書寫規約，下引二篇是最經典的例子，無論是造語和意義都極為類似，若不作標記，難以區分究竟何者為扇銘、何為扇賦：

　　翩翩素圓，清風載陽。君子玉體，賴以寧康。冬則龍潛，夏則鳳舉。
　　　　①　　　　　　　　②　　　　　　　　　　　　③

　　知進能退，隨時出處。（傅毅〈扇銘〉）
　　　　④

　　裁帛制扇，陳象應矩。輕微妙好，其輶如羽。動角揚徵，清風逐暑。
　　　　①　　　　　　　　　　　　　　　　　　　③

　　春夏用事，秋冬潛處。（蔡邕〈圓扇賦〉）
　　　　④

　　（二）作為一種內心的活動，賦文的「寫志」固然可以是個人意志的趨向，或悲或喜，但更常見的是擴及「全體生存狀態」的憧憬、盼望，就這部分而言，則賦文的「寫志」又和銘文的「戒箴」有一致的思想依歸，都是以「求好」為發揮的原則，而手段略有不同。器銘的道德勸說之所以能夠成立，是因為它將人的需求和器物功能作為說理的間架：人的需求被喻為一種修為上的不足，而器物功能正好能加以彌補。是以燈的照明了黑夜，成全了人的勤勞；藉著拄杖能站立而不倒，讓人更加堅韌。也就是說，當器物被製造完成的那一刻，對器銘的書寫者來說，警戒（或褒讚）之意也就圓滿了。

　　值得一提的是，說理的方式無關是非，但器銘顯然有一個很嚴重的問題，容易導致戒箴的效果不彰，那就是它幾乎是完全取消了「人」在這當中的意志性：假使燈的擁有者是一個生性懶散的人呢？如果杖的擁有者氣質軟弱、倚門傍戶呢？在這裡，淮南王劉安（前179～前122）的〈屏風賦〉提供了一個難得的個案，說明器物賦的書寫者是如何發現了「人」的關鍵性，並且在書寫中特別提出。賦文如下：

惟茲屏風，出自幽谷。根深枝茂，號為喬木。孤生陋弱，畏金強族。
移根易土，委伏溝瀆。飄飄危殆，靡安措足。思在蓬蒿，林有樸樕。
然常無緣，悲愁酸毒。天啟我心，遭遇微祿。中郎繕理，收拾捐樸。
大匠攻之，刻雕削斲。表雖剝裂，心實貞慤。等化器類，庇蔭尊屋。
列在左右，近君頭足。賴蒙成濟，其恩弘篤。何恩施遇，分好沾渥。
不逢仁人，永為枯木。（劉安〈屏風賦〉）

一座屏風的存在意義，建立在接近此座屏風的人對「仁人」的嚮往、對「仁」的實踐程度。「悲愁酸毒」自然是一種摹擬，「心實貞慤」也不妨說是一種誇飾，但侈麗在這裡卻顯得十分必要，因為只有當劉安極盡描繪之能事，把屏風塑造成一個歷經艱險而忠貞不改的，才愈是能突出「人」在其中的重要性——否則再好的屏風，也只是枯木。

劉安的認知並非歷史上的曇花一現。實際上稍早的羊勝〈屏風賦〉也已經表明，他所描寫的是一座畫有「古列」、「顯顯昂昂」的屏風（見上節引文）。古列即古聖先賢。屏風最原始而主要的功能在於阻隔，只是隨著封建制度的強化，「阻隔」往往同時帶有「保有」階級劃分的意味，誠如巫鴻先生所說：「中國歷史上有很長一段時間，關於屏風的種種話語乃是圍繞著屏風前假想的一位男性坐者或臥者發展出來的。」〔註15〕不僅用以隔絕，屏風同時是一個繪畫的載體，當畫外的人注視著這個近身之物，就意味著畫中的內容能對注視者起到傳播、導引的作用，羊勝屏風之所以畫有古列，大概就是這個道理——屏風製造者不是讓「器體」去承擔教化責任，而是讓聖賢人物去擔負。以繪畫德行人物承載教化功能而馳名的屏風，還有劉向的列女屏風：「劉向七略別傳曰：臣與黃門侍郎歆以《列女傳》種類相從為七篇，以著禍福榮辱之效，是非得失之分，畫之於屏風四堵。」〔註16〕《漢書》卷三十六〈楚元王傳第六〉記載：「向以為王教由內及外，自近者始。故採取詩書所載賢妃貞婦，興國顯家可法則，及孽嬖亂亡者，序次為《列女傳》，凡八篇，以戒天子。」

有意思的是，屏風上的圖案並非一直都是賢人。據《漢書》〈敘傳〉記載，漢成帝（前51～前7）時，大將軍王鳳（生卒年不詳）去世，班伯（生卒年不詳）新受起用，面對一扇畫有商紂王醉踞妲己飲酒作樂的屏風，漢成帝不解其

〔註15〕（美）巫鴻著；文丹譯；黃小峰校：《重屏：中國繪畫中的媒材與再現》（上海：上海人民出版社，2009），頁75。

〔註16〕〔宋〕李昉等撰：《太平御覽》卷七〇一〈服用部三〉「屏風」（北京：中華書局，1960），頁3128。

意，班伯於是指明屏風在提醒「聽信婦人（妲己）讒言」與「宴飲無度」可能
遭遇的下場：

> 自大將軍薨後，富平、定陵侯張放、淳于長等始愛幸，出為微行，
> 行則同輿執轡；入侍禁中，設宴飲之會，及趙、李諸侍中皆引滿舉
> 白，談笑大噱。時乘輿幄坐張畫屏風，畫紂醉踞妲己作長夜之樂。
> 上以伯新起，數目禮之，因顧指畫而問伯：「紂為無道，至於是虖？」
> 伯對曰：「《書》云『乃用婦人之言』，何有踞肆於朝？所謂眾惡歸之，
> 不如是之甚者也。」上曰：「茍不若此，此圖何戒？」伯曰：「『沈湎
> 于酒』，微子所以告去也；『式號式謼』，大雅所以流連也。詩書淫亂
> 之戒，其原皆在於酒。」（《漢書》卷一百上〈敘傳第七十上〉）

不過這種「示警」終究只是例外，真正發揮影響力的還是「典範人物」的圖式。
根據巫鴻的考察，劉向的列女屏風雖沒有留存下來，但從質地、結構到主題和
裝飾風格幾乎保留漢代列女屏風的後世出土屏風來看〔註 17〕，劉向屏風可以
說已經成為一種範本，後代乃是根據此範本──屏風上的人物主角都是賢德
的后妃、賢士、忠臣、孝子等儒家典範人物──加以安排。總之，無論是屏風
的製造者，還是屏風賦的書寫者，將「人」看作教化關鍵的認知可以說是一致
的。

　　總的來說，不妨將漢代器銘與器賦的離合，視為後世銘文朝向記物抒情
的預言──因為魏晉以降，器銘就很明顯地表現出「贊」與「戒」以外的面
貌。就像刻意為之，傅玄（217～278）〈劍銘〉將道德之意放在序言〔註 18〕
裡，銘文只留「光文耀武，以衛乃國」，〈筆銘〉則說「韡韡彤管，冉冉輕翰，
正色玄墨，銘心寫言。」所謂正色、銘心，看似警戒語，其實接近物品的摹

〔註 17〕「劉向的屏風一直未被發現，但 1977 年在今山西省大同市發現的一架屏風可
　　　　以幫助我們構想出它的樣子。這座墓葬的墓主，北魏大將軍、皇戚司馬金龍入
　　　　葬於 484 年。其墓葬中出土的這扇屏風很可能晚於劉向的作品，但從質地、
　　　　結構到主題和裝飾風格來看，它幾乎保留了記載中的漢代列女屏風的所有特
　　　　徵……司馬金龍屏風保存下來的屏面展現了一系列中國古代的儒家典範人
　　　　物……屏上的女性形象主要取材於劉向的《列女傳》，而且用以裝飾屏風的正
　　　　面。屏上也畫有一些孝子、忠臣和其他男性典範人物，但是主要裝飾於屏風的
　　　　背面。」（美）巫鴻著；文丹譯；黃小峰校：《重屏：中國繪畫中的媒材與再現》
　　　　（上海：上海人民出版社，2009），頁 80。
〔註 18〕傅玄〈劍銘序〉：「道德不修，雖有千金之劍，何所用之？先王觀變而服劍，所
　　　　以立武象也。太上有象而已，其次則親用之。」

寫。重要的是，傅之作品不止表現了「教化」的下降，更有「情」的上升，如〈水龜銘〉說：「鑄茲靈龜，體象自然，含出原水，有似清泉。潤彼玄墨，染此弱翰，申情寫意，經緯群言。」〈鏡銘〉：「人徒覽於鏡，止於見形。鑑人可以見情。」孫綽（314～371）〈絹扇銘〉說：「圓竹範素，制為新扇。靜若望月，動若規電。清風拂襟，素暉流藉。」最末兩句，使人聯想起阮籍的「薄帷鑑明月，清風吹我衿」（〈詠懷詩八十二首其一〉），自然不可不說有一種深刻而未道出的內心感悟。時至南朝，以銘文抒發閒情、志情的情況愈發明顯，如謝靈運（385～433）〈書帙銘〉說：「懷幽卷賾，戢妙抱密。用舍以造，舒卷不失。亮惟勤玩，無或暇逸。」蕭綱（503～551）〈書案銘〉不再是對公眾述理，而是對自我的期許：「披古通今，察奸理俗。仁義可安，忠貞自燭。鑑矣勒銘，知微敬勖。」（節錄）庾肩吾（487～551）〈團扇銘〉：「武王玄覽，造扇於前。班生贍博，白綺仍傳，裁筠比霧，裂素輕蟬。片月內掩，重規外圓。炎隆火正，石鑠沙煎。清逾蘋末，瑩等寒泉。恩深難恃，愛極則遷。秋風颯至，篋笥長捐。勒銘華扇，敢薦夏筵。」這一篇表面上是秋扇見捐的沿寫，但其實全文並不止停留於「棄」，而是拋出了一個更複雜且懸而未決的問題：為何恩深難恃？為何愛極則遷？或者換另一種方式說，作者是在強調一種無從解釋的情感關係。清人李兆洛在評庾肩吾子庾信（513～581）的〈思舊銘〉就曾說，雖體類為銘文，卻「實以情勝」〔註19〕，也可以為銘文在南朝的多元內涵作一註腳，情況正如鍾濤先生所說：「銘文發展至齊梁時期，已既能適用於公共領域的宏大敘事，也能表達個體的戒慎警醒、生命感受和審美體驗」。〔註20〕

第三節　無座之銘

在眾多漢代器物書寫中，有一類特別引人關注。嚴格來講，它並非詠器，因為它不是漢代的任何一種器物之名；但討論器物書寫的時候，又似乎不應該對它加以忽略，因為它縱然不是一個實物，卻也是一種虛指，一種刻意為之的、對空間的抽象佔有，給人器物書寫的錯覺——它是「座右銘」。

〔註19〕〔清〕李兆洛：《駢體文鈔》（台北：廣文書局有限公司，民106），頁18。

〔註20〕鍾濤：〈論漢魏六朝銘文功能的繼承與新變〉，謝飄雲、馬茂軍、劉濤主編：《中國古代散文研究論叢》（廣州：世界圖書出版廣東有限公司，2013），頁163～164。

　　根據文獻，漢代以前沒有座右銘，西漢嚴遵（前 39～41）是第一人，然而他的作品卻不及東漢崔瑗（77～142）的來得有名，後者被收入於《文選》之中，與班固（32～92）〈封燕然山銘〉、張載（生卒年不詳）〈劍閣銘〉、陸倕（470～526）〈石闕銘〉、〈新漏刻銘〉並列。《文選》對銘文的載錄不分題材，對「山川地理」、「建築居室」、「計量器具」等不同名物的分類並未表態，當代褚斌杰在《中國古代文體概論》面對同樣的材料時，也沒有打算要重新定義，他對銘文的劃分，彷彿只是《文選》複製──「山川銘」、「器物居室銘」、「座右銘」。「居室」與「器物」被劃分為一類是可以想像的，畢竟劍閣、宮殿、亭台也屬於人造物，而「座右」和「器物」則被視為兩個不同的類別。

　　南朝宋謝莊的〈宋孝武宣貴妃誄〉說「庭樹驚兮中帷響，金缸曖兮玉座寒。」此時因應隨著佛教傳入而普及的垂足座，「座」已經很明確地指向「坐具」；但是漢人的坐姿主要還是跪，因應跪姿的器物是席，因此，「座」之「右」所指的應該是「座席」的「右側」，作為一種隨時能自我警惕的文字，「座右」的實際意義則應更接近於身之周圍。

　　「座」的範圍太廣，或者說，漢代無「座」。我們的問題於是很明顯：在一個擁有悠久的器銘書寫歷史的環境裡，漢代的作家們為什麼要選擇一個「虛指」，而不沿用一個慣用的實物？或者這樣問：以一個想像中的「所在」取代一個實物的書寫，有什麼樣的優勢？我們試著回到嚴遵和崔瑗的銘文內容去回答這個問題：

> 夫疾行不能遁影，大音不能掩響。默然托陰，則影響無因。常體卑弱，則禍患無萌。口舌者，禍福之門，滅身之斧。言語者，天命之屬，形骸之部。出失則患入，言失則亡身。是以聖人當言而懷，發言而憂，如赴水火，履危臨深。有不得已，當而後言。嗜欲者，潰腹之矛。貨利者，喪身之仇。嫉妒者，亡軀之害。讒佞者，刎頸之兵。殘酷者，絕世之殃。陷害者，滅嗣之場。淫戲者，殫家之蹷。嗜酒者，窮餒之藪。忠孝者，富貴之門。節儉者，不竭之源。吾日三省，傳告後嗣，萬世勿遺。（嚴遵〈座右銘〉，《全漢文》卷四十二，頁 644）

> 無道人之短，無說己之長。施人慎勿念，受施慎勿忘。世譽不足慕，唯仁為紀綱。隱身而後動，謗議庸何傷？無使名過實，守愚聖所臧。柔弱生之徒，老氏誡剛強。在涅貴不緇，曖曖內含光。硜硜鄙夫介，

悠悠故難量。慎言節飲食，知足勝不祥。行之苟有恒，久久自芬芳。

（崔瑗〈座右銘〉，《全後漢文》卷四十五，頁 431）

嚴遵，字君平，西漢蜀郡人，《漢書》論述此人時，把他和鄭子真放在一起，目的在突顯他高尚的德行。除了〈座右銘〉，嚴遵還著有《道德指歸》〔註21〕，著作宗旨在發揮老子思想，平日裡也以老子講學，有志推廣道家精神，誠如明代劉風序嚴遵《道德指歸》所說：「其為旨與老氏無間，故因其篇章以發歸趣。」〔註22〕弔詭的是，嚴遵一方面強調「卑弱」（常體卑弱，則禍患無萌）、「無欲」（嗜欲者，潰腹之矛。貨利者，喪身之仇。嫉妒者，亡軀之害），一方面又提醒忠孝之道。似乎是這樣：對嚴遵而言，道、儒之間的依違，只是存心與行動、求諸己與求諸人之間的反差，彼此並不矛盾；因此他可以替人卜筮於成都市集，做著稱不上高貴的工作，獲取勉強糊口的薪水，但樂得一個勸人向善、依孝依忠的機會：

> 其後谷口有鄭子真，蜀有嚴君平，皆修身自保，非其服弗服，非其食弗食。成帝時，元舅大將軍王鳳以禮聘子真，子真遂不詘而終。君平卜筮於成都市，以為「卜筮者賤業，而可以惠眾人。有邪惡非正之問，則依蓍龜為言利害。與人子言依於孝，與人弟言依於順，與人臣言依於忠，各因勢導之以善，從吾言者，已過半矣。」（《漢書》卷七十二〈王貢兩龔鮑傳第四十二〉）

站在同樣「惠眾人」的動機前題下，〈座右銘〉最後說「傳告後嗣，萬世勿遺」，流露移風易俗的信念。

崔瑗的這篇內容較短，語句較活潑，他所採取的不是銘文普遍使用的四言，而是民間樂府流行的五言，詞意也較清晰，以兩句為一組，回應了中國人二元的辯證立場，對不同立場之作法提出了相應之道，然後共同組織一個主要的概念：比如「無道人之短、無說己之長」，表層的意思在提醒人當慎言，裡層則是更根本的、對君子自省的要求；「施人慎勿念、受施慎勿忘」，表層的意思是感恩他人，但更深刻的提醒乃在沽名釣譽的危險。

無論嚴遵還是崔瑗，書寫內容主要是框正行為、指示德行，身為一種「提醒」，與對象的距離自然應該是「接近」愈好。傳統以器物命題，提供讀者以

〔註21〕版本問題詳參張鴻愷〈嚴遵《道德指歸》思想述評〉，國立臺北大學中國語文學系《第四屆文學與資訊學術研討會會前論文集》，2008.10。

〔註22〕〔明〕劉風：〈嚴君平道德指歸序〉，〔漢〕嚴遵撰；樊波成校箋：《老子指歸校箋》（上海：上海古籍出版社，2013），頁 301。

意義掌握的線索；至於在嚴、崔這裡，「近身的所在」成為唯一的請求。除二位以外，漢代還有馮衍的〈席前右銘〉、〈席後右銘〉，崔駰的〈車左銘〉〔註23〕、〈車右銘〉〔註24〕、〈車後銘〉〔註25〕——這就是「座右」的優勢：作者們雖沒有共同宣稱，但他們用命題表態，只要願意，他們可以讓任何器物靠近自己，方法就是讓這個器物在「前」、「右」、「左」、「後」。

　　無獨有偶，讀者同樣會發現這些在「前」或在「後」器銘和器物之間並不保持緊密聯繫，「修爾容貌，飾爾衣服。文之以辭，實之以德」（席前右銘）「冠帶之貳，從容有常。威儀之華，惟德之英」（席後右銘）基本和席無關，正好回應我們在前節所強調的一個現象：某器之右或左的銘文的文學史意義，在於昭顯寫器與銘文的逐漸脫離。

第四節　「規矩」的器物

　　隨之而來的議題是，如果器銘與器賦都看得到「物質性」，那麼身為不同的兩種載體，它們是否有更細緻的區別？有鑑於留存作品之完整度，我們將集中在王褒〈洞簫賦〉加以觀察。

　　眾多文學史試圖解釋後世對漢賦模式化的響應，而王褒的作品總是在這時被提出來。〔註26〕這個響應大概是王褒始料未及的，畢竟在它產生的時空環境裡，比起怎麼看、怎麼寫，人們更在意的是誦讀〈洞簫賦〉所能達到的「癒疾」效果，《漢書・王褒傳》所謂：「其後太子體不安，或忽忽善忘，不樂。詔使褒等皆之太子宮虞侍太子，朝夕誦讀其文及所自造作。疾平復，乃歸。太子

〔註23〕「虞夏作車，取象機衡。君子建左，法天之陽。正位受綏，車不內顧。塵不出軌，鸞以節步。彼言不疾，彼指不躬。元覽于道，永思厥中。」

〔註24〕「擇御卜右，採德用良。詢納耆老，于我是匡。惟賢是師，惟道是式。箴闕旅賁，內顧自救。匪望其度，匪愆其則。越戒敦儉，禮以華國。」

〔註25〕「敬其在路，體貌思恭。望衡顧轂，允慎茲容。無或好失，匪盤于遊。顧省厥遺，虎尾斯求。昭德塞違，抑盈以無。雖有三晉，咸然若虛。」

〔註26〕關於這樣的評論，可以鄒巔《詠物流變文化論》裡的一段話為例：「《洞簫賦》從洞簫的生材、製作、發聲、樂聲之妙、樂聲之感及總贊對洞簫進行了全面的刻畫與描繪，同樣做到了『品物華圖』，窮形盡相，將洞簫的各種情態形貌通通刻畫出來。其描繪的全面、細緻和深入，在描繪事物上的縱深發掘，是任何一部散體大賦對單個事物的摹寫所難以比擬的。《文心雕龍・詮賦》說：『子淵〈洞簫〉，窮變於聲貌』。姜書閣《漢賦通義》說：〈洞簫賦〉『長篇大賦，詠物之始。』」（長沙：湖南人民出版社，2009），頁 113～114。

喜襃所為〈甘泉〉及〈洞簫頌〉，令後宮貴人左右皆誦讀之。」

　　不過，同樣是為「治病」而作，〈洞簫賦〉以前，已有枚乘〈七發〉：

　　　　楚太子有疾，而吳客往問之，曰：「伏聞太子玉體不安，亦少閒
　　　　乎？」太子曰：「憊，謹謝客。」……客曰：「今太子之病，可無藥石
　　　　針刺灸療而已，可以要言妙道說而去也。不欲聞之乎？」太子曰：
　　　　「僕願聞之。」客曰：「龍門之桐……。（《全漢文》卷二十，頁449
　　　　～449）

用以治病的第一享受之事便是「聽樂」。從治病的動機與內容的選定，使〈七
發〉與〈洞簫〉之間有了一定的聯繫，「（洞簫賦）極力鋪排，然大約不越〈七
發〉龍門之桐一條意」〔註27〕、「此為諸音樂賦之祖，意本枚叟而暢之。」
〔註28〕

　　〈七發〉「聽樂」一段共227個字，先敘材料「龍門之桐」，接著講「斬斫
絲絃」的製作，後講琴音之悲。〈洞簫賦〉和〈七發〉一樣從「材料」和「製
作」寫起，最後結束在樂音的移風易俗，除去「亂曰」，依內容可分為五個部
份，兩相比較，特別是在最後有比較大的差異，如下表所示：

	〈七發〉「聽樂」	〈洞簫賦〉
材料	龍門之桐，高百尺而無枝。中鬱結之輪菌，根扶疏以分離。上有千仞之峰，下臨百丈之溪。湍流溯波，又澹淡之。其根半死半生，冬則烈風漂霰飛雪之所激也，夏則雷霆霹靂之所感也。朝則鸝黃鵙鸚鳴焉，暮則羈雌迷鳥宿焉。獨鵠晨號乎其上，鵾雞哀鳴翔乎其下。	原夫簫幹之所生兮，于江南之丘墟。洞條暢而罕節兮，標敷紛以扶疏。徒觀其旁山側兮，則嶇嶔巋崎，倚巇迤嶇，誠可悲乎其不安也！彌望儻莽，聯延曠蕩，又足樂乎其敞閑也。託身驅於后土兮，經萬載而不遷。吸至精之滋熙兮，稟蒼色之潤堅。感陰陽之變化兮，附性命乎皇天。翔風蕭蕭而逕其末兮，迴江流川而溉其山。揚素波而揮連珠兮，聲磕磕而澍淵。朝露清泠而隕其側兮，玉液浸潤而承其根。孤雌寡鶴娛優乎其下兮，春禽群嬉翱翔乎其顛。秋蜩不食，抱樸而長吟兮，玄猿悲嘯，搜索乎其間。處幽隱而奧屏兮，密漠泊以猭猻。惟詳察其素體兮，宜清靜而弗喧。幸得諡為洞簫兮，蒙聖主之渥恩。可謂惠而不費兮，因天性之自然。

〔註27〕于光華評注引孫月峰語。于光華：《評注昭明文選》（台北：學海出版社，民
　　　　70），頁334。

〔註28〕于光華評注引何義門語。于光華：《評注昭明文選》（台北：學海出版社，民
　　　　70），頁338。

製作	於是背秋涉冬，使琴摯斫斬以為琴，野繭之絲以為弦，孤子之鉤以為隱，九寡之珥以為約。	於是般、匠施巧，夔、妃准法。帶以象牙，掍其會合。鍜鏤離灑，絳唇錯雜。鄰菌繚糾，羅鱗捷獵。膠緻理比，挹抐擫擶。
彈琴之情狀		於是乃使夫性昧之宕冥，生不睹天地之體勢，暗於白黑之貌形。憤伊鬱而酷䰄，愍眸子之喪精。寡所舒其思慮兮，專發憤乎音聲。故吻吮值夫宮商兮，和紛離其匹溢。形旖旎以順吹兮，瞋㖧𠰊以紆鬱。氣旁迕以飛射兮，馳散渙以逫律。趣從容其勿述兮，騖合遝以詭譎。或混沌而潺湲兮，獵若枚折。或漫衍而駱驛兮，沛焉競溢。惏慄密率，掩以絕滅。𡃤霵曄踕，跳然復出。
樂音	使師堂操暢，伯子牙為之歌。歌曰：「麥秀蔪兮雉朝飛，向虛壑兮背槁槐，依絕區兮臨回溪。」飛鳥聞之，翕翼而不能去；野獸聞之，垂耳而不能行；蚑蟜螻蟻聞之，拄喙而不能前。	若乃徐聽其曲度兮，廉察其賦歌。啾咇㘉而將吟兮，行鍖銋以和囉。風鴻洞而不絕兮，優嬈嬈以婆娑。翩緜連以牢落兮，漂乍棄而為他。要復遮其蹊徑兮，與謳謠乎相和。故聽其巨音，則周流泛濫，并包吐含，若慈父之畜子也。其妙聲，則清靜厭瘱，順敘卑達，若孝子之事父也。科條譬類，誠應義理，澎濞慷慨，一何壯士！優柔溫潤，又似君子。故其武聲，則若雷霆輘輷，佚豫以沸愲。其仁聲，則若颽風紛披，容與而施惠。或雜遝以聚斂兮，或拔摋以奮棄。悲愴怳以惻惐兮，時恬淡以綏肆。被淋灑其靡靡兮，時橫潰以陽遂。哀悁悁之可懷兮，良醰醰而有味。
移風易俗		故貪饕者聽之而廉隅兮，狼戾者聞之而不懟。剛毅強䟫反仁恩兮，嘽唌逸豫戒其失。鍾期、牙、曠悵然而愕立兮，杞梁之妻不能為其氣。師襄、嚴春不敢竄其巧兮，浸淫叔子遠其類。嚚、頑、朱、均惕復慧兮，桀、跖、鬻、博儡以頓顇。吹參差而入道德兮，故永御而可貴。時奏狡弄，則彷徨翱翔。或留而不行，或行而不留。愺恅瀾漫，亡耦失疇。薄索合沓，罔象相求。故知音者樂而悲之，不知音者怪而偉之。 故聞其悲聲，則莫不愴然累欷，撇涕抆淚。其奏歡娛，則莫不憚漫衍凱，阿那腲腇者已。是以蟋蟀蚸蠖，蚑行喘息；螻蟻蝘蜒，蠅蠅翊翊；遷延徙迤，魚瞰雞睨；垂喙蛩轉，瞪瞢忘食。況感陰陽之和，而化風俗之倫哉！

〈洞簫〉在〈七發〉的基本上，強化了原有材料、樂音的描寫。在製作之後，〈七發〉直接寫到了樂音，而〈洞簫〉則多了一段彈琴的情狀描寫。

令人驚訝的是，兩篇關於樂器的「形貌」其實著墨得很少，它們基本上是把形貌併於製作的說明當中。〈七發〉並非「詠物」，所以大概可以理解，那麼〈洞簫〉呢？這全然不同於我們對「美文」擅於描摹器物形貌的印象。

東漢馬融（79～166）作有〈長笛賦〉，賦序表明了對王褒作洞簫的追慕之意：「融既博覽典雅，精核數術，又性好音，能鼓琴吹笛，而為督郵。無留事，獨臥郿平陽鄔中。有雒客舍逆旅，吹笛，為〈氣出〉、〈精列〉相和。融去京師，逾年，暫聞，甚悲而樂之。追慕王子淵、枚乘、劉伯康、傅武仲等簫、琴、笙頌，唯笛獨無，故聊復備數，作〈長笛賦〉。」在〈長笛賦〉裡，形貌一樣併在製作之中：

> 於是乃使魯般、宋翟，構雲梯，抗浮柱，蹉纖根，跋薆縷，膺階陁，
> 腹陘阻，逮乎其上，葡萄伐取，挑截本末，規摹靉矩。夔、襄比律，
> 子野協呂，十二畢具，黃鍾為主。搝揉斤械，剸揆度擬，鎪碙隤墜，
> 程表朱裏，定名曰笛，以觀賢士。

製作之後，和〈洞簫賦〉一樣，馬融進入了彈琴之場面，寫的是游閑公子繁會叢雜調和笛音的情景。據此，我們感覺到：「使用中」的樂器似乎才是賦家刻劃時最重要的一環。琴與笛固然有它的物質性，它佔有空間、它會毀損，我們沒有辦法假裝沒有看見桌上擺著一張琴而在它上面堆疊其它東西，但是，對一位賦家來說，特別是以「器物」名篇、一個以識器自許的漢代賦家來說，「人的使用」似乎更加重要，然後他們才能從中突顯人們賞樂前後的差別狀態——說到底，「移風易俗」才是〈洞簫〉與〈長笛〉的旨意。

於是「形貌」的描寫相對薄弱。嚴格來說，我們是通過製作的過程看見琴的相關部件，彷彿這些部件已經足夠在讀者腦海中自動拼整出一個琴的形象。關鍵也就在這裡：為王褒製洞簫的，是「般匠」、是「夔襄」，沒有比他們更好的工匠，也沒有另一種更好的工法。因此，對形貌描寫產生「薄弱」的看法彷彿是一種假命題，與其探問形貌，毋寧說，這些由「職人」製作完成之部件，已經是形貌的「保證」。

用現在習慣的術語來表示，「般匠」、「夔襄」這樣的，絕對稱得上是「職人」了——透過自身熟練的技術打造作品，在專業上獲得具共識的尊重。在此意義上，我們必須理解王褒由「職人」對器形加以「保證」的連結方式，在漢

代詠器物賦中是極為普遍的：例如鄒陽（生卒年不詳）〈几賦〉「王命『公輸之徒』，荷斧斤，援葛藟，攀喬枝，上不測之絕頂，伐之以歸。」劉安〈屏風賦〉：「『大匠』攻之，刻彫削斫。」傅毅〈琴賦〉：「命『離婁』使布繩，施『公輸』之剞劂。遂雕琢而成器，揆神農之初制。」與器物有關的「職人」當然指的是工匠，但同時它也意味著某種「經典」，於是，這個「經典」將同步延伸於「聖人」、「君子」、「乾坤」、「天地」──指涉任何一種古代文化中能創造「經典」意義的力量。一個器物的完成將來自於這些經典力量的直接授命：「昔蒼頡創業，翰墨用作，書契興焉。夫制作上聖，立則憲者，莫隆乎筆。」（蔡邕〈筆賦序〉）、「素樸醇一，野處穴藏。上自太始，下訖羲皇。帝軒龍躍，庶業是昌。俯覃聖恩，仰覽三光。悟彼織女，終日七襄。爰制布帛，始垂衣裳。」（王逸〈機賦〉）「昔庖犧作琴，神農造瑟，女媧製簧，暴辛為塤，倕之和鐘，叔之離磬，或鑠金礱石，華睆切錯。丸梃雕琢，刻鏤鑽笮。窮妙極巧，曠以日月。然後成器，其音如彼。惟笛因其天姿，不變其材，伐而吹之，其聲如此。蓋亦簡易之義，賢人之業也。」（馬融〈長笛賦〉）

呼應「經典力量」，無論形貌描寫的多或少，作為賦文主角的器物都會以「中規中矩」、「合圓合方」、「取象乾坤」的姿態現身──它們都是最合乎規矩的器物：

惟書擄之麗容，象君子之淑德。**載方矩而履規**，加文藻之修飾。（杜篤〈書擄賦〉節錄）

背和曖於青春，踐朱夏之赫戲。搖輕箑以致涼，爰自尊以暨卑。織竹廓素，**或規或矩**。（傅毅〈扇賦〉）

削為扇翣成器良，託御君王供時有。度量異好有**圓方**，來風避暑致清涼。（班固〈竹扇賦〉節錄）

寙茲竹以成扇，乃畫象而造儀。惟**規上而矩下**，播采爛以雜施。（張衡〈扇賦〉節錄）

逮乎其上，蒪蔔伐取，挑截本末，**規摹蘀矩**。（馬融〈長笛賦〉節錄）

杯則搖木之幹，出自崐山。矢則藍田之石，卞和所工，含精玉潤，**不細不洪**。（馬融〈樗蒲賦〉節錄）

上剛下柔，乾坤之正也。新故代謝，四時之次也。**圓和正直，規矩之極也**。玄首黃管，天地之色也。（蔡邕〈筆賦〉節錄）

裁帛制扇，**陳象應矩**。輕微妙好，其輶如羽。（蔡邕〈團扇賦〉節錄）

吳旻旻先生〈器物上的「新」面貌：王莽時期度量衡、銅鏡、錢幣的文化觀察〉在此提供了一個很好的旁證，先生以為，從先秦到兩漢，實際上有一種「器以藏禮」到「器以象道」的轉換，新莽時期的諸多舉措所牽涉器物就是最好的說明：「新莽文物的突破意義在於『器以象道』，這些器物並不是以巨量的時間人力取勝，也不是承襲一個前朝而來的紀念物（九鼎、玉璽），其價值來自加入豐富意蘊的巧妙設計，每一個細節都含藏知識理念，不論是嘉量五器合一的設計、律度量衡的整合，銅鏡上的天地四維、四神圖像，十二支時間刻度等等，彷彿天地之道就具體而微地融入器物之中。」〔註29〕這裡所謂的天地之道，就是我們指出賦文裡的「規矩」，行文至此，容我們再次提醒，規矩的器形，以及規矩的器用和器德——這樣最是符合人天理想的器物，最早不是由賦家保證的，「銘」才是最早的代言人：

嘉此正器，嶄岩若山。上貫太華，承以銅盤。（劉向〈熏爐銘〉節錄）

枕有規矩，恭壹其德。永元寧躬，終始不忒。（崔駰〈六安枕銘〉節錄）

圓蓋象天，方軫則地。輪法陰陽，動不相離。（李尤〈小車銘〉節錄）

局為憲矩，棋法陰陽。道為經緯，方錯列張。（李尤〈圍棋銘〉節錄）

雖把「規矩的器物」視為賦家的一種泛濫、誇飾，未必不可，但若是觀察器銘與器賦的交集，因而瞭解它其實是附庸於「警戒」與「褒讚」的傳統、移風易俗的願景的話，就會知道這種「規矩」完全是「必要的」。實際上，魏晉以下，當儒家的教化成份逐漸與賦文脫離，「職人」、「聖人」也就同時離席了——嵇康（223～262）〈琴賦〉向來被視為魏晉器物賦的指標，它不僅結構完整、立意悠遠，而又文采飛揚。〈琴賦〉的第二段寫製琴過程，在進入「乃斲孫枝，准量所任。至人攄思，制為雅琴」之前，他先敘述了製琴的緣由：

於是遁世之士，榮期、綺季之疇，乃相與登飛梁、越幽壑、援瓊枝、陟峻崿，以游乎其下。周旋永望，邈若凌飛，邪睨崑崙，俯闞海湄。指蒼梧之迢遰，臨回江之威夷。悟時俗之多累，仰箕山之餘輝。羨斯嶽之弘敞，心慷慨以忘歸。情舒放而遠覽，接軒轅之遺音。慕老

〔註29〕吳旻旻：〈器物上的「新」面貌：王莽時期度量衡、銅鏡、錢幣的文化觀察〉，《台大中文學報》第五十六期（2017.03），頁28～30、32。

童於驥隅，欽泰客之高吟。顧茲梧而興慮，思假物以託心。

在這一段裡有三組人物，分別是榮啟期與綺里季、舜與許由、軒轅與老童，這些人在這裡都具有「隱士」的身份，他們已經不是傳統印象裡的那些人了。背後涵義，誠如蔡佩書先生所說：「論琴的製作機緣，嵇康強調遯世之士的『思假物以託心』。以往論琴之製作，或謂聖人製琴，如桓譚〈琴道〉所述；或論琴體構造配應天地人倫，如蔡邕《琴操》之說。王褒談洞簫之名，也說『幸得諡為洞簫兮，蒙聖主之渥恩』，以顯尊榮。但當嵇康將製琴歸因於『隱士假物託心』這個原因時，就捨棄了琴器可能具有的道德暗示：彰顯聖主恩德、引導風俗人倫。」〔註30〕

從器銘到器賦，漢代器物書寫演示了一個載體的流行過程。當儒教的氛圍逐漸減弱，「規矩的器物」帶著它的警戒痕跡朝成熟的鋪寫前進，我們最終會看見它的轉向——在作者的眼裡，它從符合道德至上者的規矩的器物，成為營造便利生活的「好用」的器物。

〔註30〕蔡佩書：《嵇康〈琴賦〉研究——兼與〈聲無哀樂論〉之比較》（台北：臺灣大學中國文學研究所碩士論文，2012），頁14。

第四章　成型──魏晉器物觀念與書寫改向

　　漢代器物書寫之中，最具影響力的載體是銘文，但是隨著鑄銘於器的制度的淪喪和文學內部演變，魏晉以降，銘文趨弱，取而代之的是賦文的量產，器物也在成為物質命題中最具開拓性的題材。當然，移轉並非一蹴可幾。賦文一方面留有銘文（包含結構方式、道德目的與對象物的完美化設定）的痕跡，一方面展開自身的書寫特色：強調器物功能。

　　前章引過摯虞（250～300）〈文章流別論〉對漢賦的批評：「假象過大，則與類相遠；逸詞過壯，則與事相違」（見第三章第一節），誇張的描寫往往使某物超出了人們的合理認知，進而產生真確性的懷疑。這種情況，到了魏晉有一定程度的翻轉，如左思（250～305）〈三都賦序〉指明魏晉作品很大程度立基於現實：「余既思事〈二京〉而賦〈三都〉，其山川城邑則稽之地圖，其鳥獸草木則驗之方……發言為詩者，詠其所志也；美物者貴依其本；贊事者宜本其實。」（全晉文卷七十四，頁766）張協（？～307）〈安石榴賦序〉也有一致的表態：「考草木於方志，覽華實於園疇。」（全晉文卷八十五，頁886）褪減了警戒色彩，放眼物質環境，在魏晉賦家筆下的器物都有很強的現實背景。

　　就歷史條件來看，物質環境所仰賴的商業行為，在魏晉確實是引人注目的，特別是去農就商的社會風氣，《三國志》〈吳志〉卷三〈孫休傳〉記載東吳永安初年，孫休詔曰：「自建興以來，時事多故，吏民頗以目前趨務，去本就末，不循古道」、「自頃年以來，州郡吏民及諸營兵，多違此業，皆浮船長江，作賈上下」，究其原因，一與水運發達有關。有鑑於上位者對運河的有意

開鑿，魏晉時期，天然河流和人工運河構成了一張相當便利的水上運輸網絡，《太平御覽》卷一百七十州郡部十六「江南道上」引《吳志》「岑昏鑿丹徒至雲陽，而杜野、小辛間，皆斬絕陵壟，功力艱辛。」促成了人們與物流的交通往來。其次，權貴的莊園擁有廣大可牟利的資源，《晉書》〈刁協傳〉：「兄弟子侄並不拘名行，以貨殖為務，有田萬頃，奴婢數千人，餘資稱是。」這個情況到了南朝更為嚴重，史傳記載沈慶之「廣開田園之業，每指地示人曰『錢盡在此中』。」(《宋書》卷七十七〈沈慶之傳〉)其三是貨幣混亂，反而造成商品交易的盛行，《晉書》卷二十六〈食貨志〉記載：「黃初二年，魏文帝罷五銖錢，使百姓以穀帛為市。至明帝世，錢廢穀用既久，人間巧偽漸多，競濕穀以要利，作薄絹以為市，雖處以嚴刑而不能禁也。」誠如操曉理〈魏晉南北朝時期的糧食貿易〉所說：「在政局混亂、社會動蕩、貨幣短缺、錢制不一的社會環境下，錢幣的信用和購買力下降，引起物價大幅波動，當人拿錢買不到自己所需要的等值物品時，穀帛因其自身具有的使用價值，自然成為商品交易時進行收付或折算的首選工具。」[註1]行商、坐賈、流動小販共同組成規模不一的集市與市場，供應著民生必需之糧米、肉類、茶酒、蔬果、布帛原料、衣物成品、各式工具、書籍，以及藝術品或奢侈品。

關於魏晉社會經濟的繁榮景象，我們大概可以從左思〈吳都賦〉以及《晉書》〈潘岳傳〉裡窺見：

> 水浮陸行，方舟結駟。唱棹轉轂，昧旦永日。開市朝而并納，橫闠闠而流溢。混品物而同廛，并都鄙而為一。士女佇眙，工賈駢坒。絟衣絺服，雜沓從萃。輕輿按轡以經隧，樓船舉帆而過肆。果布輻湊而常然，致遠流離與珂玭。繼賄紛紜，器用萬端。金鎰磊砢，珠琲闌干。桃笙象簟，韜於筒中。蕉葛升越，弱於羅紈。儋囊泉媷，交貿相競。諠譁喧呷，芬葩蔭映。揮袖風飄，而紅塵晝昏；流汗霡霂，而中逵泥濘。(〈吳都賦〉節錄，《全晉文》卷七十四，頁 770)

> 方今四海會同，九服納貢。八方翼翼，公私滿路。近畿輻湊，客舍亦稠。冬有溫廬，夏有涼陰。芻秣成行，器用取給。疲牛必投，乘涼近進。發槅寫鞍，皆有所憩。(〈潘岳傳〉)

〔註 1〕操曉理：〈魏晉南北朝時期的糧食貿易〉，《史學月刊》2008 年第 9 期，頁 97。

第一節　魏晉的器物認知維度

　　相對於漢代的大一統，漢代以降的中國經歷了漫長的分裂，呈現與前代截然不同的政策措施、文化環境和士人心態。對部分前中古的研究學者來說，截然不同或許還過於保守，他們有時用極端的字眼來作為當時風氣的強調，「魏晉時期，由於社會的動亂，人們對於人生短暫的感受尤為強烈，縱慾享樂以度一生成為一種普遍的心態」〔註2〕、「東漢尚氣節，甘於以身殉道。經過十常侍和黨錮之禍，這種氣節風尚（在六朝）徹底崩潰了」、「這一時期（六朝）統治階級和豪族地主的一個很突出的特性，就是奢靡成風，腐朽殘暴。」〔註3〕

　　因此，在更多的文獻記載裡，我們會發現有識之士對這種風氣的警覺與反省，如嵇康〈難張遼叔自然好學論〉：「夫嗜慾雖出於人，而非道之正；猶木之以蝎，雖木之所以生，而非木之宜也。故蝎盛而木朽，慾勝則身枯……善養生者，則不然矣。清虛靜泰，少私寡慾。知名位之傷得，故忽而不營，非慾而強禁也；識厚味之害性，故棄而弗顧，非貪而後抑也。」承如前章談過的，嵇康是養生的好手，同時也是彈琴和寫琴的能人，在他的〈琴賦〉裡，傳遞的正是琴德之好，而非琴器之美——不只有嵇康，魏晉大多數的器物賦傳達的都是儉、樸的擁器原則。

一、德行指標：以儉為好、以樸為貴

　　克制物質欲望，自古以來就被看成是道德實踐的指標之一。《論語·述而》說「飯疏食飲水，曲肱而枕之，樂亦在其中矣！不義而富且貴，於我如浮雲。」〔註4〕這句話有三方面的重要涵義：首先，孔子肯定了窘迫的物質條件與人生之「樂」不相違背的事實，前者是外在的，後者則是心靈的，前者的匱乏未必表示後者的空虛。其次，孔子沒有否定一種正當的富、貴的物質追求，但因為「奢」、「儉」的分際由人，於是只有讓物質情況極度窘迫，這才能與「不義」撇清關係。其二，「富」「貴」有「不義」的高風險。在這裡，孔子暗示人的欲望往往與實際需求相違背，而但凡順應欲望，使欲望壯大，則不免避免失去控制。日後荀子說「「君子役物，小人役於物」（《荀子·修身》）、莊子說「物物

〔註2〕趙輝：《六朝社會文化心態》（台北：文津出版社，民85），頁136。

〔註3〕劉葳孫：《中國文化史稿》（北京：文化藝術出版社，1990），頁246、247。

〔註4〕〔宋〕朱熹集註；蔣伯潛廣解：《語譯廣解四書讀本·論語》（台北：啟明書局，1996），頁94。後引《論》、《孟》皆準此版本，惟記篇目，不另作註。

而不物於物」（《莊子‧外篇‧山木》）其實都是同樣的提醒。因此，孔聖歸結出〈述而〉這段話作為行為之指導：與其在不義之財產富貴中惴惴不安，不如在極度窘迫的物質條件中感到安然自在，其境界，司馬光（1019～1086）〈訓儉示康〉頗有體悟：「夫儉則寡欲，君子寡欲，則不役於物，可以直道而行；小人寡欲，則能謹身節用，遠罪豐家。」〔註5〕（《宋文彙》，頁1103）

克制欲望的提醒來自放恣奢侈的事實，可以說，魏晉較之前代更為變本加厲，最令人噴舌的要屬石崇與王愷的鬥富，《世說新語‧汰侈》十二則中便有八則與他倆有關：

> 王君夫以粘精澳釜，石季倫用蠟燭作炊。君夫作紫絲布步障碧綾裏四十里，石崇作錦步障五十里以敵之。石以椒為泥泥屋，王以赤石脂泥壁。（第4則）〔註6〕

> 石崇與王愷爭豪，並窮綺麗以飾輿服。武帝，愷之甥也，每助愷。嘗以一珊瑚樹高二尺許賜愷，枝柯扶疏，世罕其比。愷以示崇；崇視訖，以鐵如意擊之，應手而碎。愷既惋惜，又以為疾己之寶，聲色甚厲。崇曰：「不足恨，今還卿。」乃命左右悉取珊瑚樹有三尺四尺，條幹絕世，光彩溢目者六七枚，如愷許比甚眾。愷惘然自失。（第8則）

作為一防盜防奸之衛尉，石崇毫不掩飾自己的不義之財；王愷作為晉武帝的外甥，他相鬥的物質資本直接來自晉武帝的幫忙，意同受到帝王的縱容。這位皇帝放任外戚，卻不喜自己的女婿太過奢靡，〈汰侈〉第三則記載王濟以人乳飼養小豬，使得養出來的豬肉特別肥美，武帝嘗出來了，卻甚是反感，沒等到宴席結束就離去了。憑藉個人的喜惡，喪失治理的原則，在晉惠帝身上更為明顯，此些都預言著西晉王室的腐朽與敗亡。

反之，能有效的控制物質欲望，意味著德行方面的出眾。史書記載裴楷（237～291）「任心而動」、不計毀譽，常以車馬器服施諸窮乏〔註7〕，把個人

〔註5〕 高明編纂：《宋文彙》（台北：臺灣書局，民56），頁1103。

〔註6〕 〔南朝宋〕劉義慶原撰；〔南朝梁〕劉孝標原注；楊勇校箋：《世說新語校箋》（台北：正文書局，1999），頁788。本文所引《世說新語》皆準此版本，惟寫明篇目、則序，不另加註。

〔註7〕 《晉書‧列傳第五‧裴楷傳》：「楷性寬厚，與物無忤，不持儉素。每游容貴，輒取其珍玩，雖車馬器服，宿昔之間，便以施諸窮乏。常營別宅，其從兄衍見而悅之，即以宅與衍。」

的利益得失看得很輕，誠如他自己所稱「損有餘，補不足，天之道也。」〔註
8〕《世說‧德行篇》第 32 則又記載：

> 阮光祿在剡，曾有好車，借者無不皆給。有人葬母，意欲借而不敢
> 言，阮後聞之，嘆曰：「吾有車而使人不敢借，何以車為？」遂焚
> 之。

阮裕（生卒年不詳）以「德業知名」，曾說「人不須廣學，正應以禮讓為先」
（《晉書‧列傳第十九‧阮裕傳》），對人而言，車可能是一種資產，但對他來
說，車更接近於資源；資源倘若不能流動，則失去擁有的意義。這種共有而共
享的心態，很容易使人連結對曹操的形容：

> 雅性節儉，不好華麗，後宮衣不錦繡，侍御履不二采，帷帳屏風，
> 壞則補納，茵蓐取溫，無有緣飾。攻城拔邑，得靡麗之物，則悉以
> 賜有功，勳勞宜賞，不吝千金，無功望施，分毫不與，四方獻御，
> 與羣下共之。常以禮送終之制，襲稱之數，繁而無益，俗又過之，
> 故豫自制終亡衣服，四篋而已。（《太平御覽》卷九三〈皇王部一八〉
> 「魏太祖武皇帝」引《魏書》）

曹操在〈短歌行〉中藉文王、周公、齊桓公等表明心跡，幾度盛讚前賢的德行
功業，事實上也是自身的比況。且不論此魏武之「德」與文王周公之「德」在
動機上的差異，我們總之能看出一種傾向：視富貴如浮雲者，未必有德，但受
人敬仰、美名青史者，大概都不會貪戀財物、陷溺物質欲望。

二、取用傾向：科技發達、重視巧藝

　　魏晉以降雖然呈現出儒學衰微、玄學興起的社會氣氛，但實際上，儒教所
設定的德目依然是其它學思進行闡述的基準點，因此在上節所引的文獻裡，
係以「有德」來標誌對品性的境界。但必須注意的是，魏晉的作法不是消極的
迴避欲望，相反，他們試圖建構一個在德目底下的欲望解釋，並且肯定欲望可
以起到正向的作用。

　　被視為道家發展之里程碑的葛洪（283～343）《抱朴子》一書，在「仁」
的條件上，另外提出「明」的概念，意圖很明顯，他既有批評、又有新見。

〔註 8〕《世說新語》〈德行〉第 18 則：「梁王、趙王，國之近屬，貴重當時。裴令公
　　　　歲請二國租錢數百萬，以恤中表之貧者。或譏之曰：『何以乞物行惠？』裴曰：
　　　　『損有餘，補不足，天之道也。』」

「明」在《抱朴子》外篇中被解釋成「智能」、「才能」〔註9〕，不僅是一種道德上的追求：

> 夫心不違仁而明不經國，危亡之禍，無以杜過，亦可知矣。夫料盛衰於未兆，探機事於無形，指倚伏於理外，距浸潤於根生者，明之功也。垂惻隱於昆蟲，雖見犯而不校，覩毅悚而改牲，避行葦而不蹈者，仁之事也。（《抱朴子‧仁明》）

一方面確定「明」的必要性，一方面指出了因明而「創生」的必然性，其中包含物質的部分：衣裳、舟楫、屋舍、器械等。在此，葛洪修正了過去架構「明」與「仁」的方法，抬升了「明」作為典範之一，提出更適合「現實關懷」和「務實政治」〔註10〕的主張，將「智與德」視為一種既有願景也有實際行動力的操作：

> 爇潛景以易咀生，結棟宇以免巢穴，選禾稼以代毒烈，制衣裳以改裸飾，後舟楫以濟不通，服牛馬以息負步，序等威以鎮禍亂，造器械以戒不虞，創書契以治百官，制禮律以肅風教，皆大明之所為，非偏人之所能辯也。（《抱朴子‧仁明》）

因著「明不經國、危亡之禍」的前提，在《抱朴子》的諸多討論裡，我們可以看見「器物製作」是如何向「周急」、「助教」靠攏：「夫制器者珍於周急，而不以辨飾外形為善；立言者貴於助教，而不以偶俗集譽為高。」（〈應嘲〉）器物生產的動機、器物功能，在古老而漫長的唯心議題發展中，似乎有稍稍脫離邊緣的跡象。

　　如果說葛洪對器物的關注可以視為一種科學經驗的話，研究普遍認為這是源於他對方術的熱衷。與葛洪同時，有識之士也已經對器物的發明、製作投以高度的肯定——這個人是傅玄（217～278）。傅玄，字休奕，北地郡泥陽縣人（今陝西銅川），西晉初年文學家，據本傳記載，他少時孤貧，博學，能解鐘律（《晉書‧列傳第十七》）。又善屬文，讀過魏晉器物賦的人，大概對傅玄都不會陌生。傅玄之子傅咸（239～294）也善於作賦，他涉獵的器物題材遠遠超過任何一位同時代的賦家，並且同時在政論上、生活中表達對器物的重視。

〔註9〕 楊明照撰：《抱朴子外篇校箋》：「陳漢章曰：『案：此篇本徐幹〈中論〉論仁智之先後。』」（北京：中華書局，2010），頁220。後文所引《抱朴子》皆準此版本，惟記篇目，不另作註。

〔註10〕「現實關懷」與「務實政治」語，詳參范江濤：《駁雜與務實——《抱朴子外篇》政治思想新研》（杭州：浙江大學出版社，2015），頁131。

葛洪立基於道教背景，傅氏父子則是立基於「貴農賤商」、農以豐食、工以足器，兩者為立國之本：

> 臣聞先王分士農工商以經國制事，各一其業而殊其務。自士已上子弟，為之立太學以教之，選明師以訓之，各隨其才優劣而授用之。農以豐其食，工以足其器，商賈以通其貨。故雖天下之大，兆庶之眾，無有一人游手……今聖明之政資始，而漢、魏之失未改，散官眾而學校未設，游手多而親農者少，工器不盡其宜。臣以為亟定其制，通計天下若干人為士，足以副在官之吏；若干人為農，三年足有一年之儲；若干人為工，足其器用；若干人為商賈，足以通貨而已。尊儒尚學，貴農賤商，此皆事業之要務也。（《晉書‧列傳第十七‧傅玄傳》）

《晉書》本傳說他「性剛勁亮直，不能容人之短」，事實上，他只是願意說真話，面對當時人們對馬鈞（三國魏人，生卒年不詳）的不以為然，傅玄特別為他撰文，企圖扳正眾人的短視。《漢魏六朝百三家集》作〈贈扶風馬鈞序〉，裡頭記載了馬鈞的幾樣令人驚豔的發明，包含改良的織綾機〔註11〕，指南車〔註12〕，灌溉用的翻車〔註13〕，改造諸葛亮設計的連弩〔註14〕，甚至製作了一套有女子奏樂跳舞、木偶丟球翻筋斗走繩索的雜技模型〔註15〕。

〔註11〕「為博士，居貧，乃思綾機之變，不言而世人知其巧矣。舊綾機五十綜者五十躡，六十綜者六十躡，先生患其喪功費日，乃皆易以十二躡，其奇文異變因感而作者，猶自然之成形，陰陽之無窮。此輪扁之對，不可以言言者，又焉可以言校也。」

〔註12〕「先生為給事中，與常侍高堂、隆驍騎將軍秦朗爭論於朝，言及指南車。二子謂古無指南車，記言之虛也。先生曰：『古有之，未之思耳，夫何遠之有？』二子哂之曰：『先生名鈞，字德衡，鈞者器之模，而衡者所以定物之輕重，輕重無準而莫不模哉。』先生曰：『虛爭空言，不如試之易效也。』於是二子遂以白明帝，詔先生作之，而指南車成。此一異也，又不可以言者也。從是，天下服其巧矣。」

〔註13〕「居京都，城內有地可以為園，患無水以灌之，乃作翻車，令童兒轉之，而灌水自覆，更入更出，其巧百倍於常。」

〔註14〕「先生見諸葛亮連弩，曰：『巧則巧矣，未盡善也。』言作之可令加五倍，又患發石車，敵人之於樓邊縣濕牛皮，中之則墮，石不能連屬而至。欲作一輪，縣大石數十，以機鼓輪，為常則以斷縣石，飛擊敵城，使首尾電至。嘗試以車輪懸瓴甓數十，飛之數百步矣。」

〔註15〕「其後人有上百戲者，能設而不能動也。帝以問先生：『可動否？』對曰：『可動。』帝曰：『其巧可益否？』對曰：『可益。』受詔作之。以大木彫構，使其形若輪，平地施之，潛以水發焉。設為女樂舞象，至令木人擊鼓吹簫；作山岳，

當然，此篇文章之重要性不在於傅玄個人對這些器物所表達出的驚訝與欣賞，而是一種更普遍的、接受物質的眼光——儘管幽而未明，但此種風氣不是一種例外。和葛洪一樣，傅玄看出了巧藝對民生社稷的極大用處，面對裴秀（224～271）等人的質疑，傅玄據理力說：

> 傅子見安卿侯，言及裴子之論，安卿侯又與裴子同。傅子曰：「聖人具體備物，取人不以一揆也。有以神取之者，有以言取之者，有以事取之者。……今若馬氏所欲作者，國之精器、軍之要用也。費十尋之木，勞二人之力，不經時而是非定。難試易驗之事，而輕以言抑人異能，此猶以己智任天下之事，不易其道以御難盡之物，此所以多廢也。馬氏所作，因變而得，是則初所言者不皆是矣。其不皆是，因不用之，是不世之巧無由出也。夫同情者相妬，同事者相害，中人所不能免也。故君子不以人，害人必以考試為衡石，廢衡石而不用，此美玉所以見誣為石，荊和所以抱璞而哭之也。（《晉書・列傳第十七・傅玄傳》）

傅玄一方面提醒能工巧匠們要引之為鑑，把握良機，一方面更是在勸諫上位者唯才是用：

> 馬氏巧名已定，猶忽而不察，況幽深之才，無名之璞乎？後之君子其鑒之哉。馬先生之巧，雖古公輸、墨翟、王爾，近漢世張平子，不能過也。公輸般、墨翟，皆見用於時，乃有益於世。平子雖為侍中，馬先生雖給事省中，俱不典工官，巧無益於世。用人不當其才，聞賢不試以事，良可恨也。（《晉書・列傳第十七・傅玄傳》）

這段文字原本是出現在《三國志・魏書・杜夔傳》裴松之注〔註16〕，《漢魏六朝百三家集》將它獨立出來。馬鈞與杜夔，時代一致、職能相仿，一位是發明家，一位是擁有「玄妙之殊巧，非常之絕技」的音樂家，較為顯著的差異是杜夔因其才能而受到上位者的高度禮遇。裴松之固然沒有說明將馬鈞的行跡錄於杜夔傳的理由，但這當中的有意連結，卻突顯了一個可喜的傾向：馬鈞在後世的評價中終於回到了傅玄所期待的高度。

使木人跳丸、擲劍，緣絙、倒立，出入自在，百官行署，舂磨、鬭雞，變巧百端。」

〔註16〕〔晉〕陳壽撰；〔南朝宋〕裴松之注；盧弼集解；錢劍夫整理：《三國志集解》（上海：上海古籍出版社，2012），頁2137。

第二節　魏晉器物賦的品項

　　魏晉器物賦的品類眾多，部份在漢銘或漢賦中已經被書寫過，另一部份則是初見的材料，而後者的範圍遠較前者豐富。如果說古老器物題材蘊積的是唾手可得的道德喻意，那麼魏晉的書寫首先顯示的就是此喻意已不再是創作的核心。此時，人們的視線被新發明的、更進步的、外來的東西所吸引，前所未有的物質體驗不僅是創作的動機，同時也成為作品的主結構。

　　必須致敬的是，由於物質的事實涉及考古，非專業不能，因此一有可能，本文就會引用前輩學者的說明與見解，特別是孫機、巫鴻二位先生從考古學和美術史角度所打開的向度，為本文第四、第五章提供了演繹的輪廓。

一、前代已見

（一）扇

　　在一般的想像當中，扇子在古代生活中隨處可見，手搖生風、迎涼卻暑。不過典籍中關於「扇」的最早記錄指的並不是個人的、日用的扇，而是用於儀仗之中的大掌扇，又稱五明扇，以鳥尾羽毛製成。據晉人崔豹（生卒年不詳）《古今注》記載：「五明扇，舜所作也，既受堯禪，廣開視聽，求賢人以自輔，故作五明扇焉，秦漢公卿士大夫皆得用之，魏晉非乘輿不得用。」又「雉尾扇」說：「殷高宗時有雊雉之祥，服章多用翟羽。周制以為王后夫人之車服輿車有翣，即緝雉羽為扇翣，以障翳風塵也。漢朝乘輿服之。」〔註17〕漢代的所謂「便面」，就是這種大掌扇的別稱：「敞無威儀，時罷朝會，過走馬章台街，使御史驅，自以便面拊馬。」（《漢書・張敞傳》）顏注：「便面，所以障面，蓋扇之類也。」（圖 4-1，引自《馬王堆漢墓文物》）〔註18〕

　　戰國以降，才出現手搖扇的可靠證明。1982 年湖北江陵馬山磚場一號楚墓出土了一把竹扇，柄身短，扇面呈方形，穿有兩孔，由寬度僅 0.1 公分的紅、黑色竹篾編織成幾何圖案，是戰國中期至晚期的遺留物（圖 4-2，引自《扇子與中國文化》圖一四「戰國時代中期至晚期的編竹扇」）〔註19〕。湖南長沙馬王堆一號漢墓也出土了一把方形短柄編竹扇（圖 4-3，引自《扇子與中國文化》圖一七「漢代的短柄編竹扇」）。至於「圓扇」，四川宜賓東

〔註17〕〔晉〕崔豹：《古今注》卷上〈輿服〉（台北：中華書局，民50），頁 4。後引《古今注》皆準此版本，不另作註。

〔註18〕傅舉有、陳松長編：《馬王堆漢墓文物》（長沙：湖南出版社，1992），頁 73。

〔註19〕莊申：《扇子與中國文化》（台北：東大圖書股份有限公司，民81），頁 28。

漢崖墓畫像石棺有一「持扇圖」，畫中五人中有三人手持圓扇（圖4-4），河南靈寶張灣5號東漢墓中也曾出一柄圓形明器扇（圖4-5，引自孫機《圖說》圖版88-27）。

圖4-1：長沙　　　　圖4-2：湖北江陵縣　　　　　圖4-3：
馬王堆長柄竹扇　　馬山磚廠第一號墓出土　　　馬王堆一號墓出土

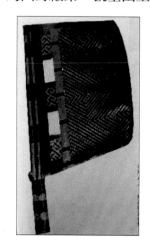
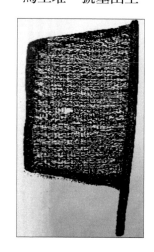

圖4-4：　　　　　　　　　　　　圖4-5：
東漢崖墓畫像石棺持扇圖　　　　圓形明器銅扇

手搖圓扇，或說團扇，在漢代及漢以前的考古出土雖然很稀少，但文學作品卻非常豐富，是少數在漢代就獲得作家共同關注的器物〔註20〕：班婕妤（前

〔註20〕據孫機先生的觀察，漢代圓扇的出土量和文學作品所指的情況並不相稱：「漢代的扇雖有矩形、圓形兩類。如班固：《竹扇賦》稱：『度量異好有圓方，來風避暑致清涼』，傅毅《扇賦》稱：『織竹廓素，或規或矩』。但圓扇很少見，只在山東蒼山城前村及四川成都曾家包等地東漢墓的石刻畫像中見到持圓扇者。又河南靈寶張灣5號東漢墓中曾出一柄圓形明器銅扇。」《漢代物質文化資料圖說》（上海：上海古籍出版社，2011），頁400。

48～2）有〈扇詩〉，班固（32～92）有〈竹扇賦〉、〈白綺扇賦〉，傅毅（47？～89以後）有〈扇賦〉，張衡（78～139）有〈扇賦〉，蔡邕（132～192）有〈團扇賦〉。班婕妤以她「失寵」的立場創造了一種「宮怨」，並且成功地引發並決定了中國古代作為主要知識承載者的男性的書寫〔註21〕——傅、蔡之作如出一轍，講的是隨時為君上效力的準備與心態。班固竹扇和傅、蔡二人的扇最大的不同在於「方便性」，傅毅說「隨時出處」，蔡邕說隨季節收納，而班固的竹扇卻是有一支長柄（長竿）的：

> 青青之竹形兆直，妙華長竿紛實翼。杏篠叢生於水澤，疾風時時紛蕭颯。削為扇翣成器良，託御於君王供時有。度量異好有圓方，來風避暑致清涼。安體定神達消息，百王傳之賴功力。壽考康寧累萬億。（班固〈竹扇賦〉）

> 翩翩素圓，清風載揚。君子玉體，賴以寧康。冬則龍潛，夏則鳳舉。知進能退，隨時出處。（傅毅〈扇銘〉）

> 裁帛制扇，陳象應矩。輕徹妙好，其輶如羽。動角揚徵，清風逐署。春夏用事，秋冬潛處。（蔡邕〈圓扇賦〉）

傅、蔡二人的扇形制究竟多大，從文章看不出，但作者營造了一種輕盈的印象「翩翩素圓，清風載揚」、「輕徹妙好，其輶如羽」；班固卻從未透露輕盈的消息，相反的，從「御於君王」、「安體定神」幾個字，我們可以想像那些用以顯示帝王威儀比方屏風之類的器具，換言之，班固的竹扇很可能不同於傅、蔡所作，亦即不是手搖之扇，而是侍於帝王出行、安坐的儀杖扇。不過無論如何，即便有使用方式、場合、頻率等等的不同，表現這些特性或差異並非漢代便面或手持扇書寫的職志，此些書寫乃最大強度地表現了存在於扇身上「被使用」與「不被使用」的兩種處境——作者有意讓讀者察覺，面臨這種處境的不止有「扇」，換句話說，這種看起來針對「扇」的書寫，其實更接近一種泛論：讀者最終會獲得的是一個強大的、物件背後的，關於政治文化的暗示。

〔註21〕語出侯立兵先生《漢魏六朝賦多維研究》：「班婕妤乃是班固的祖姑，美而能文，入宮後，初為漢成帝所寵愛。後來趙飛燕姐妹入宮，成為漢成帝的新寵。班婕妤失寵，自知見薄，乃退居東宮。她在寂寞孤獨之中作有〈紈扇詩〉，藉以表達哀傷和愁悶……詩中通過營構夏暑見用、秋涼遭棄的扇意象，表現了濃鬱的宮怨情緒……在漢魏六朝的賦作中得以沿襲。雖然絕大部分賦家為男性作家……。」（北京：人民出版社，2007），頁360～361。

　　這個情況在魏晉以降有了一些變化。特別是表現在一種流行的題材上：羽扇。漢代及漢代以前的圓扇多以絲帛製成，而羽扇的材料則是禽鳥的羽毛。《拾遺記》裡有一則記載：「（周昭王）二十四年，塗脩國獻青鳳、丹鵲各一雌一雄。孟夏之時，鳳、鵲皆脫易毛羽。聚鵲翅以為扇，緝鳳羽以飾車蓋也。扇一名『遊飄』，二名『條翮』，三名『虧光』，四名『仄影』。時東甌獻二女，一名延娟，二名延娛。使二人更搖此扇，侍於王側，輕風四散，泠然自涼。」〔註22〕漢魏之際手持羽扇的形象已經深入人心，最著名自然是羽扇綸巾的諸葛亮（181～234）〔註23〕。東晉以後，羽扇更為普遍，東晉顧愷之（348～409）《洛神賦圖》、《斫琴圖》都有人物手持羽扇（圖4-6 北京故宮博物院藏宋朝摹本、圖4-7 宋朝摹本），嵇含（263～306）〈羽扇賦序〉解釋了羽扇流行的原因：「吳楚之士多執鶴翼以為扇，雖曰出自南鄙，而可以遏陽隔暑……晉之附吳，亦遷其羽扇御於上國。」這種原本產生於南方的扇制，隨著西晉滅吳，吳人入洛，也就逐漸進入所有人的視野之中。

圖4-6：〈洛神賦圖〉局部　　　　　圖4-7：〈斫琴圖〉局部

　　魏晉的扇賦包含：曹植（192～232）〈扇賦〉（殘）、潘岳（247～300）〈扇賦〉（殘）、傅咸〈扇賦〉（存）、潘尼（約250～約311）〈扇賦〉（殘）。圓扇賦包含：徐幹（171～217）〈圓扇賦〉（存）、傅玄〈團扇賦〉（殘）、司馬無忌（？～350）〈圓竹扇賦〉（存）、袁嵩（？～401）〈圓扇賦〉（殘）。羽扇賦最多，包含：閔鴻（生卒年不詳）〈羽扇賦〉（存）、傅咸〈羽扇賦〉（存）、陸機（261～

〔註22〕〔晉〕王嘉撰；〔梁〕蕭綺錄：《拾遺記》卷二（北京：中華書局，1988），頁55。
〔註23〕關於諸葛孔明手執羽扇的說法，孫機先生做過專文辯證，指出諸葛孔明手執的當為「毛扇」，亦即「麈尾」，而非「羽扇」。詳細情況在下章談麈尾時說明。

303）〈羽扇賦〉（存）、嵇含〈羽扇賦〉（佚）、張載（生卒年不詳）〈羽扇賦〉（存）、江逌（生卒年不詳）〈羽扇賦〉（殘），另外曹植還有〈九華扇賦〉（存），傅咸有〈狗脊扇賦〉（存）。

　　古代「狗脊」之稱，與狗無關，與植物有關。此類扇之所以取名為「狗脊」，乃因扇面的形狀就像狗脊草的外形（圖4-8）。

圖 4-8：東方狗脊蕨

　　狗脊有藥性，可入藥。《太平御覽》卷九百九十〈藥部七〉「狗脊」引《本草經》：「狗脊，一名百丈，味苦平，生川谷，治要背。」〔註24〕明李時珍《本草綱目》第十二卷「狗脊」云：「狗脊有二種：一種根黑色，如狗脊骨；一種有金黃毛，如狗形。皆可入藥。」〔註25〕但它的原生處卻是很不起眼的山腳溝邊及林下陰濕處，是一種蚌殼蕨科多年生草本植物。從至卑至賤到成器致用，這種來源與功用的反差，正像《老子》所說的：「貴以賤為本，高以下為基，是以侯王自謂孤、寡、不穀。」（三十九章）傅咸〈狗脊扇賦〉也精準掌握了這一點：「蓋卑以自居，君子之經。孤寡不穀，王侯修名。尚不愧狗脊之為號，亦焉顧九華之妙形。」

（二）枕

　　《說文·木部》：「枕，臥所以薦首者。」作為一種與生活至為密切的用具，「枕」這個題材出現得很早。《詩·陳風·澤陂》：「有美一人，碩大且儼。寤寐無為，輾轉伏枕。」又《詩經·唐風·葛生》：「角枕粲兮，錦衾爛兮。予美

〔註24〕〔宋〕李昉等撰：《太平御覽》卷九百九十〈藥部七〉（北京：中華書局，2000），頁4383。後文所引《太平御覽》皆準此版本，惟記卷目，不另作註。
〔註25〕〔明〕李時珍：《本草綱目》（北京：人民衛生出版社，1991），頁744。

亡此，誰與？獨旦。」角枕可以理解成以獸角製成的枕頭，也可以解釋成以獸角為裝飾的枕頭，不過後者也許更接近實際的狀況：從出土物來看，上古的枕多是木材、竹材所製〔註26〕。

　　因著與日常之相關，在枕賦出現以前，枕銘已十分多見。崔瑗（77～142）〈柏枕銘〉曰：「元首云尊，惟乾之精。貽我良材，玄冬再榮。是用為枕，爰勒之銘。」崔駰（？～92）〈六安枕銘〉曰：「枕有規矩，恭一其德。承元寧躬，終始不忒。」蔡邕〈警枕銘〉：「應龍蟠蟄，潛德保靈。制器象物，示有其形。哲人降鑒，居安慮傾。」晉蘇彥（生卒年不詳）〈楠榴枕銘〉曰：「珍木之奇，文樹理鮮。（木廉）檆方正，密滑貞堅。朝景西翳，夕舒映天。書倦接引，酣樂流連。繼以高詠，研精上元。頤神靖魄，須以寧眠。寢貴無想，氣和體平。禦心以道，閑邪以誠。色空無著，故能忘情。」張望（生卒年不詳）〈枕銘〉曰：「制為素枕，聊以偃仰。撫引應適，永御君子。」〔註27〕以上所述，旨趣相去不遠，大抵強調枕材的靈妙、枕形的方正、枕面的素淨，都足以為君子之楷模。

　　史料記載漢代劉向已有〈芳松枕賦〉，可惜不傳，晉孫惠（264～310）〈楠榴枕賦〉和張望〈枕賦〉僅存殘篇，魏晉只有張紘（約157～216）的〈瓌材枕賦〉仍保留完整，其特殊處在講一個整體由玉料打造的枕頭，除了不同於以往的文采與觸感外，最重要的是珪璋之美毋須任何裝飾，過多人事參與比喻勞民傷財的情況。

　　魏晉寢具類詠器物中，還有一夏侯湛（243～291）〈合歡被賦〉，然而此篇已殘，無法辨析實指，故不論。

（三）筆

　　考察筆在中國歷史上的存在時間頗有徒勞之感。「蒙恬造筆」的說法最為普遍，但有趣的是，質疑「蒙恬造筆」的，遠比支持它的人多，如明代徐燉

〔註26〕孫機：「漢枕在出土物中亦常見。枕字從木，我國古代之枕多為木製。臨沂金雀山11號、銀雀山1號、8號等西漢墓出土之枕，以整塊實木製成，斷面近橢圓形。《吳越備史》稱，錢鏐在軍中『用圓木作枕，睡熟則欹，由是得寤，名曰警枕』。而《禮記・少儀》中提到的『頴』，鄭玄注：『警枕也。』可証其淵源很古老，則圓木形或應代表枕之初製。」《漢代物質文化資料圖說》（上海：上海古籍出版社，2011），頁401。

〔註27〕《北堂書鈔》、《全晉文》作〈枕賦〉；《御定淵鑑類函》作〈枕銘〉。

（生卒年不詳）《徐氏筆精》：「蒙恬，秦時人，古今傳為造筆之始，非也。詩云：彤管有煒，孔子作春秋筆，則筆自周時已有筆矣。」〔註28〕又明代羅頎（生卒年不詳）《物原》將造筆指向三代以前：「虞舜造筆，以漆書於方簡。」〔註29〕明陶宗儀（1329～1410）《說郛》則對蒙恬造筆一說置若罔聞（按：倒是在談「箏」的起源時，《說郛》指出「箏者，蒙恬所造也」），所謂「上古無筆墨，以竹挺點漆書竹上」〔註30〕，就竹挺可完成的書寫活動而言，它其實與筆無異，只是還沒有筆的名稱。製筆源頭莫衷一是，但可以確定參與討論者都有一種儘可能把製筆時間推早的跡象；從書寫需要來說，筆不可能晚至戰國以後才出現，只能說戰國以後出現筆，比以前更精緻、更具實用性，成為後世的範型，因此被視為製筆的開端。

範型的指標，在於「竹管」，更在於「兔毛」，誠如宋代馬永卿（生卒年不詳）記張子訓問古代是否真的無筆的回答：

> 非也。古非無筆，但用兔毛，自恬始耳。《爾雅》曰：「不律謂之筆。」史載筆詩云：「貽我彤管」，「夫子絕筆獲麟」。《莊子》云：「舐筆和墨。」是知其來遠矣。但古筆多以竹，如今木匠所用木斗竹筆，故其字從「竹」。又或以毛但能染墨成字，即謂之「筆」。至蒙恬乃以兔毛，故《毛穎傳》備載之。〔註31〕

考古資料替史料作了進一步的佐證，1957 年河南信陽長台關一號楚墓、1954 年湖南省長沙左公山十五號墓、1984 年湖北省荊門縣包山二號楚墓，分別出土了戰國早期、中期和晚期的筆，它們的差異恰好能顯示製筆技術的逐漸成熟：「開始是把筆毛綑扎在筆杆上，隨後發展到杆端劈開數片再把筆毛夾在中間，直到最後把筆毛蘸黏固劑插入杆腔內。」〔註32〕其中左公山墓出土的戰國

〔註28〕〔明〕徐𤊹：《徐氏筆精》卷六事物解「蒙恬筆」（台北：臺灣學生書局，民60），頁609～610。

〔註29〕〔明〕羅頎輯著《物原》〈文原第九〉：「伏羲初以木刻字，軒轅易以刀書，虞舜造筆以漆書于方簡，刑夷作墨，史籀始墨書于帛，仲由作硯，蔡倫作紙，舜作羊毛筆，秦蒙恬作兔毛筆，王羲之作鼠鬚筆。」（北京：中華書局，1985），頁24。

〔註30〕〔明〕陶宗儀等編：《說郛三種》卷一百二十回本，卷九十七學古篇〈三十五舉〉（上海：上海古籍出版社，1988），頁4452。後文所引《說郛》皆準此版本，唯記卷名，不另加註。

〔註31〕〔宋〕馬永卿：《嬾真子錄》卷一（上海：上海古籍出版社，2012），頁93。

〔註32〕黃展岳：《考古紀原——萬物的來歷》（成都：四川教育出版社，1998），頁124～135。

中期筆，便是由兔毛與竹管打造。（圖4-9，引自王學雷《古筆考——漢唐古筆文獻與文物》附錄一「戰國、漢代毛筆筆頭與筆杆形態局部圖」）〔註33〕

圖4-9：戰國中期筆

　　宋董逌（生卒年不詳）《廣川書跋》卷七〈歐陽通碑〉：「漢世郡貢兔毫，當時惟趙國為勝，而工製或異，亦復不良。議者謂兔豪無優劣，工手有巧拙，正應工手不得則不得論其豪也。」〔註34〕到了漢代，兔毫還是一枝好筆的基礎，若一枝兔毫筆不能被視為上乘，那一定是工藝的問題。《西京雜記》記西漢天子之筆「皆以秋兔之毫」〔註35〕，東漢靈帝要在鴻都門題署門額，於是「漢諸郡獻兔毫」（《藝文類聚》卷五十八〈雜文部四〉「筆」引廣志）。孫機先生談漢筆的時候，認為出土漢筆主要有兩種，一種是屯戍之士在外所用，較為簡率；另一種，桿上刻字，如甘肅武威磨嘴子2號墓所出「史虎作」、49號墓出土「白馬作」，與應劭《漢官儀》「尚書令、僕、丞、郎，月給赤管大筆一雙，篆題曰：『北工作』」樣式一致，是比較講究的筆型。「史虎作」的毛質已經損毀無法辨識，但「白馬作」的筆頭以黑紫毛作柱，與兔毛「紫霜毫」的顏色相近，就是以兔、狼兼毫製作（圖4-10，引自孫機《圖說》圖

〔註33〕王學雷：《古筆考——漢唐古筆文獻與文物》（蘇州：蘇州大學出版社，2013），頁5。

〔註34〕〔宋〕董逌撰：《廣川書跋》卷七，《石刻史料新編》第三輯「考證目錄題跋類」第三十八冊（台北：新文豐出版公司，民75），頁739。

〔註35〕《西京雜記》卷一：「天子筆管，以錯寶為趺，毛皆以秋兔之毫，官師路扈為之。以雜寶為匣，廁以玉璧翠羽，皆直百金。〔晉〕葛洪編纂；成林、程章燦譯注：《西京雜記》（台北：地球出版社，民83），頁7。後文所引《西京雜記》皆準此版本，惟記卷目，不另加註。

版 71-4）。江蘇連雲港市東海縣尹灣 6 號西漢墓出土的兔毫筆，歷經兩千年仍鋒齊腰強，能細書成文。〔註 36〕

圖 4-10：「白馬作」筆

圖 4-11：正倉院雞距筆

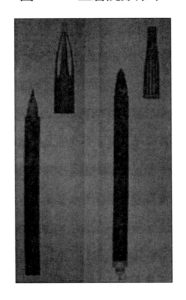

魏晉以下至隋唐時期，毛筆的形制以「雞距」最為著名，所謂雞距，意指筆頭的形狀像雞爪後面突出的距（雄雞或雉在腿後突出的一塊像腳趾的結構），白居易（772～846）有一篇〈雞距筆賦〉以為「不名雞距，無以表入木之功」，說明了這種形制一直到中唐都還流行著（圖 4-11，引自朱友舟《中國古代毛筆研究》）〔註 37〕，而兔毫依然是搭配雞距的首選毫料：

> 足之健兮有雞足，毛之勁兮有兔毛。就足之中，奮發者利距；在毛之內，秀出者長毫。合為手筆，正得其要；象彼足距，曲盡其妙。
> 圓而直，始造意於蒙恬；利而銛，終聘能而逸少。斯則創因智士，

〔註 36〕詳參孫機先生考證，《漢代物質文化資料圖說》（上海：上海古籍出版社，2011），頁 318。
〔註 37〕朱友舟：《中國古代毛筆研究》第一章〈魏晉以來毛筆形制流變及名稱考述〉（北京：榮寶齋出版社，2013），頁 13。

傳在良工；拔毫為鋒，截竹為筒。視其端，若武安君之頭銳，窺其管，如玄元氏之心空。豈不以中山之明，視勁而迅；汝陰之翰，音勇而雄。一毛不成，采眾毫於三穴之內；四者可棄，取銳武於五德之中。雙美是合，兩揆而同。故不得兔毫，無以成起草之用；不名雞距，無以表入木之功。（〈節錄〉）〔註38〕

必須注意的是，兔毫雖具有書寫流利、剛柔順適的優勢，不過兔毛實際上只限產於特定區域。王羲之（303～361）《筆經》：「漢時諸郡獻兔毫，出鴻都，惟有趙國毫中用」〔註39〕，朱長文《墨池編》進一步指出：「趙國平原廣澤，無雜草木，惟有細草，是以兔肥，肥則毫長而銳，此則良兔也。」〔註40〕據王學雷先生考究，趙國與中山都在今日河北省境內，說明最好的兔毫來自於北方〔註41〕，其它地方如果無法取得足夠的兔毫，就會退而求次，使用其它動物作為毫料。唐劉恂（？～311）記敘嶺南物產與風土人情：「番禺地無狐兔，用鹿毛野狸毛為筆。又昭富春勤等州，則擇雞毛為筆，其為用與兔毫不異，但恨鼠須之名未得見也。」〔註42〕好用與否、異與不異，得要和兔毫相比，人們才有概念，劉恂的這段話固然是說「雞毛」的好處，卻依舊同時表明兔毫才是最受歡迎的。產量既稀少，價格就昂貴，「每歲宣城進筆時，紫毫之價如金貴」（《白氏長慶集·諷諭四》）依朱友舟先生的整理，兔毛依等級可分為紫毫、白毫、三花，四、五稍次，七、八最次〔註43〕，人們製筆時為著降低成本，或中和筆性、求形體飽滿等原因，也會加上其它毫毛。〔註44〕

漢代蔡邕的〈筆賦〉是詠筆的，首句即說「惟其翰之所生，於季冬之狡兔。性精甌以慓悍，體遄迅以騁步。」魏晉有成公綏（231～273）的〈故筆賦〉和傅玄〈筆賦〉兩篇。

〔註38〕顧學頡點校：《白居易集》卷第三十八（北京：中華書局，1999），頁872～873。

〔註39〕〔晉〕王羲之：《筆經》，《古今說部叢書》（上海：上海國學扶輪社，1915），頁13。

〔註40〕〔宋〕朱長文：《墨池編》卷六（台北：國立中央圖書館，民59），頁952。

〔註41〕詳參王學雷：《古筆考——漢唐古筆文獻與文物》，〈漢唐時期的兔毫產地〉（蘇州：蘇州大學出版社，2013），頁47。

〔註42〕〔唐〕劉恂：《嶺表錄異》卷上（台北：臺灣商務印書館，民55），頁4。

〔註43〕詳參朱友舟：《中國古代毛筆研究》（北京：榮寶齋出版社，2013），頁71。

〔註44〕〔晉〕王羲之《筆經》：「先用人髮杪數十莖，雜青羊毛並兔毳裁令齊平，以麻紙裹枝根，令淨，次取上毫，薄薄布柱，令柱不見。」《古今說部叢書》（上海：上海國學扶輪社，1915），頁13。

（四）紡織工具

魏晉以前有兩篇關於針縫線紡的器物賦，一是班昭（生卒年不詳）的〈針縷賦〉，一是王逸（約89～約158）的〈機賦〉。

從遠古到漢代，經歷了結網、踞織、到腳踏斜織機的過程。使用踞織機時，人體需採坐姿，上身與雙腳呈直角，以雙足的力量蹬住卷經軸，以腿、腰的力量控制經線的張力，使梭子得以上下穿越。這種方式固然比結網進步許多，但效率不好，於是又改良以腳踏提綜經線。腳踏斜織機主要由機台與斜置的機架構成，斜置的機架張羅經線，分成底、面兩層，腳踏控制底經和面經的升降，輪替的升降中形成投梭的梭口。經線的張力由機架維持，織者的兩隻手分別可以投梭與整布，如此則大大降低了勞動的疲憊感，提升織布的效率。突破性的發明不止於此，漢時已經有可以織出複雜花紋的提花機，「除了用腳踏躡控制的地經外，還有許多花經也需要根據織物圖案的要求控制其運動。但這麼多經線如果都用躡來管理升降是無法操作的，於是就另設一名提花工坐在花樓上用手操縱提花綜束來控制，上拉一束，下投一梭，『一往一來，匪勞匪疲』，兩人合作進行織造。」〔註45〕一往一來句，即出自於王逸的〈機賦〉，孫機先生認為王逸所描寫的正是比較複雜的提花機。

進步的機械技術引起人們的好奇，從而促進了對各種器具之構造、運轉、效果的留心。魏晉時期，有楊泉（生卒年不詳）的〈織機賦〉（存）和孫惠的〈繀車賦〉（存）。織布的材料是線，因此無論何種纖維，在進入紡織機以前都要先紡成線，以絲線來說，大抵有三個步驟：首先以「楢」繞絲，接著以「篗」調絲（圖4-12，引自孫機《圖說》圖版15-10），再來是以「等車」箸絲，也就是把經過調絲、繫於「篗」上的絲利用「等車」收整成備用的卷線。這個箸絲的動作又叫作「繀」，《說文・糸部》：「繀，箸絲於等車也」，所以「等車」又叫「繀車」（圖4-13，引自孫機《圖說》圖版15-7）。孫惠說：「惟工藝之多門，偉英麗乎創形。擬老氏之轉轂兮，應天運以回行」指的就是繀車用以理絲的輪軸。楊泉是當時著名的科學家，在著作《物理論》中：「夫蜘蛛之羅網，蜂之作巢，其巧妙矣，而況於人乎。故工匠之方圓規矩，出乎心，巧成于手，非睿敏精密孰能著動形、成器用哉。」〔註46〕可以想像一架先進的織布機器對於他的吸引力。

〔註45〕孫機：《中國古代物質文化》（北京：中華書局，2014），頁91。

〔註46〕〔晉〕楊泉撰；〔清〕孫星衍集校：《物理論》，任繼愈主編：《中國科學技術典籍通彙・物理卷》（鄭州：河南教育出版社，1993～1995），頁1-212。

圖4-12：右置地為欄、手持為籆 　　　　圖4-13：篗車（繀車）

（五）燈

「燈」在我們的日常語用裡常常被指為一種「照明」，因此燈、燭、光、燈火，似乎沒有太大的差異。不過實際上，「燈」指的僅僅是「照明的器具」，它必須仰賴蠟燭或油膏才能製造光源，而非光源本身。

《楚辭‧招魂》：「蘭膏明燭，華鐙錯些。」用「鐙」，而非「燈」。《說文》不錄「燈」，金部有「錠」，曰：「錠，鐙也。」清段玉裁（1735～1815）「鐙」字注：「豆之遺制，為今俗用燈盞。」宋徐鉉（916～991）則注：「錠中置燭，故謂之鐙。」這三段文字勾勒出一段燈的小史：照明之器是從食器的「豆」轉化而來的。早先的照明不成器，比方說《詩經‧小雅‧庭燎》描寫宮廷的早朝景象「夜如何其？夜未央，庭燎之光。君子至止，鸞聲將將」用的是火炬。〔註47〕

《爾雅‧釋器第六》：「木豆謂之豆，竹豆謂之籩，瓦豆謂之登」〔註48〕，瓦豆即陶製的豆器。這種豆形燈依結構有上、中、下三個部分，「燈錠之制，

〔註47〕 《周禮注疏》卷第四十三〈秋官司寇下〉「司烜氏」：「凡邦之大事，共墳燭庭燎。」鄭玄注：「墳，大也。樹於門外曰大燭，於門內曰庭燎，皆聽以照眾為明。」《禮記‧曲禮上》：「燭不見跋」孔疏：「跋，本也，本，把處也，古者未有蠟燭，唯呼火炬為燭也。」

〔註48〕 〔晉〕郭璞注；葉自本糾謬；陳趙鵠重校：《爾雅》（北京：中華書局，1985），頁44。後文所引《爾雅》皆準此版本。為求版面簡淨，惟記篇目，不另作註。

上有盤，中有柱，下有底。其或著柄於盤而承以三足者，則謂之行燈，即今之手照也。盤所以承膏，中或有錐，則所以承柱，古所謂膏燭也。」〔註49〕

上有盤，主要是盛膏，在有些出土的漢代燈具裡盤中釘有燈心（火主）；中是燈柱，下是燈底，漢代的部分豆形燈的變形是以人物或動物的身體取代了燈柱與燈底，只保留了燈盤的樣式（圖4-14，引自《漢代燈具研究》圖2.2）〔註50〕。

圖4-14：人物、動物形陶俑座燈

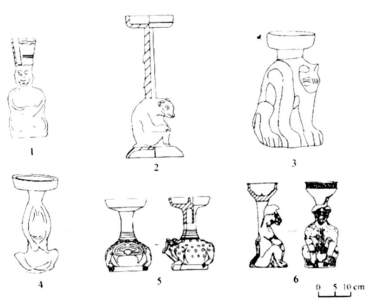

雖然豆形燈是最古老、最平易的樣式，但繁複的樣式和豆形幾乎是同時流行著的：1957年山東諸城葛埠口村出土戰國齊人形銅燈（圖4-15，引自《漢代燈具研究》圖2.6）、河北平山出土之戰國中山王墓十五枝燈（圖4-16，引自《古代燈具》彩圖一）〔註51〕，已具漢代流行的「多枝燈」的規模（圖4-17 甘肅省博物館藏武威雷台漢墓銅十三支燈）；而漢代發明可以排煙的缸燈（煙管燈）時，考古顯式豆形燈仍是日用的基本款。〔註52〕

〔註49〕馬衡：《中國金石學概論》（長春：時代文藝出版社，2009），頁66。

〔註50〕麻賽萍：《漢代燈具研究》（上海：復旦大學出版社，2016），頁21。

〔註51〕孫建君、高豐：《古代燈具》（山東：山東科學技術出版社，1998），彩圖頁1。

〔註52〕麻賽萍《漢代燈具研究》：「豆形燈是漢代燈具中最普遍的形態」，計有789件（上海：復旦大學出版社，2016），頁18。

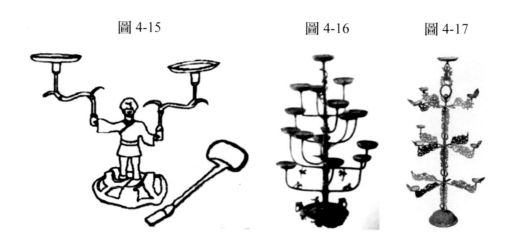

圖 4-15　　　　　圖 4-16　　　　　圖 4-17

漢代劉歆（前 53 左右～23）有一篇〈燈賦〉，可以視為最早的燈器書寫：

> 惟茲蒼鶴，修麗以奇。身體剡削，頭頸委蛇。負斯明燭，躬含冰池。
> 明無不見，照察纖微。以夜繼晝，烈者所依。

顯然，這個燈具很大程度依附於鶴的身形。瘦削的軀幹、頭頸作為燈具的主結構，將燈舉負起來，現存安徽天長出土之雁踏龜豆形燈（圖 4-18，引自《漢代燈具研究》圖 2.6）和陝西寶雞臥龍寺出土之雁足座豆形燈（圖 4-19，引自孫機《圖說》圖版 89-6），就與劉歆的描寫很類似。

圖 4-18：雁踏龜豆形燈　　　　　　　圖 4-19：雁足座豆形燈

「釭燈」是漢代的發明。《說文·否部》曰「釭，瓨也。」段玉裁注：「瓨，似罌，長頸……釭與瓨音義皆同也。」古代「缸」「釭」互訓，《釋名》卷七曰：「釭，空也，其中空也。」釭燈指的是「空管狀結構」的燈具，包含鼎形釭燈、雁魚形釭燈、牛形釭燈以及人形釭燈。最著名的當屬漢代的長信宮燈：「這件

青銅燈具作宮女跪坐狀，宮女頭梳髻，髮上蓋巾幗，上身平直，雙膝著地，跣足的足尖抵地撐住全身，右臂自然舉起，左臂伸向右方，手持燈盤，體態生動，神態端莊安詳，衣紋疏密有致，簡潔流暢。當右臂下的燈盤內的燈芯點燃時，燈煙通過右臂被吸入中空的體腔內，絲毫不影響人們對燈具的觀賞，反而由於燈火的反照，與通體的鎏金相互輝映，更增添了宮女形象的魅力，達到了實用與審美的高度統一。」〔註53〕實用是首要條件，但最好能同時達到審美的要求──長信宮燈的意義遂不止代表它自己，而是代表了一種人們心中的燈器典型。歷史上沒有留下關於長信宮燈的文字敘述，所幸西晉夏侯湛（243～291）作有一篇〈缸燈賦〉，講的正視同樣的燈式，可以讓我們感受先民如何用文字表現對此種發明的佩服：

> 珍珠寶器，奇像妙工。取光藏烟，致巧金銅。融冶甄流，陶形定容。
> 爾乃隱以金檠，疏以華籠。融素膏於回檠，發朱耀於綺窗。宣耀蘭
> 堂，騰明廣宇。焰煜燴于茵筵，煥炤斯乎屏組。

缸燈之所以為奇妙寶器，乃在於「取光藏烟」、消除煙塵：「當燈盤中的燈火點燃時，烟塵通過燈罩上方的燈蓋被吸入導烟管；再由導烟管使烟塵溶於體腔內的清水，從而防止了燈煙污染空氣，保持室內環境的清潔。」〔註54〕其次，由於中空外合，所以缸燈本身的設計是防風的。我們既可以將缸燈置於廳堂，也不妨將它置於一個空曠的綠茵之地，所謂「騰明廣宇」、「焰煜燴于茵筵」，夏侯湛賦裡的描述，都不是誇飾與想像。

漢代馮商（前53～18）的〈燈賦〉僅留篇目，劉歆的〈燈賦〉為四字句，末尾說「以夜繼晝，烈者所依」，更像是燈銘。魏晉以降的燈賦才真正聚焦於燈的物質性，包含夏侯湛〈缸燈賦〉（殘）、殷巨〈鯨魚燈賦〉（存）、孫惠〈百枝燈賦〉（殘）、范堅（生卒年不詳）〈蠟燈賦〉（殘）以及傅咸的〈燭賦〉（存）。

（六）樂器

就存目來看，魏晉以前的詠樂器賦為數不少，包含賈誼（前200～前168）

〔註53〕高豐：《中國器物藝術論》（太原：山西教育出版社，2001），頁76～77。

〔註54〕「這是漢代燈具在功能方面最先進的發明創造，在世界燈具史上處於領先地位。西方的油燈直到15世紀才由著名的意大利科學家、工程師、畫家達·芬奇發明出鐵皮導烟燈罩，18世紀時法國人肯開和瑞士人阿甘德進一步用玻璃燈罩的一系列設計，從而初步解決了控制油烟污染的問題。」孫建君、高豐：《古代燈具》（山東：山東科學技術出版社，1998），頁170。

〈虞賦〉、枚乘（？～前140）〈笙賦〉、王褒（？～前61）〈洞簫賦〉、劉向〈雅琴賦〉、劉玄（？～25）〈簧賦〉、傅毅〈雅琴賦〉、馬融（79～166）〈長笛賦〉和〈琴賦〉、侯瑾（生卒年不詳）〈箏賦〉、蔡邕〈琴賦〉。可惜其中〈虞賦〉、〈笙賦〉、〈簧賦〉、〈箏賦〉已經闕佚，劉向、傅毅、蔡邕和馬融的詠琴，只存殘篇，保留完整的，只有詠洞簫與詠長笛。

　　管樂器。笛可以說是中國歷史上最早出現的管樂器。浙江餘姚河姆渡土的以動物骨頭製造的骨哨，被當成是骨笛的前身。雖然發明得早，不過在進入漢代以前，笛的地位並不十分重要，引起更多注意的是排簫、笙和竽。排簫是將多管聯繫在一起，每管一音，所以本身可以有多個音階，《說文・竹部》：「簫，參差管樂，像鳳之翼。」單管簫在魏晉以前不稱簫，稱笛，凡稱簫者都是排簫，王褒的〈洞簫賦〉說「帶以象牙，捆其會合」，將諸管合束連結，形制就屬排簫。笙和竽都是將竹管嵌在匏瓜中，利用管端的簧片與氣流的共振來發出聲音。竽的管身較笙長，管數也更多，《周禮注疏》卷第二十七〈春官宗伯下〉「笙師」鄭司農云：「竽，三十六簧。笙，十三簧。」在合奏中，竽負責主旋律，也負責定音，《韓非子・解老第二十》：「竽也者，五聲之長者也，故竽先則鐘瑟皆隨，竽唱則諸樂皆和。」魏晉有潘岳（247～300）〈笙賦〉（存）、夏侯淳（生卒年不詳）〈笙賦〉（存）和王廙（276～322）〈笙賦〉（殘）三篇。

　　漢代時，橫吹樂興起，《樂府詩集》卷二一：「橫吹曲，其始亦謂之鼓吹，馬上奏之，蓋軍中之樂也⋯⋯其後分為二部。有簫、笳者為鼓吹，用之朝、道路，亦以給賜⋯⋯有鼓、角者為橫吹，用之軍中馬上所奏是也。」〔註55〕笛遂與角等樂器一起真正受到關注，李善（630～689）注馬融〈長笛賦〉「笛七孔，長一尺四寸」〔註56〕，此形制即太常禮院鼓吹部中的橫笛，又名橫吹，馬融也在賦序裡說明了笛在以往不被重視的情況：「融既博覽典雅，精覈數術，又性好音，律能鼓琴吹笛，而為督郵，無留事，獨臥郿縣平陽塢中。有雒客舍逆旅，吹笛為氣出精列相和。融去京師，踰年，暫聞，甚悲而樂之。追慕王子淵、枚乘、劉伯康、傅武仲等簫琴笙頌，唯笛獨無，故聊復備數，

〔註55〕〔宋〕郭茂倩編撰；聶世美、倉陽卿校點：《樂府詩集》（上海：上海古籍出版社，1998），頁260。後引《樂府詩集》皆準此版本，惟記卷目，不另作註。
〔註56〕〔梁〕蕭統編；〔唐〕李善注：《文選》（台北：五南圖書出版有限公司，民80）上冊，頁437。

作長笛賦。」〔註57〕魏晉有伏滔（約 317～396）〈長笛賦〉（殘）一篇。

　　弦樂器。侯瑾的〈箏賦〉今不存，但魏晉所存的箏賦倒是不少，阮瑀（約 165～212）、傅玄、顧愷之、賈彬（生卒年不詳）、陳窈（生卒年不詳）都有作品存世（傅作殘）。《太平御覽》卷五七六〈樂部十四〉「箏」引《說文》「鼓絃筑身樂也。」從成都天迴崖墓所出陶箏（圖 4-20，引自孫機《圖說》圖版二 98-4）來看，箏形和筑形（圖 4-21、4-22，引自《中國上古出土樂器綜論》二七一漢筑圖象摹本、圖版 81 長沙馬王堆出土明器筑）〔註58〕確實相似，差別在於箏用手彈弦，筑是以尺擊弦，戰國時兩項樂器都已出現。

圖 4-20：陶箏

圖 4-21：漢筑圖象摹本

圖 4-22：長沙馬王堆出土明器筑

〔註57〕《夢溪筆談》卷五〈樂律一〉：「後漢馬融所賦長笛，空洞無底，剡其上孔五孔，一出其背，正似今之『尺八』。李善為之注云：『七孔，長一尺四寸。』此乃今之橫笛耳。太常鼓吹部中謂之『橫吹』，非融之所賦者。」〔宋〕沈括撰：《夢溪筆談校證》（台北：世界書局，民50），頁 264。

〔註58〕李純一：《中國上古出土樂器綜論》（北京：新華書店，1996），頁 457。

　　從先秦到魏晉，參與者眾、名家輩出的弦樂器是琴。傳說中，琴為神農氏所作，或伏羲、堯、舜所造。傳說難以證實，只能肯定琴從遙遠以前便已經存在，幾乎可以說是一種文明的信號。為了與現代的鋼琴作區分，人們稱琴為古琴，隨著裝飾的繁簡、形制的差異、質料的區別、琴史的淵源等，古琴又有「舜琴」、「素琴」、「玉琴」、「綠綺」、「焦桐」等等別名。古琴多為木質，木質保存不易，所以考古發現的先秦至漢代古琴實物數量極少，皆在古代楚國範圍，而且形制和典籍所記載的不盡相同。李志勤先生總括漢代以前出土古琴的特徵，指出：「面板與底板分離，演奏時浮擱在一起；面板又分為半箱體和是實木長尾兩部分，尾端稍上翹，末端有過弦凹口（龍齦）；背面有一長方形足池，安有一方形繫弦軸（雁足）。它們面板上也還沒有標示泛音位置的琴徽，有效弦長（隱間）也明顯短於後世。可稱它們為半箱式的一足無徽琴。它們有弦一至十根不等，說明尚未形成七弦定制。」〔註59〕

　　古琴在湘、鄂兩省出土，完整有三例：第一、1978 年湖北隨縣戰國早期曾侯乙墓五弦琴與十弦琴。前者全長 115 公分，整件由一塊完整的木料刻、斫而成，琴頭 7 公分，較 6 公分的琴尾稍寬，首尾有架弦的橫木（岳山），外側開 5 個弦孔。琴面平直；後者琴身短、琴寬長，形制與五弦琴有很大差異。琴長 67 公分，面寬 41.2 公分，面板略帶起伏。第二、1980 年湖南長沙五里牌戰國晚期楚墓七弦琴，和曾侯乙墓出土琴相比：「共鳴腔較大，弦也較長，有助於音質的提高和音量的增大……琴尾上翹使弦離琴面較高，從而使彈奏較多的按音成為可能」〔註60〕。第三例是 1973 年湖南長沙馬王堆西漢墓出土之七弦琴。此琴長 82.4 公分，由桐木打造，質地較鬆軟。底板長 51 公分，與面板木料不同，質地較為堅硬。兩板皆有 T 形槽，合為音箱。琴首岳山繫七弦，另一端由琴尾龍齦所固定。沒有表示音位的徽記。

　　出土實物屈指可數（圖 4-23 西漢琴，馬王堆三號墓出土，引自《馬王堆漢墓文物》，頁 79、圖 4-24 顧愷之〈斲琴圖〉局部），更可靠的是古琴理論對今日習見琴制和先琴琴制缺口的補齊，根據蔡邕〈琴操序〉記載：

> 伏羲氏作琴，所以禦邪僻，防心淫，以脩身理性，反其天真也。琴
> 長三尺六寸六分，象三百六十日也；廣六寸，象六合也。又上曰池，
> 下曰岩，池，水也，言其平。下曰濱，濱，賓也，言其服也。前廣後

〔註59〕李志勤：〈古琴漫談〉，《中國文物報》2016 年 10 月。
〔註60〕李純一：《中國上古出土樂器綜論》（北京：新華書店，1996），頁 451。

狹，象尊卑也。上圓下方，法天地也。五弦象五行也。大弦者君也，寬和而溫。小弦者臣也，清廉而不亂。文王武王加二弦，合君臣恩也。宮為君，商為臣，角為民，徵為事，羽為物。〔註61〕

琴身由上下兩板定型為合體全箱、前寬後窄，由一足定型為兩足，七至十弦不等也固定成七弦。

圖 4-23：東漢伎樂俑　　　　　　　圖 4-24：〈斲琴圖〉局部

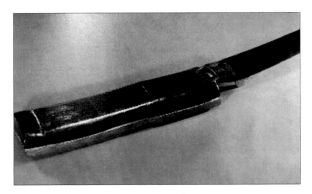

值得注意的是，也許現代人會認為一架好琴首先應取決於音色，但對先民而言，古琴更重要的是合乎天地星辰之次序、相應於風雲變化的勢態，進而能反映人情世變的道理，所謂「昔神農氏繼宓羲而王天下，上觀法於天，下取法於地，近取諸身，遠取諸物，於是始削桐為琴，練絲為絃，以通神明之德，合天地之和焉。」〔註62〕於是古琴（或器物）的制作與命名直接受到儒家思想的浸潤，對多數的知識份子而言，琴道的鑽研往往比琴藝更為重要。

音樂的專著的出現卻一直遲至唐代以後，前此，關於音樂的歷史、音樂儀典、樂曲流傳、用樂情況、鑑賞理論，散見於史書、諸子論著、筆記雜談。重要篇章包含《尚書・舜典》、〈大禹謨〉、〈益稷〉，《周禮・春官宗伯》、《周禮・冬官考工記》，《儀禮・鄉飲酒禮》、〈燕禮〉，《墨子・非樂》、〈三辨〉，《荀子・樂論》，《韓非子・十過》，《呂氏春秋・大樂》、〈侈樂〉、〈適音〉、〈古樂〉、〈音律〉、〈音初〉、〈本味〉，《禮記・樂記》，桓譚《新論・琴道》，劉安《淮南子》，

〔註61〕〔漢〕蔡邕：《琴操》序，《宛委別藏》第 71 冊（台北：臺灣商務印書館，民 70），頁 1～2。

〔註62〕〔漢〕桓譚撰：《新論》卷十六〈琴道篇〉，朱謙之校輯：《新輯本桓譚新論》（北京：中華書局，2009），頁 64。後引《新論》皆準此版本，唯記卷目，不另作註。

董仲舒（前 179～前 104）《春秋繁露》，劉向《說苑》，王充（27～97）《論衡·本性》、〈感虛〉，班固《白虎通德論·禮樂》，阮籍（210～263）〈樂論〉，嵇康〈聲無哀樂論〉、〈琴賦〉、〈琴贊〉，《列子·湯問》，劉勰（465～521）《文心雕龍·樂府》、〈聲律〉等。

魏晉詠琴賦現存目如下：嵇康〈琴賦〉（存）、閔鴻〈琴賦〉（殘）、成公綏〈琴賦〉（殘）、傅玄〈琴賦〉（殘）。

（七）遊藝器

《史記·滑稽列傳》說：「若乃州閭之會，男女雜坐，行酒稽留，六博投壺。」一方面，遊藝器具的產生和人們的娛樂需求緊密相連，另方面，也肇因於秦漢之際社會結構的改變。〔註63〕

魏晉以器物進行的遊藝主要有投壺、藏鉤、蹴鞠、彈棋、圍棋。

投壺，立意甚高，但其實並不複雜，原則上只需一只壺、若干支箭、籌等杆狀物就足夠了。方法是在一定的距離之外，設法將杆狀物投入壺中，以投入的多少決定勝負。只是這個活動原本的意義不在較量，而是古代禮儀之一環，相傳先秦宴請賓客，當請賓客射箭，後來為免賓客射箭技術不精，引起尷尬，遂逐漸由較為簡單的投壺所取代。《禮記·三年問》：「投壺之禮，主人奉矢，司射奉中，使人執壺。主人請曰：『某有枉矢哨壺，請以樂賓。』賓曰：『子有旨酒嘉肴，某既賜矣；又重以樂，敢辭。』主人曰：『枉矢哨壺，不足辭也。敢固以請。』賓曰：『某固辭不得命，敢不敬從。』」投壺要表現邀請人對受邀投壺者的禮敬，於是言語之間就有箭矢不直、壺口不正的謙詞。實際上，隨著投壺的流行，所用之壺、箭比以前更加精美，「投壺之禮，近世愈精」〔註64〕，邯鄲淳（132～221）〈投壺賦〉講壺具的一段亦可以作為說明：「植茲華壺，鼻氏所鑄。厥高二尺，盤腹修頸。飾以金銀，文以彫鏤，象物必具……矢維二四，或柘或棘。豐本纖末，調勁且直。」同時隨著玩法不同，遊具上也跟著添加或

〔註63〕「戰國以來，以士、農、工、商為主體的所謂四民社會漸漸形成，傳統貴族迅速退出歷史舞台。與此相應，原來屬於貴族禮儀的一些活動，像祭祀中巫者的舞蹈、典禮中莊重的樂歌、鄉射中象徵性的競技等，都進入了尋常百姓家。它們逐漸擺脫了身份的束縛和繁瑣的儀式，轉化成為上自達官、下至平民都喜聞樂見的娛樂活動。」詳參陳蘇鎮：《恢宏與古樸：秦漢魏晉南北朝的物質文明》（北京：北京大學出版社，2009），頁 181～182。

〔註64〕〔北齊〕顏之推撰；王利器集解：《顏氏家訓集解》〈雜藝〉（北京：中華書局，2011），頁 594。後引《顏氏家訓》皆準此版本，唯記卷目，不另作註。

改造。《顏氏家訓・雜藝》又記載：「古者，實以小豆，為其矢之躍也。今則唯欲其驍，益多益喜，乃有倚竿、帶劍、狼壺、豹尾、龍首之名。其尤妙者，有蓮花驍。汝南周璝，宏正之子，會稽賀徽，賀革之子，并能一箭四十餘驍。賀又嘗為小障，置壺其外，隔障投之，無所失也。至鄴以來，亦見廣寧、蘭陵諸王，有此校具，舉國遂無投得一驍者。」人們發現箭投入壺中，時而彈出，所以就在壺中放置豆子，增加壺底的磨擦力。後來發現這種彈出、手接，使箭不落地，也有一種趣味，於是反而流行起來，這種技巧稱為「驍」；爾後又流行隔著屏幕或屏障的投法。

　　藏鉤，據史料記載，此戲得名於漢昭帝的母親，傳說她自出生以來，手握拳從不張開，一直到進了皇宮受到漢武帝召見才張開手，而手裡藏有一玉鉤，所以被稱作鉤弋夫人。《太平御覽》卷七五四〈工藝部十一〉「藏鉤」引辛氏三秦記曰：「昭帝母鉤弋夫人手拳，而有國色，先帝寵之。世人藏鉤，法此也。」同書又記《風土記》：「臘日飲祭之後，嫂姪兒童為藏鉤之戲。分二曹，以效勝負。若人偶即敵對；人奇，即使奇人為遊，附或屬上曹，或屬下曹，名為飛鳥，以齊二曹人數。」這個遊戲既然婦人兒童皆能玩，想來不會複雜：遊戲時分為兩組，一組把鉤、彄等小物攢在一人手裡，另一組人要猜出藏於何人何手，關鍵遂在攢物者要不動聲色或煞有其事，擾亂對方的判斷，而猜方也要能洞悉真假，看出端倪。庾闡（？～339後）〈藏鉤賦〉有一段就描寫這個攻心的趣味過程：「鉤運掌而潛流，手乘虛而密放。示微迹而可嫌，露疑似之情狀。輒爭材以先叩，各銳志於所向。意有往而必乖，策靡陳而不喪。退怨歎於獨見，慨相顧於惆悵。」

　　蹴鞠，基本上是一種球類運動。球體有皮製的〔註65〕，也有用麻線和白絹綑紮而成的〔註66〕，具體的運動規則沒有留下來，賽況圖今日也不得見，可以知道的是比起其它遊戲，蹴鞠能健體強身，在漢代已被當成軍事訓練的項目：「蹋鞠，兵勢也，所以練武士，知有材也，皆因嬉戲而講練之。」（《太平御覽》卷七五四引劉向〈別錄〉）又引《會稽典錄》：「三國鼎峙，年興金革，士以弓馬為務，家以蹴鞠為學。」但也因為需要比較大的運動量，《太平御覽》、《西

〔註65〕《漢書・衛青霍去病傳第二十五》顏師古注：「鞠以皮為之，實以毛」。
〔註66〕詳參孫機：《漢代物質文化資料圖說》（上海：上海古籍出版社，2011），頁455。

京雜記》等都分別記載有漢代皇帝以「彈棋」代替「蹴鞠」〔註67〕的情形。傅玄〈彈棋賦序〉：「漢武帝好蹴鞠，劉向以為蹴鞠勞人體，竭人力，非至尊所宜御，乃因其體而作彈碁以解之。今觀其道，蹴鞠道也。」是以，彈棋雖有棋字，但究淵源，它的遊戲原理與球類運動更為接近：施手彈擊，以棋子之間的阻隔、推進、擊落定雙方勝負──所以彈棋所用的棋局不是平整的，蔡邕〈彈棋賦〉：「豐腹斂邊，中隱四企」、曹丕（187～226）〈彈棋賦〉：「豐腹高隆，庳根四頹」、丁廙（？～約220）〈彈棊賦〉：「文石為局，金碧齊精。隆中夷外，緻理肌平。卑高得適，既安且貞。」講的都是中央隆起的局盤。

　　圍棋，在魏晉以降獲得官方的支持。表面上，它晉升成一種正式的、並有專屬負責人和活動場地的認證活動；實際上，這代表了「遊藝」在普遍認知中取得了價值上新的意義──遊藝不再只是生活中的「消遣」，玩物不見得「喪志」。圍棋的概念起源得很早，先秦時期，關於這個活動的義界、訣竅、精神、善棋者等等，都有相關的文字記載，但「圍棋」二字相連，作為一個專用，要晚至揚雄：「圍棋擊劍，反自眩刑，亦皆自然也」（《法言》卷三〈問道篇〉）〔註68〕，在此之前，多稱「奕」、「博」〔註69〕。《左傳‧襄公二十五年》是最早可見奕棋的一段文字：

> 今寧子視君不如奕棋，其何以免乎？奕者舉棋不定，不勝其耦，而
> 況置君而弗定乎？必不免矣。

寧子即寧喜，這裡記載的是西元前599年到548年之間衛國的事情。當時衛獻公在位，專橫暴戾，因而上卿孫林父、亞卿寧殖發動政變，迎立殤公，而衛獻公則奔逃到齊國。十二年後，寧殖之子寧喜當了左相，和共同執政的孫氏有了

〔註67〕《太平御覽》卷七五五〈工藝部一二〉「彈棋」記〈彈碁經序〉曰：「彈碁者，仙家之戲也。昔漢武帝平西域，得胡人善蹴鞠者，盡炫其便捷跳躍。帝好而為之，羣臣不能諫，侍臣東方朔因以此藝進之，帝乃捨蹴鞠而上彈碁焉。習之者多在宮禁中，故時人莫得而傳。」《西京雜記》卷二：「成帝好蹴踘，羣臣以蹴踘為勞體，非至尊所宜。帝曰：『朕好之，可擇似而不勞者奏之。』家君作彈碁以獻，帝大悅，賜青羔裘、紫絲屨，服以朝覲。」
〔註68〕〔漢〕揚雄：《法言》（北京：中華書局，1985），頁11。後文所引《法言》皆準此版本，為求版面簡淨，惟記篇目，不另作註。
〔註69〕如班固〈奕旨〉：「北方之人，謂棋為奕」（全後漢文卷二十六，頁258），〔漢〕揚雄撰；〔晉〕郭璞注：《方言》卷五：「圍棋謂之奕，自關而東，齊魯之間皆謂之奕。」李學勤主編：《中華漢語工具書書庫》（合肥：安徽教育出版社，2002）第七十二冊，頁25。

嫌隙，爭權鬥惡。這件事被衛獻公知道了，派人與寧喜談判，表示如果他能支持自己復國，廢去殤公，日後就將國政大權交與寧喜。寧喜答應的事情被大叔文子知道了，認為他在國君人選之間太過輕率、心意不定，將來必有後患。無論事實如何，這裡用「舉棋不定」為比喻而人皆通曉，可見至少在西元前 548 年淇水流域衛國一帶，「奕棋」已經是一個比較普遍的活動。〔註70〕「子曰，飽食終日，無所用心，難矣哉。不有博奕者乎，為之猶賢乎已」、「今夫奕之為數，小數也。不專心致志，則不得也。」（〈告子上〉）真的什麼都不做的話，那就下棋吧──下棋雖被認為是打發時間的項目，也不是毫不用心就可以獲勝的。當然，凡事不能太過，「世俗所謂不孝者五：惰其四支，不顧父母之養，一不孝也。博弈好飲酒，不顧父母之養，二不孝也。」人們總認為博奕和飲酒有同一種危險的因子。

　　嚴格說來，這種無關道德之「藝」（《世說新語》視彈棋為巧藝、《藝文類聚》將圍棋置巧藝類）之所以能吸引人，主要還是在它符合了人們逞才競勝的天性：「以智力求者，譬如奕棋，進退取與，攻劫收放，在我者也。」（《藝文類聚》卷七十四「圍棋」引尹文子）奕棋基本上是一種智能的遊戲，所以當人們逐漸看重「智」，奕棋的地位也就逐漸抬升了。班固〈奕旨〉首次將「棋技」與「施政」連結在一起：

　　　　局必方正，象地則也。道必正直，神明德也。棋有白黑，陰陽分也。
　　　　駢羅列布，效天文也。四象既成，行之在人，蓋王政也；成敗臧否，
　　　　為仁由己，道之正也。（《全後漢文》卷二十六，頁 258）

魏晉以降，士人依然如此主張著，如徐幹《中論·藝紀》說：「藝者，所以旌智飾能、統事御群也，聖人之所不已也。」〔註71〕也許「遊『藝』」比「遊『戲』」更符合人們參與此些活動的目的。

　　除了圍棋，秦、漢還有兩種流行的棋類遊戲，名為「六博」與「樗蒲」。樗蒲是在六博之上的改良，兩者的遊戲方式基本相同。玩六博時所需的器具有棋局、棋子（對博雙方各六枚）和六根箸，箸的作用類似今日的骰子，用以決定行棋的步數。投箸基本上是碰運氣。漢代馬融〈樗蒲賦〉〔註72〕是現存最早的

〔註70〕此段主要參考陳如安：《中國圍棋史》（北京：圓結出版社，1997），第一章〈圍棋文化源於黃河文明〉，詳參頁 11。

〔註71〕〔魏〕徐幹撰；孫啟治解詁：《中論解詁》〈藝紀第七〉（北京：中華書局，2014），頁 112。

〔註72〕「昔有玄通先生，遊于京都，道德既備，好此樗蒲。伯陽入戎，以斯消憂。枰

詠樗蒲。具體的棋具有棋盤「枰」，枰下鋪墊著「緣以繢繡，紩以綺文」的氍毯；「杯」類似今日的骰盆；「馬」是棋子，按骰行棋，「矢」則是骰子，正反兩面塗成黑白色，一共五枚。馬融所見的樗蒲，大概是比較講究的一種，所以用精緻的玉料作「矢」，但一般用的多是木料，也就是賦文後段說的「排五木」，因此樗蒲也稱「五木戲」。遊戲的重點在賽計鬥智、攻守較量，所以說棋局如戰場，懂得下棋某程度意謂著能夠掌握局勢。這個遊戲在魏晉的記載中略有變化，《晉書·列傳第五十五·劉毅傳》：「後在東府聚樗蒲大擲，一判應至數百萬，餘人並黑犢以還，唯劉裕及毅在後。毅次擲得雉，大喜，褰衣繞牀，叫謂同坐曰：『非不能盧，不事此耳。』裕惡之，因接五木久之，曰：『老兄試為卿答。』既而四子俱黑，其一子轉躍未定，裕厲聲喝之，即成盧焉。毅意殊不快，然素黑，其面如鐵色焉。」按這裡的記載，輸贏直接由擲出五木的彩數所決定，木子有正反兩面，正面塗黑，反面塗白，擲出全黑為最高彩，稱為「盧」，四黑一白的「雉」次之。總之，是不再行棋了。而這種不再行棋，幾乎是憑運氣的遊戲，《史記·貨殖列傳》形容「博戲馳逐，鬥雞走狗，作色相矜，必爭勝者，重失負也」，《藝文類聚》裡將它整個歸入了博奕底下，與棋類遊戲劃出了一道分水嶺。

魏晉的詠投壺包含：王粲（177～217）〈投壺賦〉（存序）、邯鄲淳〈投壺賦〉（存）、傅玄〈投壺賦〉（存序）。詠彈棋包含：王粲〈彈棋賦〉（存序）、曹丕〈彈棋賦〉（存）、傅玄〈彈棋賦〉（存序）、丁廙〈彈棊賦〉（存）、夏侯淳〈彈棋賦〉（存）。詠藏鉤有庾闡〈藏鉤賦〉（存）。詠圍棋有王粲〈圍棋賦〉（存序）、曹攄（？～308）〈圍棋賦〉（存）、蔡洪（生卒年不詳）〈圍棋賦〉（存）。

二、前代未見

魏晉詠器物所涉獵的新題材非常豐富而多元，陳蘇鎮先生考察秦漢至魏晉南北朝的物質發展，羅列以下項目：「土地制度與政策」、「農業生產」、「官

則素旃紫罽，出乎西鄰，緣以繢繡，紩以綺文。杯則搖木之幹，出自崑山。矢則藍田之石，卞和所工，含精玉潤，不細不洪。馬則元犀象牙，是磋是礱。杯為上將，木為軍副，齒為號令，馬為翼距，籌為策勳，矢法卒數。於是芬葩貴戚，公侯之儔。坐華榱之高殿，臨激水之清流。排五木，散九齒，勒良馬，取道里。是以戰無常勝，時有逼遜。臨敵攘圉，事在將帥。見利電發，紛綸滂沸。精誠一叫，十盧九雉。磊落躍踔，并來狠至。先名所射，應聲粉潰。勝貴歡悅，負者沉悴。」

私手工業」「商業和交通」、「與周邊地區的經濟文化往來」、「機械技術」、「造紙技術」、「中醫藥學體系的奠定和發展」、「天文曆算」、「衣食住行」、「人生禮俗」、「家庭與宗族生活」、「歲時娛樂」〔註73〕，魏晉詠器物的題材選擇則超出了以上視域所包含，比方說以珍寶製成的食器、簡易之至的測風器、按歷史典故打造的承露盤——這部份說明了創作對文物考古可進行的相關補充。

（一）衣住行

釵。現代人不好釵，偶爾在女子髮間看見飾釵，約束頭髮之餘，恐怕還有懷舊成份。古代鳳形釵、雀形釵由來已久，有它特定的意涵，後唐馬縞（？～936）《中華古今注》將「釵」的使用上溯至先秦：「蓋古笄之遺象也。始皇又金銀作鳳頭，以玳瑁為腳，號曰鳳釵。」〔註74〕這是與釵有關的最早的記述。雀釵又作爵釵，劉熙（生卒年不詳）《釋名》〈釋首飾〉說：「爵釵，釵頭施爵也。」王先謙（1842～1917）補証：「爵，與雀同。」〔註75〕必須注意的是，物典以外，關於頭飾的記載，主要出自於〈輿服志〉，如《晉書·輿服制》記皇后之制：「首飾則假髻，步搖，俗謂之珠松是也，簪珥。步搖以黃金為山題，貫白珠為支相繆。八爵九華，熊、獸、赤羆、天鹿、辟邪、南山豐大特六獸，諸爵獸皆以翡翠為毛羽，金題白珠璫，繞以翡翠為華。」《晉書》以前，〈輿服志〉最早出現在《後漢書》裡——此志的反映了利用車乘、衣冠的使用建立精密的等級體系。魏晉留存一篇夏侯湛的〈雀釵賦〉。

冠。古老的「冠」和現代意義的「冠」有很大的差距。現代將冠理解為「帽」，不過冠只是古代的帽類之一，依身份、場合、需求之不同，有「冕」（圖4-25，引自孫機《圖說》圖版58-17）、「弁」（圖4-26，引自孫機《圖說》圖版58-14）、「幘」（圖4-27，引自孫機《圖說》圖版58-13）等等細分。

冠的禮儀意義比實用意義更為重要，《禮記·冠義》所以說「冠者，禮之始也。」冠對髮髻起到的約束作用，也象徵著對人身的控制管理，因此加冠為

〔註73〕詳參陳蘇鎮：《恢宏與古樸：秦漢魏晉南北朝的物質文明》（北京：北京大學出版社，2009）。

〔註74〕〔後唐〕馬縞：《中華古今注》卷中（台北：中華書局，民50），頁3。後引《中華古今注》皆準此版本，不另加註。

〔註75〕〔清〕王先謙撰：《釋名疏證補》，李學勤主編：《中華漢語工具書書庫》（合肥：安徽教育出版社，2002）第五十一冊，頁547。

成人之禮。漢代沒有冠賦，但有冠銘，魏徐幹（171～218）留有〈冠賦〉一篇，不過通篇採四字句，末尾說「君子敬慎，自強不式」，屬於尚未脫離銘文的過渡之作。

圖 4-25：先秦貴族 於重大祭禮所戴	圖 4-26：漢大夫 自祭於家所戴	圖 4-27： 身份低微者所戴
		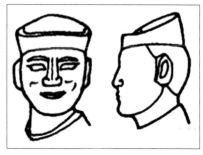

　　鏡。鏡子的原始功能是照見容顏、整齊衣冠，一般認為最初的時候是由「水」擔任這個職務，如《國語·吳語》說：「王盍亦鑑於人，無鑑於水。」又《莊子·內篇·德充符》：「仲尼曰：人莫鑑於流水，而鑑於止水。」水盛裝於「鑑」中，因此「鏡」、「鑑」雖不是一種東西，但在講照面功能時，二者是混稱的。至於是如何從水過渡到銅器？郭沫若先生認為，是因為冶金技術的發明與進步，發現盛水的銅器作為照見之用更為方便：「古人以水為監，即以盆盛水而照容，此種水盆即稱為監，以銅為之則作鑑，監字即像一人立於水盆旁俯視之形。書經上說：『人無於水監當於民監。』普通人用陶器盛水，貴族用銅器盛水，銅器如打磨得很潔淨，即無水也可以鑑容。故進一步，即由銅水盆扁平化而成鏡。銅鏡背面有花紋，背心有紐乳，即是盛水銅器扁平化的遺痕，盛水銅器的花紋是在表面的，扁平化後則變成背面了。鈕乳是器足的根蒂。」〔註 76〕往後研究者根據更多的出土資料，對古代映照方式的發展有一科學的推論，比方何堂坤先生即指出自然界的水的映照是最原初的形式，但在冶鐵技術成熟以前，人們是用「陶監」以盛水使用，而後大約還在「陶監」階段，因為「銅刀」、「銅斧」、「銅指環」等光潔表面得以成像的啟示，才發明了銅鏡。不過，在相當長的一段時間裡，銅鏡使用未廣，最普遍的還是銅鑑。從 1934 年安陽侯家莊出土的扇形平行紋鏡一枚、葉脈紋鏡兩枚、弦紋輻射紋鏡兩枚，以及 1975 年甘肅廣河齊家坪出土素鏡來看，銅鏡的製作至少可上推到商代，

〔註76〕郭沫若：〈三門峽出土銅器二三事〉，《文物》1959 年 1 期。

但受到商周重禮樂之器的影響，銅鑑的影響一直比作為日用品的銅鏡來得深廣。〔註77〕

　　鏡在上古的文獻記載裡，以《戰國策》所記齊人鄒忌觀鏡自美的故事最為有名。這則故事說明了鏡子在當時的普遍流行——否則難以對齊威王達到諷勸的效果，如此，則鏡的普遍使用代表製鏡工藝的相對成熟，其花紋式樣在先秦已經達到了一定的水平，據沈從文先生的觀察，主要分成兩大類，一類胎質較厚實，紋樣的風格沉穩質樸，一類的胎質較薄，設計圖案比較秀氣，前後者的區別大概和北方南地的地域風氣有關。氏者進一步比較漢鏡與戰國鏡的差異，分別有：一、花紋中已無輔助地紋。二、鏡面起始加上種種表示願望的銘文（早期字體比一般秦刻石還古質，西漢末才用隸書）。三、鏡背穿帶部份由橋梁式簡化為骨朵式。四、邊沿不再上卷，胎質比較厚實。五、除錯金銀鏡外，還有了漆背金銀平脫和貼金、鎏金鏡子的產生。〔註78〕

　　魏晉的製鏡業受到政治動盪的影響，雖然有新出現的佛紋圖象，也有規模較大的製造地區：浙江會稽和湖北鄂城，曹魏在北方也設有右尚方，作為掌管鑄鏡的機構，《通典》卷二十七〈職官九・諸卿下〉：「秦置尚方令，漢因之，後漢掌上手工作御刀劍玩好器物及寶玉作器，兩漢又有考工令，主作兵器，其職稍同。漢末分尚方為中、左、右尚方，魏晉因之。」〔註79〕但不管是形制、紋飾、紋飾布局、產量、製造品質，魏晉主要還是漢鏡的延續，學者甚至稱之為「中衰時期」〔註80〕。魏晉存詠鏡賦兩篇，一為傅咸所作、一為孫盛（302～373）所作，後者僅存序：「余昔于吳市得見清明鏡，即異之，及晞日映水，光采流曜，有殊眾鑒，乃始知曠世金精，寶不貲之異物也。」（《北堂書鈔》卷一百三十六〈服飾部三〉）這篇序的內容看上去並不特別，交待得鏡的經過和吸引孫盛的原因，但若從當代考古來看，這段文字可能隱藏了一個重要的訊息：二十世紀以來，日本從公元四世紀前期的古墳中陸續出土了四百餘枚的三角緣神獸鏡，被認為直接受到中國銅鏡鑄造的影響。已而，關於四世紀以前中

〔註77〕詳參何堂坤：〈關於銅鏡的起源問題〉，《中國古代銅鏡的技術研究》（北京：紫禁城出版社，1999），頁322。

〔註78〕沈從文：《銅鏡史話》（瀋陽：萬卷出版公司，2004），頁19。

〔註79〕〔唐〕杜佑撰：《通典》（台北：新興書局，民51），頁160。後文所引《通典》皆準此版本。為求版面簡淨，惟記篇目，不另作註。

〔註80〕詳參孔祥星、劉一曼：《中國古代銅鏡》（北京：文物出版社，1988），頁119～132。

國江南與倭國往來、神獸鏡的形制、源流，「舶載」還是「仿製」，及其對中國銅鏡史意義等議題，再再引起了海內外考古研究者極大的關注。其中一個定論是，此些銅鏡當中係由中國輸入的一部份，乃是魏國工匠所作。

然而 1994 年，王仲殊先生力排眾議，主張「三角緣神獸鏡是當時中國吳的工匠東渡日本，在日本製作的」，理由大致如下：首先，同一時期的中國，無論是魏王朝所在的洛陽，還是西晉設郡的朝鮮半島，都沒有三角緣神獸鏡出土。第二，雖三角緣神獸鏡整體來說是新的形制，但細節的部份仍與中國的神獸鏡、畫像鏡頗多相似，並且「陳氏作鏡」、「張氏作鏡」、「王氏作鏡」、「吳郡」（吳縣）、「會稽郡」（山陰）、「江夏郡」（武昌）等銘也說明了出於中國江南工匠之手。第三，鏡中出現「至海東」的銘文，雖漢魏晉之際海東指的是朝鮮半島，但從地理位置上說，當然也可以指日本。中國的銅鏡從未有「至海東」之語，可以推測，這是工匠身在海東才會出現的情況。第四，日本三角緣獸鏡頗常以佛像代替東王父、西王母成為鏡身主要的紋樣，而畫文帶佛獸鏡、佛像夔鳳鏡正是三國時期江南吳地流行的裝飾。〔註81〕

究竟情況為何，擁魏者與擁吳者恐怕還是會各執一詞，但可以想見的是，即便是被鏡史上認為「中衰」的魏晉時期，製鏡工藝與表現仍是相當活躍的；孫盛的〈鏡賦序〉寫到「吳市」，於是不僅是寫得鏡的經過，而是揭露了當時最頂尖的鑄鏡中心。

櫛。櫛是古代梳子的統稱，按照齒數的不同，又分為梳、比、箆、筓等，《廣雅‧釋器》所謂：「梳、枇、箆，櫛也。」〔註82〕梳最疏、箆最密，《說文‧竹部》說：「箆，取蟣比也。」注云：「取蟣比者，比之至密者也。」但各為幾齒並無定數，考古出土的漢代櫛常常是多件一組〔註83〕，有時也附有清潔梳子的刷具。魏晉詠梳只有傅咸〈櫛賦〉一篇，此篇已殘，從內文看來，頗有銘文的影子，可以看出是要以櫛的梳理功能對「治世」加以比喻。

舟車。作為交通運輸工具，隨著場地、目的、使用者、乘坐者的不同，人

〔註81〕王仲殊：〈論日本出土的青龍三年銘方格規矩四神鏡——兼論三角緣神獸鏡為中國吳的工匠在日本所作〉，《考古》1994 年 08 期，頁 730～731。

〔註82〕〔魏〕張揖撰；〔隋〕曹憲音釋：《廣雅》〈釋器〉，李學勤主編：《中華漢語工具書書庫》（合肥：安徽教育出版社，2002）第四十五冊，頁 458。

〔註83〕山東臨沂金雀山周氏墓、河北陽原三汾溝九號墓、江蘇東海尹灣 6 號墓、山東諸城楊家莊子墓、荊州高台漢墓所出漢梳都是以套件形式出土的。詳參孫機：《漢代物質文化質料圖說》（上海：上海古籍出版社，2011），頁 300。

們對舟車會有不同的要求。上古的舟車形制非常繁多，又隨著各種記錄名目而有各種分類，依孫機先生的整理，至少有五種分法：依車型大小分「大車」、「小車」；依乘坐方式分「坐車」、「立車」；依車廂開放與否分「軺車」、「衣車」；依戰爭、狩獵、行路、載物之用途分「戎車」、「獵車」、「輅車」、「役車」；依駕車牲畜分「馬車」、「牛車」、「駝車」。〔註84〕

　　和日常關係最密切的是「軺車」，這種車的特徵是一個頂蓋，四面敞開，可以遙望，「軺」字本來也就有「遙」、「遠」的意思，從漢代的文獻和出土文物中可以知道，軺車主要是駕馬，《鹽鐵論‧論儒篇》：「故軺車」，《漢書‧平帝紀》：「立軺併馬」，《史記‧季布列傳》索隱：「（軺車）謂輕車，一馬車也。」《史記‧貨殖列傳》集解引徐廣：「軺，馬車也。」《文選》〈吳都賦〉六臣注引呂向：「兩馬駕車曰軺」，《漢書‧王莽傳》講到當時一個身量巨大的人，形容他「軺車不能載，三馬不能勝。」武威磨嘴子48號西漢墓出土的彩繪銅飾木軺車也是駕馬（圖4-28，引自孫機《圖說》圖版24-1）。通過這些記載，大概可以形成一種印象：上層人士軺車駕馬，下層人士軺車駕牛。《太平御覽》卷二五三〈職官部五十一〉「督郵」引謝承後漢書曰：「許慶，字子伯，家貧，為郡督郵，牛車，鄉里號曰軺車。」不過這種印象在東漢晚期有了明顯的改變，《晉書‧輿服制》說：「古之貴者不乘牛車，漢武帝推恩之末，諸侯寡弱，貧者至乘牛車，其後稍見貴之。自靈、獻以來，天子至士遂以為常乘。」錢大昕《二十二史考異》六證之曰：

> 按古制乘車、兵車、田車，皆曲轅、駕駟馬。惟平地任載之車駕牛，乃有兩轅。《考工記》所謂「大車之轅摯，其登又難」者也。牛車本庶人所乘，《史記‧平準書》言：「漢興，接秦之敝，自天子不能具鈞駟，而將相或乘牛車。」則漢初貴者已乘之矣。晉時御衣車、御書車、御軺車、御藥車、畫輪車，皆駕牛，則并施於鹵簿。《隨書‧閻毗傳》言：「屬車八十一乘，以牛駕車，不足以益文物。」是自晉至隋，屬車皆駕牛也。〔註85〕

　　據孫機先生推測，牛車的流行可能與牛步緩慢，乘坐起來比馬車平穩有關。並且，牛車雖也有篷車和敞車之別，但踵事增華的結果，既保有華美的外飾、又顧及了乘車者的私隱，可以在裡頭或坐或臥，而不必保持端正、受到「坐

〔註84〕孫機：《漢代物質文化質料圖說》（上海：上海古籍出版社，2011），頁111～113。
〔註85〕余嘉錫：《世說新語箋疏》，〈德行第一〉35則箋疏引（北京：中華書局，2007），頁43～44。

車之容」〔註86〕的拘限。魏晉之際，只有華嶠一篇〈車賦〉，並且僅存有殘句。

圖 4-28：駕馬軺車

車以獸為動力，但獸不行於水，所以最早的舟必須借重人力，以人力使楫，也就是划槳，以槳撥水前進。《周易・繫辭下》：「刳木為舟，剡木為楫，舟楫之利，以濟不通」〔註87〕，《楚辭・九歌・湘君》：「桂櫂兮蘭枻，斲冰兮積雪」，櫂也是槳，和楫一樣是提供船行進的動力。但船上另外有一個部件，其形貌和櫂類似，但裝載於船尾，作用大不相同，這個部件是「舵」，主要是控制船行的方向，《釋名・釋船第二十五》曰：「其尾曰柂。柂，拕也，在後見拖曳也。且言弼正船，使順流不得他戾也。」〔註88〕孫機以為，舵的雛形是「杕」，西漢已經出現了，東漢時已經有長足的進步，廣東德慶漢墓所出陶船上設有舵孔，舵孔旁有托架，而廣州先烈路漢墓出土陶船的舵板寬大，並且裝在專用的舵樓裡。由於出土文物的偶然性，使之不足以完全證明物質文明的進步情況，在船方面尤其如此，漢書中有幾則「樓船」的記載〔註89〕，《漢書・地理志》、

〔註86〕〔漢〕賈誼《新書》卷六〈容經〉「坐車之容」：「坐乘以經坐之容，手撫式，視五旅，欲無顧，顧不過轂。小禮動，中禮式，大禮下。坐車之容也。」鍾夏校注：《新書校注》（北京：中華書局，2000），頁 228。

〔註87〕〔清〕孫星衍撰：《周易集解》卷九（台北：臺灣商務印書館，民 55），頁 626。後引《周易》皆準此版本。為求版面簡淨，惟記篇目，不另作註。

〔註88〕〔漢〕劉熙撰：《釋名》（北京：中華書局，1985），頁 122。後文所引《釋名》皆準此版本。為求版面簡淨，惟記篇目，不另加註。

〔註89〕《漢書・食貨志第四下》：「是時，粵欲與漢用船戰逐，（漢武帝）乃大修昆明池，列館環之，治樓船，高十餘丈，旗織加其上，甚壯。」《後漢書・隗囂公孫述列傳第三》：「又造十層赤樓帛蘭船。」

《後漢書・馬援傳》也有通航於海，遠至印度洋的記錄〔註90〕，說明此時應有憑藉風力而不僅是人力的帆船，可惜如今都沒有實物或圖樣可看。〔註91〕

　　魏晉以前沒有以船為名的賦篇，倒是李尤〈舟楫銘〉「相風視波，窮究川野」和文獻上藉風而行的形容一致；王子今〈走馬樓舟船屬具簡與中國帆船史的新認識〉計算長沙走馬樓出土的三國吳簡記載的一掛帆桅竿，達16公尺，可作為漢魏之際，製帆船技術達一定水準的證明。魏晉唯一一篇棄據的〈船賦〉裡頭說「乘流則逝，遇坻而停」，強調隨順自然、人力不宜作主的行船變化，雖然全篇是在發揮哲理，但作者心中的原型物，也應該是一艘以季節風力為動能的帆船。

　　表現魏晉造船技術的指標不止是風帆。《晉書・列傳第十二・王濬傳》記載：「武帝謀伐吳，詔濬修舟艦。濬乃作大船連舫，方百二十步，受二千餘人，以木為城，起樓櫓，開四出門，其上皆得馳馬來往。又畫鷁首怪獸於船首，以懼江神。舟棹之盛，自古未有。」這艘傳能承載兩千多人，其船體之闊甚至能駕馬行走。公元五世紀初，盧循（？～411）建造了「水密艙」，又稱「八槽艦」：「盧循新作八槽艦九枚，起四層，高十餘丈。」（《藝文類聚》卷七十一〈舟車部〉「舟」引義熙起居注），這種造法將船艙分為密閉八等份，其中一個船艙若進水，也不對其它船艙產生影響，進而保持了船不沉的安全性。魏晉又一創舉是「車輪舟」，史書記載，義熙十三年（417）劉裕的部將王鎮惡（373～418）溯渭水而上：「鎮惡所乘皆蒙衝小艦，行船者悉在艦內，泝渭而進艦，外不見有行船人。北土素無舟檝，莫不驚以為神。」（《南史・列傳第六・王鎮惡傳》）學者指出，這種船不張帆不掛槳，是由藏身在艦內人腳採車輪使船逆水急進，此時出現的這個技術，比西方早了一千年。〔註92〕另外，顧愷之〈洛神賦圖〉繪有一種雙體游舫，這種船體的概念基本上是將兩艘船連結在一起，因為寬度變大，所以行船時較為穩定，而兩船中間

〔註90〕　《後漢書・馬援傳》：「援將樓船大小二千餘艘，戰士二萬餘人，擊九真賊徵側餘黨都羊等，自無功至居風，斬獲五千餘人，嶠南悉平。援奏言西于縣戶有三萬二千，遠界去庭千餘里。」，又《漢書・地理志下》記載漢譯使者到達已不程國，即今印度洋上之斯里蘭卡，詳見後文。

〔註91〕　此段參考自孫機：《漢代物質文化資料圖說》（上海：上海古籍出版社，2008），頁141～143。

〔註92〕　詳參席龍飛：《中國古代造船史》（武漢：武漢大學出版社，2015），頁133～134。

的空隙又不致阻礙水流，所以不影響船速（圖 4-29，引自《中國古代造船史》圖 7-4）〔註93〕。

圖 4-29

杖。當腿腳有礙、不良於行，現代人有拄杖的習慣，這頗為符合杖器的本來面目。《儀禮注疏》卷第十三〈既夕禮〉：「燕器，杖、笠、翣。」疏：「云『燕居安體之器也』者，以杖者所以扶身，笠者所以禦暑，翣者所以招涼，而在燕居用之，故云『燕居安體之器也』。」漢代有由政府出面授杖予老人家，以示尊敬的政策：「仲秋之月，縣道皆案戶比民，年始七十者，授之以玉杖，餔之糜粥。八十九十，禮有加賜，玉杖長尺端以鳩鳥為飾。鳩者，不噎之鳥也，欲老人不噎。」（《後漢書·禮儀志第五·禮儀中》）據《太平御覽》的記載，將鳩鳥視為養老之物，實際上可上溯至周代：「（周禮）又曰羅氏掌羅，烏鳥蠟則作羅襦。又曰中春羅春鳥、獻鳩，以養國老，行羽物。」注曰：「春鳥蟄而始出，是時鷹化為鳩，春鳥變舊為新，宜以養老，助生氣。」（卷九一四〈羽族部一〉「鳥」）功能與意涵既然具足，以高貴的材料作為杖身、用珠寶金銀裝飾鳩鳥，便不是必要的——大多數的出土物說明了杖確實以木質居多（圖 4-30），金銅鳩首僅是少數，大抵是身份貴重者所使用。魏晉所存張翰〈杖賦〉所寫杖雖以瑩牙、朗金為飾，但本體仍是木料。

〔註93〕席龍飛：《中國古代造船史》（武漢：武漢大學出版社，2015），頁 136。

刀。《釋名·釋兵第二十三》:「刀,到也,以斬伐,到其所乃擊之也。」西漢中期開始,刀在戰場上已經逐漸取代了劍的使用,這個變化是為了適應騎兵在馬上揮砍所產生的。[註94]曹植有一篇〈寶刀賦〉,創作動機來自曹操命有司所鍛造的五把刀具,這組刀具耗時三年,刀環分別鑄有龍、虎、熊、馬、雀,此種禽獸紋樣可以從當代的出土物看見。(圖4-31 河南南陽楊官寺出土,引自孫機《中國古代物質文化》圖版9-17)

圖4-30

圖4-31

(二)機械技術

相風。相風是古代的測風儀器。關於相風的文字記載,以王嘉《拾遺記》

[註94]詳參孫機:《中國古代物質文化》(北京:中華書局,2014),頁366。

卷一所記為最早：「帝子與皇娥泛於海上，以桂枝為表，結薰茅為旌，刻玉為鳩，置於表端，言鳩知四時之候……今之相風，此之遺象也。」〔註95〕從此段可知，相風最早可能來自於舟行的需要。漢代以降，更常見到的相風耐設置於高台、樓塔之頂，如《三輔黃圖》卷二記載：「《漢書》曰：『建章宮南有玉堂，璧門三層，臺高三十丈，玉堂內殿十二門，階陛皆玉為之。鑄銅鳳高五尺，飾黃金樓屋上，下有轉樞，向風若翔」〔註96〕，同書卷五又記：「漢靈台，在長安西北八里。漢始曰清台，本為候者觀陰陽天文之變，更名曰靈台。郭緣生《述征記》曰：『長安宮南有靈台，高十五仞，上有渾儀，張衡所製。又有相風銅鳥，遇風乃動。一曰：長安靈台，上有相風銅鳥，千里風至，此鳥乃動。」〔註97〕兩座相風看來是一樣的形制。另有設置於出行鹵簿之中的相風，《太平御覽》卷九〈天部九〉「相風」：「晉令曰，車駕出入，相風已前，侍御史令史。」周一良《魏晉南北朝史札記》概括云：「蓋相風之底座作虎形，立竿其上，竿首有銅製烏形，置於高台或樓上，隨風而動，以觀風向。出行時，亦置於鹵簿之中。」〔註98〕

圖 4-32

圖 4-33

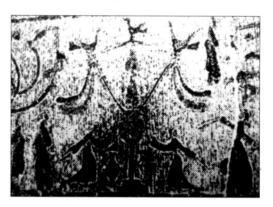

　　相風的部件主要包含兩個部份：一個可轉動的立軸，一個測定方向的指示物。《三輔黃圖》描述的指示物一是銅鳳、一是銅烏。原本鳥的形象就大量出現在漢人的儀式與日常活動（圖 4-32 山東嘉祥縣東北五老窪泗水升鼎、圖 4-

---

〔註95〕〔晉〕王嘉撰；〔梁〕蕭綺錄：《拾遺記》卷一（北京：中華書局，1988），頁13。

〔註96〕陳直校證：《三輔黃圖校證》（陝西：陝西人民出版社，1982），頁44。

〔註97〕陳直校證：《三輔黃圖校證》（陝西：陝西人民出版社，1982），頁106。

〔註98〕周一良：《魏晉南北朝史札記》，〈晉書札記〉（北京：中華書局，2007），頁47。

33 江蘇徐州試沛縣棲山出土建鼓圖，引自《漢代畫像與漢代社會》圖 3-52、3-76）〔註99〕，牠是上天的使者，具有溝通天界引魂升天的靈性、是有德有福的象徵：「有鳥焉，其狀如雞，五采而文，名曰鳳皇，首文曰德，翼文曰義，背文曰禮，膺文曰仁，腹文曰信。是鳥也，飲食自然，自歌自舞，見則天下安寧。」（《山海經·南山經》）〔註100〕

　　以鳥為指示的解釋方法之二，是像李淳風《觀象玩占》一樣的認為鳥與風的關係「最密切」。其書卷四十三〈風角〉述候風則：

> 羽必用雞，取其屬巽而能知時。羽重八兩，以象八風；竿長五丈，以法五音。鳥者日中之精，巢居知風，鳥為其首也。〔註101〕

> 平時常占候必須用鳥，軍行權社收便用羽。〔註102〕

除了用銅鳥作為風向的指示，在其它記載裡，指示風向的可以只是簡單的羽毛、或順風飛升的旗幟，《淮南子·齊俗訓》：「若倪之見風也，無須臾之間定矣。」1920 年河北安平縣逮家莊出土東漢墓畫像磚上的大型建築群中的一座鐘鼓樓（了望樓）上繪有鳥形物，另有一相風旗（圖 4-34 中右側室壁畫白描圖、圖 4-35 建築圖中了望樓與相風鳥細部，引自《安平東漢壁畫墓》）：

> 旗杆為黑色，杆頂有一黑色長尾，頭向著風的方向的鳥形物。旗幟的位置大大高出屋脊，為紅、黃、灰三色，成束腰的長橫杆，橫杆的兩端和中部連在鳥的身上，這樣就可以風吹旗飄，鳥隨風轉……這種鳥形物可能即是「相風鳥」，是辨示風向的；其旗可能即是「測風旗」，是測風力的。〔註103〕

值得注意的是，據中國歷史博物館王振鐸先生以為，當「伺風鳥」出現在官僚世家的生活裡，它的一個古老的功能就被強化了：當時豪強割據，官僚世家都養著大批武裝，「射箭」、「武備」時需要對風向加以辨別，也就是說，測風器

〔註99〕宋豔萍：《漢代畫像與漢代社會》（福州：福建人民出版社，2016），頁 130、149。

〔註100〕袁珂注：《山海經校注》（台北：里仁書局，民 71），頁 16。後文所引《山海經》皆準此版本，惟記卷目，不另加註。

〔註101〕〔唐〕李淳風：《觀象玩占》，《續修四庫全書》子部·術數類二（上海：上海古籍出版社，2006），頁 545。

〔註102〕〔唐〕李淳風：《觀象玩占》，《續修四庫全書》子部·術數類二（上海：上海古籍出版社，2006），頁 546。

〔註103〕河北省文物研究所編：《安平東漢壁畫墓》（北京：文物出版社，1990），頁 29。

是為了軍事訓練而存在的。〔註104〕

圖 4-34

圖 4-35

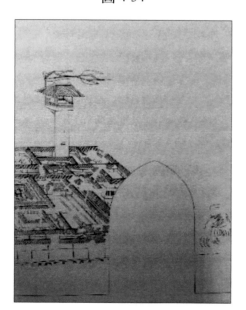

圖 4-36

揚之水先生觀察灣漳壁畫墓鹵簿圖，指出這裡的相風又是另一種形象：「三橫三縱的框架與邊框共計十二個交點，每個交點處有一動物形象。此十二

〔註104〕河北文物研究針對這個說法進行文獻上的比對，以為《中華古今注》「伺風鳥，夏禹所作也，禁中置之，以為恆式」（卷上）之「恆式」二字，為《周禮注疏》卷第三十八〈夏官司馬下〉「恆矢、庳矢用諸散射」之誤。由於「恆式」非罕見詞，故此說謹作一備。詳參河北省文物研究所編：《安平東漢壁畫墓》（北京：文物出版社，1990），頁29。

個動物乃代表十二時，正是象徵方位。『據其顛』的『靈鳥』，亦非尋常之鳥的寫實，而是長其尾，美其形。」〔註105〕（圖4-36漳灣北朝壁畫墓之相風，引自揚之水《藏身於物的風俗故事》圖2.1局部摹本）需要廓清的是，揚之水先生引魏晉孫楚（？～293）、傅玄〈相風賦〉與灣漳壁畫墓相風對照，以為與圖不符，實際上孫楚說「羽族翩飄羅其側」，寫的是立於「紫庭」之相風；傅玄所謂「蜿盤獸以為趾」，又說相風的建造目的是在掌握天象自然之極、通達陰陽變化之理，也應是「高台相風」，而非「儀飾相風」。

　　魏晉詠相風包含：傅玄〈相風賦〉（存）、杜萬年（生卒年不詳）〈相風賦〉（佚）、孫楚〈相風賦〉（存）、傅咸〈相風賦〉（存）、張華〈相風賦〉（存）、潘岳〈相風賦〉（存）、左九嬪（？～300）〈相風賦〉（佚）、盧浮（生卒年不詳）〈相風賦〉（殘）、牽秀（？～305）〈相風賦〉（殘）、陶侃（259～334）〈相風賦〉（存）。

　　磨。磨是農業用具的一種，基本構造是上下兩個圓石盤，接觸面刻有磨齒或齒漕，轉動時便可磨碎穀物。圓石盤轉動的動力最初是人力，漢代已出現畜力磨，同時有以馬磨為職業者；三國時候才發明了水力磨，此時的磨又稱為磑、碓，故水力磨又稱為水磑、水碓。

　　魏晉留下來兩篇磨具賦：嵇含（263～306）的〈八磨賦〉（存）和褚陶（生卒年不詳）的〈水碓賦〉（佚），恰好印證了畜力磨和水力磨的發展情況。根據元王禎《農書》所述，「八磨」代表了磨具發展史上的里程碑：「其制，中置巨輪，輪軸上貫架木，下承鐏臼，復於輪之周圍，列遶八磨，輪幅適與各磨木齒相間。一牛拽轉，則八磨隨輪輻俱轉，用力少而見功多。」〔註106〕八磨的係由八座磨與一座較大的齒輪構造（巨輪）組成，巨輪居中，中間立一軸柱，畜力所轉動的就是這一軸柱。巨輪旁邊圍繞八磨，以齒輪相嵌合，當巨輪一轉，八磨也就跟著轉動，但因為巨輪的半徑遠大於八磨，因此轉動巨輪以帶動八磨，比直接策動八磨省力得多；又八磨齊轉，效益也是原本的八倍。（圖4-37，引自《農書》卷十六，頁293）

　　至於水碓，王禎說：「凡欲置此磨，必當選擇用水地所，先作並岸撥水激輪，或別引溝渠，掘地棧木，棧上置磨，以軸轉磨，中下徹棧底，就作臥輪，以

〔註105〕揚之水：《藏身於物的風俗故事》（香港：香港中和出版有限公司，2016），頁28。

〔註106〕〔元〕王禎撰：《農書》卷十六（北京：中華書局，1956），頁294。

水激之，磨隨輪轉，比之陸磨，功力數倍，此臥輪磨也。」〔註107〕顧名思義，臥輪框呈躺臥狀，作若干間隔，以利水沖擊、產生動力（圖4-38，引自《農書》卷十九，頁401）。孔融〈肉刑論〉說：「水碓之巧，勝於斲木掘地」（全後漢文卷八十三，頁783），水力磨的效能又比畜力磨好上許多。

圖4-37：連磨圖　　　　　　　　圖4-38：臥輪水磨

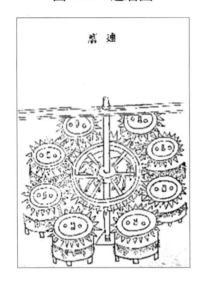

圖4-39：元延祐銅漏壺

計時器。魏晉計時器賦包含魏徐幹的〈漏卮賦〉（佚）與陸機的〈漏刻賦〉

〔註107〕〔元〕王禎撰：《農書》卷十六（北京：中華書局，1956），頁400。

（存），前者已佚，後者存文完整。魏晉以前，漏刻、漏壺、漏厄的概念基本上是一致的：在壺或厄等劃有刻度的容器中裝水，隨著水從管中滴出、浮箭下降，便可看出時間變化。但魏晉以後的計時器的結構在書寫紀錄中顯示了不止單一壺體的設計原理，孫綽〈漏刻銘〉：「累筒三階，積水成川」，又陸機〈漏刻賦〉：「順卑高而為級」。孫機先生以為現存最早的元延祐銅漏壺與魏晉漏壺相去不遠，其最大特徵是三級結構（圖 4-39，引自孫機《中國古代物質文化》圖 10-8），而此多級的設計目的是要解決漢代壺內水壓隨水流逝逐漸變小、滴水速度變慢的問題：「為了解決漏壺泄水不均的問題，後來在漏壺上再加一只漏壺，用上壺的水補充下壺的水量，就可以使下壺泄水時更加穩定。為了使上壺的水也趨穩定，又再加補給壺，於是形成多級漏壺。」〔註 108〕

（三）武備用品

牙旗。牙旗是旗的一種，因為牙飾而得名，主要作用於天子或將領隊伍的隊伍，較其它旗高大，相當於無聲的號令，《文選》注張衡〈東京賦〉「戈矛若林，牙旗繽紛」有云：「《兵書》曰：牙旗者，將軍之旌。謂古者天子出，建大牙旗，竿上以象牙飾之，故云牙旗。」〔註 109〕牙旗有不同的稱呼，魏晉有一篇胡綜的〈黃龍大牙賦〉，講的就是牙旗，《三國志・吳書・胡綜傳》：「黃武八年夏，黃龍見夏口，於是（孫）權稱尊號，因瑞改元，又作黃龍大牙，常在中軍，諸軍進退，視其所向，命綜作賦。」（按：另外還有一種五采牙旗，主要的功能是作為將軍帳下各個組織的辨識，如《初學記》卷二十二〈武部・旌旗第一〉「旌旗」引黃帝出軍決：「有所攻伐，作五采牙幢。青牙旗引往東，赤牙旗引往南，白牙旗引往西，黑牙旗引往北，黃牙旗引往中。」〔註 110〕《三國志・吳書・周瑜傳》記赤壁之戰時，周瑜方以灌滿膏油的蒙衝船進行火攻，此時以帷幕裹船，並在船上樹牙旗，對此，揚之水先生認為此種牙旗也屬於辨識用的，不同於號令之旗。〔註 111〕）

繳彈。《孟子・告子上》：「一心以為有鴻鵠將至，思援弓繳而射之。」朱

〔註 108〕孫機：《中國古代物質文化》（北京：中華書局，2014），頁 406。

〔註 109〕〔梁〕蕭統編；〔唐〕李善注：《文選》（台北：五南圖書出版有限公司，民 80）上冊，頁 75。

〔註 110〕〔唐〕徐堅等：《初學記》（北京：中華書局，1980），頁 524。

〔註 111〕詳參揚之水：《藏身於物的風俗故事》（香港：香港中和出版有限公司，2016），頁 51～55。

熹集注：「繳，以繩繫矢而射也。」繳，本是繫在箭上的生絲繩，這裡指的是以托縛彈丸的繩線，以此投射。後世將「繳」、「彈」合稱，指簡易的射鳥工具。晉代有夏侯湛的〈繳彈賦〉，僅存兩句，似為殘篇，就內容而言也與器銘相似。由於以繳彈為原型的弓箭，經過先秦、兩漢已經得到長足的發展，在使用上，弩的效益也往往要強於弓，因此夏侯湛以繳彈為題，大概不是說明它的用途、解釋一個新物，而是要藉由弱弓之必獲，強調器物雖簡、功用也大的道理。

笳。《漢書・敘傳》：「始皇之末，班壹避墜於樓煩，致馬牛數千群。值漢初定，與民無禁，當孝惠、高后時，以則雄邊，出入戈獵，旌旗鼓吹，年百深歲以壽終。」軍伍用樂以振士氣的歷史，可以追溯到很早，但不是所有的樂器都適合，《樂府詩集》卷一〈鼓吹曲辭〉六引劉瓛定軍禮：「鼓吹未知其始也，漢班壹雄朔野而有之矣。鳴笳以和簫聲，非八音也。」軍樂又稱鼓吹，除了鼓，還有鐃、笳、簫等。其中最引人注意的是「笳」。圖 4-40 為《中國音樂史圖鑑》圖 II-63 所引河南鄧縣南朝墓彩色鼓吹畫像磚，磚中人所持樂器由右至左分別為橫笛、排簫、長角（兩人）、笳。〔註112〕

圖 4-40：河南鄧縣南朝墓彩色鼓吹畫像磚

《說文》無笳字，蔡文姬〈胡笳十八拍〉有胡笳本出自胡中語，李陵〈答蘇武詩〉：「胡地玄冰，邊土慘裂，但聞悲風蕭條之聲。涼秋九月，塞外草衰，夜不能寐，側耳遠聽，胡笳互動，牧馬悲鳴，吟嘯成群，邊聲四起。」學者多

〔註112〕劉東升、袁荃猷編撰：《中國音樂史圖鑑》（北京：人民音樂出版社，1988），頁 52。

支持游牧民族捲笳而吹的歷史淵源〔註113〕，孫楚〈笳賦〉也說「銜長葭以汎吹，嘁啾啾之哀聲」。笳器「起源於胡地，又稱胡笳」，傳入中原後多用於軍旅。如此，則笳聲一起，便代表故土的遠離，此種背景決定了笳聲的感傷基調。魏晉有杜摯（生卒年不詳）〈笳賦〉（存）、傅玄〈笳賦〉（佚）、孫楚〈笳賦〉（存）各一篇。《藝文類聚》卷四十四〈樂部四〉「笳」引《世說新語》：「劉越石為胡騎所圍數重，城中窘迫無計，劉始夕乘月，登樓清嘯，胡賊聞之，皆淒然長嘆。中夜次奏胡笳，賊皆流涕，人有懷土之切，向曉又吹，賊并起圍奔走，或云是劉道真。」又夏侯湛有〈夜聽笳賦〉，也是以「越鳥戀乎南枝，胡馬懷夫朔風，惟人情之有思」作為全文展開的軸線。

（四）藝術審美

紙。漢代沒有留下詠紙賦，但出土文物證實西漢已經有了較為初階的紙的生產。〔註114〕紙質的飛躍有賴於2世紀初蔡倫（63～121）主持的製造工程，《後漢書·宦者列傳第六十八》記載：「倫為尚方令，永元九年（97）監作秘劍及諸器械，莫不精工堅密，為后世法。自古書契多編以竹簡，其用縑帛者，謂之為紙。縑貴而簡重，並不便於人。倫乃造意用樹膚、麻頭及敝布、魚網以為紙。元興元年奏上之，帝善其能。自是莫不從用焉，故天下咸稱『蔡侯紙』。」這則記載原本出自於《東觀漢記》〔註115〕，《東觀漢記》成書約151年，據蔡倫辭世約三十年，可視之為同時代的記錄。製紙原料從麻漿改換木漿是蔡倫最

〔註113〕石雲濤《漢代外來文明研究》：「胡笳，笳或作葭，游牧民族捲葭葉而吹，故稱胡笳。後來用蘆葦製成哨子，裝在羊角管內吹奏，以便放牧。」（北京：中國社會科學出版社，2017），頁517。

〔註114〕孫機《漢代物質文化資料圖說》：「1973～1974年在居延金關西漢宣帝時的遺物中、1978年在扶風中顏西漢晚期窖藏中、1979年在敦煌馬圈灣西漢烽燧遺址中均發現過紙。它們皆以破舊的麻絮、麻布、繩頭等為原料，已經過簡單的切、舂、打漿和抄造，然而纖維交織狀態差，紙面粗糙不平，尚不能代表西漢紙的水平。1986年在甘肅天水放馬灘5號西漢文、景時墓葬中出土了紙質地圖殘片，紙面平整，上用細墨線繪出山脈、河流、道路等圖形。1988年在敦煌小方盤城（玉門關址）以南的廢墟中出土麻紙多片，其中一片上有清楚的字跡，內容是私人信件，同出的木簡中有綏和二年（前7年）紀年，表明它是西漢遺物。則此時紙已經作為書寫材料使用了。」（上海：上海古籍出版社，2100），頁330。

〔註115〕〔漢〕班固等撰：《東觀漢記》卷二十：「蔡倫，字敬仲，桂陽人，為中常侍，有才學，盡忠重慎，每至休沐，輒閉門絕賓客，曝體田野，典作尚方，造意用樹皮及敝布魚網作紙。元興元年，奏上之，帝善其能，自是莫不用，天下咸稱蔡侯紙。」（北京：中華書局，1985），頁187。

大的舉措，木漿由「樹皮」和「魚網」構成，這不僅顯示了對物質的理解，技術層面也要成熟到能加以配合「要把樹皮造成紙漿，僅用類似漚麻的石灰發酵法是不夠的，還必須反復舂搗、脫膠，並以強鹼液蒸煮。魚網的網結硬，也必須施以強化的機械處理和化學處理」〔註116〕。1974年在甘肅武威旱灘坡出土的東漢晚期字紙，雖然仍以麻為纖維原料，但紙面平整、纖維緊密，孫機先生以為至少經過十一道（浸濕、切碎、洗滌、浸灰水、蒸煮、舂搗、二次洗滌、打漿、抄紙、曬乾、搗壓）工序，而且可能還加上了懸浮劑以保持纖維的均勻分散。這個象徵漢代高度製紙工藝的成品就出現在蔡倫過世後的幾十年之間。

魏晉以降有「貴素賤紙」的說法，但西晉左思的《三都賦》引起洛陽貴族士人的競相傳抄，以至於引起紙價上漲，也部分說明了紙進入書寫領域的事實。這種書寫載體的轉換情況，正被傅咸〈紙賦〉保留了下來，此文開篇說「蓋世有質文，則治有損益，故禮隨時變，而器與事易。既作契以代結繩兮，又造紙以當策。猶純儉之從宜，亦唯變而是適。」

硯，《釋名·釋書契第十九》曰：「硯，研也，研墨使和濡也」，從目前的出土文物看來，硯的「研磨」功能最早是施用於繪畫顏料：陝西寶雞仰韶文化早期北首嶺遺址、陝西西安臨潼區仰韶文化早期姜寨遺址，以及1976年河南安陽殷墟婦好墓出土的玉質硯，河南洛陽出土的兩方西周硯，以上硯面都留有朱紅色跡。

圖 4-41：附木硯盒

圖 4-42：樂浪時代附抽屜石硯　　　　圖 4-43：鎏金辟邪銅硯

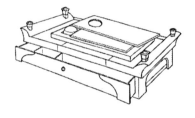 

〔註116〕詳參孫機：《漢代物質文化資料圖說》（上海：上海古籍出版社，2100），頁331。

宋代蘇易簡（958～996）《文房四譜》引伍緝之從征記：「魯國孔子廟中有石硯一枚，制甚古樸，蓋夫子平生時物也。」〔註117〕既是「平生時物」，則不能不與其它生活用器相關，江蘇連雲港市東海縣尹灣 6 號西漢墓出土的長方硯就和毛筆、簡牘同出，並且很快地走向精緻化：精緻的石硯必須受到保護，山東臨沂金雀山 11 號漢墓所出土石硯有其專屬的漆木盒，蓋與底繪雲氣禽獸紋（圖 4-41，引自孫機《圖說》圖版 71-12）。平壤彩篋冢所出樂浪時代石硯座底有抽屜，頂部兩端裝設了鎏金的插筆處（圖 4-42，引自孫機《圖說》圖版 71-13）。徐州出土一辟邪神獸形銅硯盒，此盒通體鎏金，以紅珊瑚、綠松石、青金石鑲嵌。（圖 4-43，引自孫機《圖說》圖版 71-15）〔註118〕

除了以石為硯，兩漢魏晉之間，實際上還有陶硯、漆硯、金屬硯等，古史記載張華獻《博物志》，皇帝即「即於御前賜青鐵硯」〔註119〕，這些硯臺固然別緻，但未必實用，好硯的關鍵還是在「發墨」，《文房四譜》記載曹操銅雀台殿上瓦所製成的瓦硯是特別珍貴的品類：「魏銅雀臺遺址，人多發其古瓦，琢之為硯，甚工，而貯水數日不滲。世傳云，昔人製此臺，其瓦俾陶人澄泥以絺濾過，加胡桃油方埏埴之，故與眾瓦有異焉。」〔註120〕魏晉傅玄〈硯賦〉開篇說：「採陰山之潛璞，簡眾材之攸宜」，又說「木貴其能軟，石美其潤堅」，從對材料的著眼和特色掌握來看，即便不能肯定傅玄是一個識硯名家，但他的書寫總不是無根無憑的雕蟲。

魏晉與紙、筆相關的賦篇包含：傅玄〈硯賦〉（存）和傅咸〈紙賦〉（存）、〈畫像賦〉（存）。

珍寶玉器。兩漢以降，中國的對外聯繫主要有三條路線：一是向西出玉門關，與今天所稱中亞範圍內的國家的往來。二是往西南走，經雲南通緬甸、印度。三是沿南海航道通向大秦（羅馬帝國）。

第一條路線所涉及的範圍在漢史中被稱為西域，《漢書·西域傳》：「自周衰，戎狄錯居涇渭之北，及秦始皇壤卻戎狄，築長城，界中國，然西不過臨洮。」原初的動機是政治上的，漢武帝派遣張騫通使西域，事征四夷，目的在「斷匈奴右臂」。聯通西南，漢初就有意識，《史記·大宛列傳第六十三》記載：「初，

〔註117〕〔宋〕蘇易簡輯：《文房四譜》卷三〈硯譜〉（北京：中華書局，1985），頁35。
〔註118〕此段出土資料參考孫機《漢代物質文化資料圖說》，頁 320、321。
〔註119〕〔宋〕李昉撰：《太平廣記》卷二百三十一〈器玩三〉記「張華」（台南：平平出版社，民 63），頁 1768。
〔註120〕〔宋〕蘇易簡輯：《文房四譜》卷三〈硯譜〉（北京：中華書局，1985），頁 38。

漢欲通西南夷，費多，道不通，罷之。及張騫言可以通大夏，乃復事西南夷。」但真正著手經營，必須等到張騫第一次出使西域。此去西域，張騫在大夏國發現大夏人從身毒市集裡買到的蜀布、竹杖，因此發現由西南夷經身毒到大夏的一條捷徑。雖然從西域也可到達大夏國，但總免不了匈奴、羌人的襲擾，況且路程較遠。回國後，張騫遂向漢武帝匯報了經營西南的想法，《史記‧大宛列傳第六十三》記載：

> 騫曰，臣在大夏時，見邛竹杖、蜀布。問曰：「安得此？」大夏國人曰：「吾賈人往市之身毒。身毒在大夏東南可數千里。其俗土著，大與大夏同，而卑溼暑熱云。其人民乘象以戰。其國臨大水焉。」以騫度之，大夏去漢萬二千里，居漢西南。今身毒國又居大夏東南數千里，有蜀物，此其去蜀不遠矣。今使大夏，從羌中，險，羌人惡之；少北，則為匈奴所得；從蜀宜徑，又無寇。」天子既聞大宛及大夏、安息之屬皆大國，多奇物，土著，頗與中國同業，而兵弱，貴漢財物；其北有大月氏、康居之屬，兵彊，可以賂遺設利朝也。且誠得而以義屬之，則廣地萬里，重九譯，致殊俗，威德遍於四海。天子欣然，以騫言為然，乃令騫因蜀犍為發閒使，四道并出：出駹，出冉，出徙，出邛、僰，皆各行一二千里。其北方閉氐、筰，南方閉巂、昆明。

不過，漢武帝的西南經營並不順利，十多年過去了，使者只能進入到滇人地區，一直要到東漢明帝時在雲南設了永昌郡，其控制範圍到達今雲南省的西部，才算推動了西南的開拓。

第三條路線是南海航道。南海航道的開通要從漢武帝平定南越國、設合浦郡始算，《漢書‧地理志第八下》裡有一段話清楚地記載了路線、往來人員和主要活動：

> 自日南障塞、徐聞、合浦船行可五月，有都元國；又船行可四月、有邑盧沒國；又船行可二十餘日、有諶離國；步行可十餘日，有夫甘都盧國。自夫甘都盧國船行可二月餘、有黃支國、民俗略與珠厓相類。其州廣大、戶口多，多異物，自武帝以來皆獻見。有譯長，屬黃門，與應募者俱入海市明珠、璧流離、奇石異物，齎黃金雜繒而往。所至國皆稟食為耦，蠻夷賈船，轉送致之。亦利交易，剽殺人。又苦逢風波溺死，不者數年來還。大珠至圍二寸以下。平帝元

始中，王莽輔政，欲燿威德，厚遺黃支王，令遣使獻生犀牛。自黃
支船行可八月，到皮宗，船行可二月，到日南、象林界云。黃支之
南，有已程不國，漢之譯使自此還矣。

首先，該航道將經由馬來半島（都元國）和緬甸沿岸（邑盧沒國），最遠抵達
今印度南方（黃支）和斯里蘭卡（已程不國）（圖 4-44，引自《中國古代造船
史》圖 6-3）。第二，往來的人員有「譯長」，也就是傳譯與奉使的官員，也有
來自民間的「應募者」。第三，漢使攜黃金與絲織品交換而回的「明珠」、「璧
流離」、「奇石異物」，顯示了貿易發展的未來性。

圖 4-44：南海航道路線圖

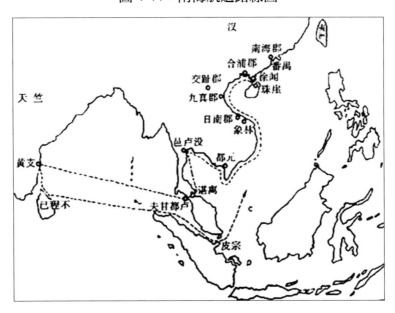

漢魏與西域、西南、南海、南海航道等域外國家頻繁往來，除了國防、戰
略上的外顯考量，貿易往來可能是影響最直接的結果。雖史書表面上是記該國
的特殊物，但實際上它們都是可用資源、有價物質，《漢書・西域傳》記罽賓：
「有金銀銅錫，以為器。市列。以金銀為錢，文為騎馬，幕為人面。出封牛、
水牛、象、大狗、沐猴、孔爵、珠璣、珊瑚、虎魄、璧流離。」又《後漢書・
西域傳》記大秦「土多金銀奇寶，有夜光璧、明月珠、駭雞犀、珊瑚、琥珀、
琉璃、琅玕、朱丹、青碧。刺金縷繡，織成金縷罽，雜色綾。作黃金塗、火浣
布。又有細布，或言水羊毳，野蠶繭所作也。合會諸香，煎其汁以為蘇合。凡
外國諸珍異皆出焉。」2017 年熊昭明先生統整 2002 年以來所考察之合浦港的

漢代出土文物，發現其中有大量海外貿易相關的珠飾，包含珍珠、玻璃、石榴子石、水晶、琥珀、綠柱石、瑪瑙、肉紅石髓、蝕刻石髓、綠松石等，以及香料。〔註121〕魏晉以降，造船技術較漢代更為發達，為南海航行提供了更有利的條件。

瑪瑙。當代寫瑪瑙二字，一般會加上玉旁，以顯示此物的玉石本質，但魏晉時有一系列的以瑪瑙為材料的勒賦同詠，出現了「馬腦」、「馬瑙」等異文，它們分別是魏王粲〈馬瑙勒賦〉（存）、魏陳琳（？～217）〈馬腦勒賦〉（殘）、魏曹丕〈瑪瑙勒賦〉（存）、晉王沈（生卒年不詳）〈馬瑙勒賦〉（殘）。《西京雜記》記趙飛燕封后時，其妹所呈獻的物件中就有「馬腦彄」〔註122〕同書中也記載漢武帝時身毒國獻瑪瑙勒：「武帝時，身毒國獻連環羈，皆以白玉作之，馬瑙石為勒，白光琉璃為鞍。鞍在闇室中常照十餘丈，如晝日。自是，長安始盛飾鞍馬，競加雕鏤，或一馬之飾直百金。」（《西京雜記》卷二）

就物質生產來看，瑪瑙來自北方，被佛國視為聖物，《阿那邠邸化七子經》：「此北方有國城名石室，國土豐熟人民熾盛，彼有伊羅波多羅藏，無數百千金銀珍寶車渠馬瑙真珠琥珀水精瑠璃及諸眾妙寶。」〔註123〕此經乃東漢時由安世高所譯，沒有提到「馬腦」，直到唐人陳藏器《本草拾遺》才對「馬腦」作出解釋：「赤爛紅色，似馬之腦，故名，亦云馬腦珠。」〔註124〕唐代慈恩寺沙門窺基撰《妙法蓮華經玄贊》則指出「馬腦」之名本來就源於西域「西域人從其色相加以命名」，同時說明它的梵文意思：「馬瑙梵云遏濕摩揭婆，此云，杵藏，或云，胎藏者，堅實故也。色如馬腦，故從彼名作馬腦字。以是寶類故

〔註121〕熊昭明：〈漢代海上絲綢之路合浦港的考古學探究〉，《民主與科學》總170期（2018.01），頁25～28。

〔註122〕《西京雜記》卷一：「趙飛燕為皇后，其女弟在昭陽殿，遺飛鸞書曰：『今日嘉辰，貴姊懋膺洪冊，謹上襚三十五條，以陳踊躍之心：金花紫輪帽。金花紫羅面衣。織成上襦。織成下裳。五色文綬。鴛鴦襦。鴛鴦被。鴛鴦褥。金錯繡襠。七寶綦履。五色文玉環。同心七寶釵。黃金步搖。合懽圓璫。琥珀枕。龜文枕。珊瑚玦。馬腦彄。雲母扇。孔雀扇。翠羽扇。九華扇。五明扇。雲母屏風。琉璃屏風。五層金博山香爐。回風扇。椰葉席。同心梅。含枝李。青木香。沈水香。香螺卮。九真雄麝香。七枝鐙。」

〔註123〕〔後漢〕安息國三藏安世高譯：《阿那邠邸化七子經》，《大正新修大藏經》第二卷（北縣：傳正有限公司，2001），頁862。

〔註124〕〔明〕李時珍：《本草綱目》卷第八「瑪瑙」注引陳藏器（北京：人民衛生出版社，1991），頁504。

字從玉，或如石類字或從石。」〔註125〕

車渠。晉郭義恭（生卒年不詳）《廣志》：「車渠出大秦及西域諸國。」崔豹《古今注》卷下〈雜注〉：「魏武帝以硨磲為酒碗。」王粲、徐幹、應瑒（？～217）、曹丕、曹植皆有〈車渠碗賦〉（五篇皆存），晉王沈有〈車渠觶賦〉（殘）。

玳瑁。又作玳瑁，是一種海龜科動物，背甲經研治後光潤有彩，可作飾品，《太平御覽》卷八〇七〈珍寶部六〉「玳瑁」引東漢楊孚（生卒年不詳）《南方異物志》所記：「玳瑁如龜，生南海。大者如蘧蒢，背上有鱗，大如扇。發取鱗，因見其文。欲以作器，則煮之，刀截，任意所為。冷，乃以梟魚皮籍治之。後以枯木條葉瑩之，乃有光輝。」玳瑁用途極廣，比方作簪、釵：「有所思，乃在大海南。何以問遺君，雙珠玳瑁簪。」（〈有所思〉）、「何以慰別離，耳後玳瑁釵。」（繁欽（？～218）〈定情詩〉）有用玳瑁作席，劉楨（180～217）〈清慮賦〉：「布玳瑁之席，設觜蠵之筵」，晉孫惠〈楠榴枕賦〉：「委之玳瑁席，停之象牙床。」有用玳瑁作牀，《西京雜記》曰：「韓嫣以玳瑁為牀。」（卷六）前引趙飛燕女弟呈贈之物中也有「龜文枕」，龜文枕即玳瑁枕。

能用作封后之贈，可見瑪瑙、玳瑁必然珍貴，然而就作用而言，鞍勒、衾枕一類，未必非得使用這種珍貴的材料，因此此種材料的取用，終不免給人奢糜的負面印象，已而被禁奢的政令所點名，如《後漢書卷七十九・王充傳》：「昔孝文皇帝躬衣弋綈，革舃韋帶。而今京師貴戚，衣服飲食，車輿廬第，奢過王制，固亦甚矣。且其徒御僕妾，皆服文組綵牒，錦繡綺紈，葛子升越，筩中女布。犀象珠玉，虎魄玳瑁，石山隱飾，金銀錯鏤，窮極麗美，轉相誇咤。其嫁娶者，車騈數里，緹帷竟道，騎奴侍童，夾轂並引。富者競欲相過，貧者恥其不逮，一饗之所費，破終身之業。古者必有命然後乃得衣繒絲而乘車馬，今雖不能復古，宜令細民略用孝文之制。」個人為了顯出誠懇儉樸的德行，同樣要對玳瑁敬而遠之，《後漢書》記和帝鄧皇后：「御府、尚方、織室錦繡、冰紈、綺縠、金銀、珠玉、犀象、玳瑁、雕鏤翫弄之物，皆絕不作。」（〈后紀第十上・鄧皇后紀〉）

晉潘尼（約250～約311）有〈瑪瑙碗賦〉（存）。除了〈瑪瑙碗賦〉，潘尼又有一〈琉璃椀賦〉（存）。

琉璃。在兩漢魏晉生活的環境裡，言及琉璃，可能指向兩種物質：一是指

〔註125〕見〔唐〕慈恩寺沙門窺基撰：《妙法蓮華經玄贊》卷第二，《大正新修大藏經》第三十四卷（北縣：傳正有限公司，2001），頁685。

玉石，及以此玉石打造的用品。《後漢書・西域傳》：「土多金銀奇寶、有夜光璧、明月珠、駿雞犀、珊瑚、虎魄、琉璃、琅玕、朱丹、青碧。」明宋應星（1587～1666）《天工開物》：「凡琉璃石，與中國水精、占城火齊，其類相同，同一精光明透之義。然不產中國，產于西域。其石五色皆具，中華人豔之，遂竭人巧以肖之。」〔註126〕其晶瑩璀璨的性質，與產自中原的水精、火齊非常相似──因此也有以火齊為琉璃的說法，《藝文類聚》卷八十四引《集韻》：「琉璃，火齊珠也。」潘尼寫的「琉璃碗」源於外貢、越險而來，指的也應是此種玉石打造的器物。琉璃的第二種物質指向是玻璃。琉璃和玻璃本屬完全不同的兩種物品，後者必須經過高溫熔化石英、石灰、純鹼的混合物，待成型後冷卻而得，但因為它和琉璃一樣透光生彩，因此常以此言彼，《西京雜記》稱昭陽殿的窗扉皆是綠琉璃，實際上指的應是窗上的玻璃。

　　魏晉其它珍寶玉器賦包含：曹丕〈玉玦賦〉（存）、傅咸〈玉賦〉（存）、〈汙卮賦〉（存）。

　　樂器之琵琶。關於琵琶的歷史，學界的看法並不完全一致，主要的爭議在本土說與外來說。主張前者的，據《風俗通義》、傅玄〈琵琶賦序〉〔註127〕等認為琵琶最早可上溯至秦代，是人們在鼗鼓的基礎上所發明的彈撥樂器，又被稱為「秦琵琶」。主張外來說者，認為琵琶是在東漢末傳入，原來發明於西

〔註126〕〔明〕宋應星撰：《天工開物》卷下〈珠玉第十八〉（台北：成偉出版社，民65），頁309。

〔註127〕傅玄〈琵琶賦序〉：「《世本》不載作者，聞之故老云，漢遣烏孫公主嫁昆彌，念其行道思慕。使工人知音者裁琴、箏、筑、箜篌之屬，作馬上之樂。今觀其器，中虛外實，天地象也；盤員柄直，陰陽之序也。柱十有二，配律呂也；四弦，法四時也。以方語目之，故云琵琶，取其易傳於外國也。杜摯以為嬴秦之末，蓋苦長城之役百姓，百姓弦鞀而鼓之。二者各有所據，以意斷之，烏孫近焉。」孫機辨證曰：「於其（琵琶賦）序言中，傅玄不承認琵琶是外來的，反而提出了兩種本土起源說。首先，他說『杜摯（三國時人）以為嬴秦之末，蓋苦長城之役，百姓弦鼗而鼓之』。即認為琵琶是在鼗上張弦而成。但這種形狀的樂器在秦漢時的遺物和文獻中均無蹤跡，不知道杜摯是根據什麼這樣說？何況由鼗演變成琵琶，也不符合樂器的發展規律。另外，傅玄又說，『聞之固老云』：漢遣烏孫公主嫁昆彌，公主在馬上彈琵琶。這位公主是西漢中葉的人，當時內地尚無這種樂器。傅玄還說烏孫公主的琵琶是『使工人知音者裁琴、箏、筑、箜篌之屬』制成。但琵琶與琴、箏、筑、箜篌（指臥箜篌）等相較，不僅共鳴箱的形狀不同，弦、軫的結構各異，而且定弦的原則、彈奏的技法也互不相侔。故傅玄的本土起源說殆不可信。」詳參《漢代物質文化資料圖說》（上海：上海古籍出版社，2011），頁444。

亞，如《釋名‧釋樂器第二十二》：「批把本出於胡中，馬上所鼓也。推手前曰批，引手卻曰把，象其鼓時，因以為名也。」從木旁，表示為木質器物。

　　韓淑德、張之年先生合撰之《中國琵琶史稿》將東漢至魏晉視為琵琶發展歷史之第一期，就出土物來看，嘉裕關畫磚上的魏晉琵琶基本上確實與東漢晚期墓壁石刻和畫像相同，特色都是圓體、直項、四弦。〔註128〕依形制，因為晉朝名士阮咸（222～278）的善彈，因此又稱為「阮咸」。據《隋書‧樂志》記載，東晉以後，梨形的琵琶才由波斯經新疆、甘肅進入北方。

　　魏晉孫該（？～261）、成公綏、傅玄都有〈琵琶賦〉傳世（三作皆殘）。

圖 4-45：臥箜篌

圖 4-46：豎箜篌　　　　　　　　　　圖 4-47：鳳首箜篌

〔註128〕韓淑德、張之年合撰：《中國琵琶史稿》（成都：四川人民出版社，1985），頁3。

箜篌。古代箜篌依形制分為臥箜篌和豎箜篌，《舊唐書·志第九·音樂二》：「漢武帝使樂人侯調所作，以祠太一。或云侯暉所作。其聲坎坎應節，謂之坎侯，聲訛為箜篌。舊說依琴制，今按其形似瑟而小，七弦，用撥彈之，如琵琶也。豎箜篌，胡樂也。漢靈帝好之，體曲而長，二十三弦，豎抱於懷中，而兩手齊奏，俗謂擘箜篌。」前者彈奏時橫放膝上，屬於中原琴系統（圖 4-45，引自《中國音樂史圖鑑》圖 II-102 嘉峪關魏晉墓磚畫）；後者則類似西方豎琴，屬胡樂系統（圖 4-46，引自《中國音樂史圖鑑》圖 II-104 敦煌莫高窟 431 窟北魏伎樂天彈豎箜篌）。在豎箜篌的基礎上增加造型，遂為「鳳首箜篌」（圖 4-47，引自《中國音樂史圖鑑》圖 II-110 新疆克孜爾石窟 38 窟晉代思維菩薩像伎樂人所彈鳳首箜篌），《隋書·音樂志》：「天竺者起自張重華據有涼州，重四譯來貢男伎，天竺即其樂焉。歌曲有沙石疆，舞曲有天曲，樂器有鳳首箜篌、琵琶、五弦、笛、銅鼓、毛員鼓、都曇鼓、銅拔貝等九種為一部，工十二人。」可知鳳首箜篌也屬於外來樂器。前所未見的形制吸引了賦家的注意，按曹毗〈箜篌賦〉所描述「爾乃楚班制器，窮妙極巧。龍身鳳形，連翩窈窕。縷以金彩，絡以翠藻」寫的應是鳳首箜篌，另外孫瓊（生卒年不詳）亦有〈箜篌賦〉，起句說「考茲器之所起，實侯氏之所營。遠不假於琴瑟，顧無取乎竽笙」，所述接近臥箜篌。楊方（生卒年不詳）則留有〈箜篌賦序〉。

（五）宗教信仰物品

中國社會自古便具有很濃厚的鬼神信仰，這與人們無法以自身力量抵禦自然的風雲變化、人事的星移物換有關。禮敬的對象很多元，多由官方主持的，《史記·封禪書第六》：「長安置祠祝官、女巫。其梁巫，祠天、地、天社、天水、房中、堂上之屬；晉巫，祠五帝、東君、雲中君、司命、巫社、巫祠、族人、先炊之屬；秦巫，祠社主、巫保、族纍之屬；荊巫，祠堂下、巫先、司命、施糜之屬；九天巫，祠九天。皆以歲時祠宮中。」人們普遍相信服食求仙、講求德運圖讖，與此相應的物品稱為宗教信仰物品。

承露盤。承露盤和其它遠古之物不一樣的地方在於當代中國大陸的景點裡仍可以看見承露盤的蹤跡，最有名要屬北京北海公園瓊島西側山腰豎立的「銅仙承露盤」（圖 4-48）。按景區介紹，此盤乃乾隆皇帝仿照漢武帝故事所造的。據《漢書·郊祀志》記載，篤信神仙的漢武帝在建章宮建神明台，在上頭立一承露盤以接甘露，和以玉屑，為求食用之後延年益壽：「其後又作柏梁、銅柱、承露僊人掌之屬矣。」（《漢書·郊祀志第五上》）誠然，漢武帝沒能長

生不老，但這並不意謂著他的想法過於天馬行空，這種意識有它古老的淵源，如《莊子·內篇·逍遙遊》說：「藐姑射之山，有神人居焉。肌膚若冰雪，綽約若處子。不食五穀，吸風飲露；乘雲氣，御風龍，而遊乎四海之外。」類似的記載甚至可在醫書中見得，《黃帝內經·上古天真論第一》：「黃帝曰：余聞上古有真人者，提挈天地，把握陰陽，呼吸精氣，獨立守神，肌肉若一，故能壽敝天地，無有終時，此其道生。」〔註129〕設盤盛水、飲水養命，就是這裡所謂「提挈天地，把握陰陽」的具體作法。

圖 4-48：北海公園「銅仙承露盤」　　　　圖 4-49：青銅馴鳥俑

就像《黃帝內經素問》所描繪的，「承露盤」不僅是一個盤身，還包含了持盤的「真人」、「仙人」，這些仙人的身份保證了露水的神聖性，他們並且將盤子高高地托起，以更好地完成上與天接的任務。熟悉上古器物的人對這樣的動作必然不會陌生，雙手上舉象徵著溝通上天。1923 年出土於河南洛陽金村的一件人物立像，他的雙手各持一樹枝狀的短棍，並微微上舉，上面立有玉鳥（圖 4-49）〔註130〕，練春海先生推定此主人翁為一名巫師或祭師〔註131〕，而樹和鳥

〔註129〕〔宋〕林億等校正：《重廣補注黃帝內經素問》，趙敏俐、尹小林主編：《國學備覽》卷九（北京：首都師範大學出版社，2007），頁9。

〔註130〕引自曹者社、孫秉根：《中國古代俑》彩圖（上海：上海古籍出版社，1996）。

〔註131〕「在這件作品中，人物昂首，臉龐豐腴，雙目凝視左手所持銅棍上之玉鳥，頭髮向兩邊分梳成辮並垂手胸前。肩前草類編織的披肩，領口飾貝紋一周，身穿直紋長袍，袒胸露肚，束腰，右側懸一環首短劍。足蹬皮靴，立於一長方形平板上。人物雙手各持一簡形物，內插短棍，棍頂分杈作樹枝狀，上各立玉鳥一只。從著裝與形態上看，這個人物形象很有可能塑造的是一個祭師（或巫師）的角色。」練春海：《器物圖像與漢代信仰》（北京：生活·讀書·新知三聯書店，2014），頁89。

是媒介之物。憑藉著神鳥的引導，上古先民相信死者的靈魂可以如願地抵達天國。（圖 4-50、圖 4-51）

　　魏晉有毌丘儉（？～255）有〈承露盤賦〉（存）。

圖 4-50：長沙
子彈庫一號墓人物御龍圖

圖 4-51：
山東徐州銅山神人畫像

三、小結

　　通過魏晉器物賦的品類爬梳，可以得到如下概念：

　　首先，繼承而來的題材展現了物質在魏晉時期的新發展：扇的部分，此時有以鳥羽為材料和以狗脊草為外形的書寫。枕的部分，張紘的〈瑰材枕賦〉說明了玉枕的普及。紡織工具部份，楊泉以他科學家的視野寫下了〈織機賦〉，說明織機在魏晉時期的高度水平。燈具部份，賦家能關注燈材（蠟燈賦、燭賦）、燈形（百枝燈賦、鯨魚燈賦）以及卓越的功能（缸燈賦）。遊藝器部分，彈棋的前身是蹴鞠，為了使喜好蹴鞠的皇帝能更好地從事，遂由室外的腳下活動改為室內可進行的彈指活動，棋盤仿戶外設計為起伏狀，施手彈擊，以棋子之間的阻隔、推進、擊落定雙方勝負。除了彈棋，魏晉創作數量居於次的則是圍棋賦，雖原理不同，但一樣都需要物質條件的支撐。

　　其次，文學題材所反映的氣象是：一、以古樸替代華美，如夏侯湛的〈雀釵賦〉、張翰的〈杖賦〉、張華〈相風賦〉；二、以功能突顯價值，如嵇含的〈八磨賦〉、建安文人的〈瑪瑙勒賦〉、〈車渠碗賦〉；三、將道德涵義的強調建立在物質條件的認知上，如秉據〈船賦〉感發「乘流則逝，遇坎而停」的自然觀，

可與當時普遍使用的風動帆船相證。

誠如本章一開始所說的，魏晉器物賦有一定程度的現實性。關於賦文的理解，本文的看法是，至少必須考慮魏晉賦家對物質變化的敏感與興趣。如果我們把物質當作最重要的條件的話，美文實際上只是錦上添花——也就是說，美文必須以完整、準確貼近物質為前題。

第三節　魏晉器物賦的書寫模式

正因魏晉器物賦很大程度反映當時的物質環境，當我們以漢賦表現的書寫模式去考察魏晉器物賦時，會得到不同的印象：魏晉器物賦是把「功能」放在賦文的序言或開篇。它所顯示的意義在於比起漢代由材料寫起，似乎是對器物進行機械化、「從無至有」的歷程考察，魏晉書寫者的取向已經改換成「功能」所代表的「器物與人的互動關係」。

有太多的知識傳播媒介可以幫助人們掌握一個器物的生產過程，但是根據賦家對物質掌握的觀察，我們相信把「功能」置前是出於一種對器物意義之所在的深刻體悟。換句話說，魏晉器物賦的創作動機不必然全受貴遊活動、爭價字句的文學環境所驅動。〔註132〕

一、以「功能」為取向

因著器物不同，功能的內涵也不同，下文將從「基本功能」、「信仰功能」及「遊慮功能」三種表現探視器物賦的書寫情況。

（一）基本功能

基本功能，是指製造之後，通過動力（人或自然）啟用、運轉而得到有益於日常生活之效果的器物，小至燭、紙，大至織機、相風等。典例有成公綏的〈故筆賦〉、棗據的〈船賦〉。

先談筆賦。詠筆之作，成公綏並非最早，漢代蔡邕即有〈筆賦〉一篇，不僅頗為成熟〔註133〕，而且保存完整。蔡邕是一名賦家，同時也是卓越的書法

〔註132〕廖國棟先生《魏晉詠物賦研究》指出詠物賦在魏晉之興的原因有五，除了「賦體本身之因素」、「時代背景之巨變」，其它「遊戲性質之轉濃」、「園林山水之風行」、「巧構形似文風的推波助瀾」皆與貴遊文化所帶來的創作活動環境有關。詳參《魏晉詠物賦研究》第二章〈魏晉詠物賦之鼎盛〉（台北：文史哲出版社，民79），頁29～37。

〔註133〕本文在上章曾引用蔡邕〈警枕銘〉和〈團扇賦〉，此二篇分別從不同的角度標

家，關於文字藝術的價值，他比旁人有更多的理解與看重，對於筆、墨、紙、硯這些用以創造藝術品的器具，他也有更高的敏銳度。蔡邕的〈筆賦〉如下：

> 昔蒼頡創業，翰墨用作，書契興焉。夫制作上聖，立則憲者，莫隆乎筆。詳原其所由，究察其成功，鑠乎煥乎，弗可尚矣。
>
> 惟其翰之所生，於季冬之狡兔。性精亟以慓悍，體遄迅以騁步。削文竹以為管，加漆絲之纏束。形調摶以直端，染玄墨以定色。書乾坤之陰陽，讚三皇之洪勳。敘五帝之休德，揚蕩蕩之典文。紀三王之功伐兮，表八百之肆勤。傳六經而輟百氏兮，建皇極而序彝倫。綜人事於晻昧兮，贊幽冥于明神。象類多喻，靡施不協。上剛下柔，乾坤之正也；新故代謝，四時之次也；圓和正直，規矩之極也；玄首黃管，天地之色也。（〈筆賦〉）

這篇的好處首先在於讀畢以後暢快淋漓之感。作品大部分以「○○○以○○」、「○○○之○○」構成，這種類似的句型讓上句與下句自然地串連起來，成為一個感覺上的整體。其次，以動詞為首的句子佔據了主要的篇幅，十個字眼——書、讚、敘、揚、紀、表、傳、建、綜、贊——豐富了書寫的活動，作者活潑潑的生命力也展現在這極盡鋪衍的企圖之中。

作為一名書法家，蔡邕除了〈筆賦〉，還有〈筆論〉。後者可分兩部分，前半是書法創作前的心理準備，包含「散懷抱」、「靜坐默思」、「須入其形」：

> 書者，散也。欲書先散懷抱，任情恣性，然後書之，若迫於事，雖中山兔豪不能佳也。夫書，先默坐靜思，隨意所適。言不出口，氣不盈息，沈密神彩，如對至尊，則無不善矣。（蔡邕〈筆論〉）

後半段則是「書法奠基於萬物之形」的強調：

> 為書之體，須入其形，若坐若行，若飛若動，若往若來，若臥若起，若愁若喜，若蟲食木葉，若利劍長戈，若強弓硬矢，若水火，若雲霧，若日月。縱橫有可象者，方得謂之書矣。（蔡邕〈筆論〉）〔註134〕

落筆以前，創作者意念中必須先要有「蟲食木葉」、「利劍長戈」、「強弓硬矢」、「水火」、「雲霧」、「日月」的形象，高尚仁先生稱此為創作的認知行為：「蔡

誌了銘文與賦文在漢末的交疊情況：通過特定的字眼，〈警枕銘〉所寫的是「規矩」的器物，而〈團扇賦〉的書寫結構則與劉歆的〈扇銘〉幾乎一致。因此蔡邕的作品實際上留有銘、賦未完全分流的痕跡。

〔註134〕蔡邕：〈筆論〉，〔漢〕蔡邕著；鄧安生編：《蔡邕集編年校注》（石家莊：河北教育出版社，1999），頁557。

氏提倡的是書寫時的『預想目標』及目標的細節，以作為筆馳手『追』的樣版。」
〔註135〕關於蔡邕的論述是如何精闢，筆者不諳書法，沒有資格評述，但有一
點顯而易見而又饒富興味的是蔡邕沒有稱之為「書論」，而是稱之為「筆論」
——他讓一個「物質」去統整涉及心境狀態的抽象活動。

　　持平地說，讀者可能獲得一種印象：成公綏對筆的崇拜，遠不如蔡邕；筆
在蔡邕作品裡縱橫古今、氣力萬鈞的光采，到了成公綏的描繪裡，風華盡滅。
成公綏〈故筆賦〉如下：

> 治世之功，莫尚於筆。能舉萬物之形，序自然之情，即聖人之心，
> 非筆不能宣。實天地之偉器也。有倉頡之奇生，列四目而兼明，慕
> 羲氏之畫卦，載萬物於五行。乃發慮於書契，採秋毫之類芒，加
> 膠漆之綢繆，結三束而五重，建犀角之玄管，屬象齒於纖鋒，染青
> 松之微煙，著不泯之永蹤。則象神仙，人皇九頭，式範羣生，異
> 體怪軀，注玉度於七經，訓河洛之讖緯，書日月之所躔，別列宿之
> 舍次，乃皆是筆之勳。人日用而不窮，仡盡力於萬機，卒見棄於
> 行路。

本賦分為六段，第一段「治世之功」到「實天地之偉器也」寫筆的功能。「有
倉頡之奇生」到「載萬物於五行」為第二段，寫此物製造的契機與典故。「乃
發慮於書契」到「著不泯之永蹤」是第三段，寫選材、製筆的過程。第四段由
「則象神仙」到「異體怪軀」，寫筆之外形。第五段由「注玉度於七經」到「乃
皆是筆之勳」，再次強調筆的作用。「人日用而不窮」以下則為最後一段，透露
筆在使用過程中的耗損情形。〔註136〕

　　在不同的版本裡頭，我們留意到成公綏的這篇有不同的名稱。《藝文類聚》
作「故筆賦」，《北堂書鈔》、《歷代賦匯》作「棄故筆賦」。究竟哪一個才是成
公綏所訂？如今難以評估，但若是從賦文內容來說，「棄故筆」也許比較貼切：
這枝筆最後會被丟棄。從「以器喻人」、「秋扇見捐」的傳統，「棄物」似乎有
更多的詮釋空間，然而，當我們一旦膠著於「棄」字的取捨，就很容易忽略其
實「故」才是這兩種題目共有的核心：成公綏的筆之所以被「棄」，是因為它
已經不堪使用了。丟棄一枝失去功能的「故筆」，和前代棄筆，有根本上的不

〔註135〕高尚仁：《書法藝術心理學》（香港：香港文化教育出版社有限公司，1992），
　　　　　頁75～76。

〔註136〕因內容所起到的意義決定作用，本章所述之賦文分段，多數依意義內容，而
　　　　　與韻目轉換不涉。

同，前代文人之所以感覺「被棄」，完全是因為他們處於鼎盛之年。

因此，與其說成公綏最後的幾筆是在顛覆前文，回應「不遇」的書寫傳統，其實更像是描繪現實——在操作過程中，筆本來就會耗損，特別是把它和其它文具放在一起比較的時候。可以想像：擺好硯台，淋水、研磨，然後在寫了若干字以後，再研一次。筆的使用頻率一定高於墨，而墨的消耗一定又高於硯。因此，筆的壽命最短，硯的壽命最長。人的一生中可能會用上若干新筆，同時也就將若干不堪使用之舊丟棄——唐子西（1070～1120）在〈家藏古研銘〉〔註137〕的講法比較風雅，沒有本文那麼粗俗，他的形容是：

> 硯與筆墨，蓋氣類也。出處相近也，任用寵遇相近也，獨壽天不相近也。筆之者，以日計；墨之者，以月計；研之壽，以世計。其故何也？其為體也，筆最銳，墨次之，研鈍者也。豈非鈍者壽而銳者天乎？其為用，筆最動，墨次之，研靜者也，豈非靜者壽而動者天乎？
> 吾於是得養生焉：以鈍為體，以靜為用。〔註138〕

由於筆是「銳」的，而硯是「鈍」的，所以前者的消磨會比後者來得明顯。這種消磨之明顯若視為一種「動」，那硯的存在，則可以視為一種「靜」，然後收藏家便從此處體悟生命的哲理：人生當如硯臺，以鈍為體，以靜為用；或者反過來說，收藏家之所以收藏了這個硯台，正是因為這器物「以靜為用」的特質。

當然，硯台是比較不易耗損，然而是否如唐子西所言「不朽」、「永年」？看樣子，誇大不祇是賦家的隸事。真論起來，成公綏可能更為實際；而若說對一個器物的欣賞，成公綏也未必亞於唐子西。他寡欲、閑恬、靜默：「幼而聰敏，博涉經傳。性寡欲，不營資產，家貧歲饑，常晏如也。少有俊才，詞賦甚麗，閑默自守，不求聞達。」（《晉書‧文苑傳》）他的心境狀態，也不止一次透露在「物質」的存在狀態裡。成公綏寫過一篇〈天地賦〉，賦文裡清楚傳遞天地、萬物之損益變化，乃陰陽之變動，寒暑之推移：

> 惟自然之初載兮，道虛無而玄清。太素紛以溷淆兮，始有物而混成，何一元之芒昧兮，廓開闔而著形。爾乃清濁剖分，玄黃判離。
> 太極既殊，是生兩儀。星辰煥列，日月重規，天動以尊，地靜以卑。
> 昏明迭照，或盈或虧，陰陽協氣而代謝，寒暑隨時而推移。三才殊

〔註137〕研即硯。《宋文鑑》研作硯，今依《唐庚集編年校注》作研。
〔註138〕〔宋〕唐子西：〈家藏古研銘〉，黃鵬編：《唐庚集編年校注》（北京：中央編譯出版社，2012），頁311。

性，五行異位。千變萬化，繁育庶類，授之以形，稟之以氣，色表
文采，聲有音律，覆載無方，流形品物。（〈天地賦〉節錄，全晉文
卷五十九，頁 608）

換句話說，凡有生即有死，凡有盛則有衰，有榮則有枯，有用則有棄，我們讀
不到太多情緒、太多波瀾，就像是〈故筆賦〉最後的兩句「人日用而不寤，仡
盡力於萬機，卒見棄於行路」，看上去急轉直下，曲終見警，實際上是最貼近
筆的寫照。成公綏也許不能稱作是一名書法家，在歷史的記錄裡，他的藝術才
情也似乎無法和蔡邕相提並論，但回歸於器物的無華面貌，正是成公綏這篇的
好處。

　　與現實物質相證，反映出作者的物質熟悉度，棗據〈船賦〉也是一例。賦
云：

伊河海之深廣，吁嗟縣邈而無垠。彼限隔而靡覿兮，此由茲而莫聞。
雖后土之同載兮，實殊代而乖分。嘉聖王之神化兮，理通微而達幽。
悼民萌之隔塞兮，愍王教之不周。立成器以備用兮，因垂象以造舟。
濟凌波之絕軌兮，越巨川之玄流。水無深而不渡兮，路無廣而不由。
運重固之滯質，雖載沉而載浮。飄燕鼎於吳會，轉金石於洪濤。溯
無涯之浩浩，不抑進而輒留。登揚侯之激浦兮，方鳳翔而龍遊。雖
滔天而橫屬，長抱樂而無憂。且論器而比象，似君子之淑清。外質
樸而無飾，內空虛以受盈。乘流則逝，遇坻而停。受命若響，唯時
而征。不辭勞而惡動，不偷安而自寧。不貪財以徇功，不憂力而欲
輕。豐儉隨乎質量，所勝任乎本形。雖不乘而常浮，雖涉險而必正。
且其行無轍跡，止無所根。不疾而速，忽若馳奔。周遊曲折，動與
時并。博載善施，心無所營。囊括品物，受辱含榮。唯載涉之所欲，
混貴賤於一門。包涵通於道德，普納比乎乾坤。感斯用之却廣，信
人道之所存。

本賦分為四段。第一段由首句至「長抱樂而無憂」，寫造船的動機與渡遠越流
的功能。第二段由「且論器而比象」到「內空虛以受盈」，寫船的形貌。第三
段是「乘流則逝」以下兩句，寫船行的狀態。第四段從「不辭勞而惡動」以
下至賦文最後，以船比擬人的行為，包含「涉險而正」、「博載善施」、「受辱
含榮」等。

　　按照一般讀賦的習慣，賦的末段往往被認為是全篇旨意的匯聚，也正因

為最後一段所涉及的哲學內涵，棗據一直被後代歸類為道家人物。老子也講器物之「用」，但談的是眾物的共性，比起分辨一台車子、一個瓶子、一個房間差異，老氏更在意如何以「用」加以統一。在老子那裡，物質只是言說的材料，所謂「民多利器，國家滋昏；人多伎巧，奇物滋起。」（《道德經》五十七章）「小國寡民，使有什伯之器而不用，使民重死而不遠徙。雖有舟輿，無所乘之，雖有甲兵，無所陳之。使民復結繩而用之。」（《道德經》八十章〉）更有甚者，犧牲那些看似「進步」、實是過於複雜的器物，在老子看來未必是一件壞事。莊子也講用，他保存了器物的作用，但更強調此些作用在各種「物」（形軀）當中的超越狀態：所以庖丁解牛、不著肌理。

棗據眼裡的器物之用終究和先秦道家有根本上的不同。首先，它涉及體製，「運重固之滯質，雖載沉而載浮，飄燕鼎於吳會，轉金石於洪濤」，這是一艘大船，能夠航行於廣闊的江、河、海面上；其次，它有很好的穩定性，「雖滔天而橫厲，長抱樂而無憂」；其三，它沒有過多的裝飾，卻不顯得寒酸，它是淑清的君子，而非清貧的鄙夫，總之，它的質量很好，「豐儉隨乎質量，所勝任乎本形」。誠然，要領會〈船賦〉的思想內蘊，毋須立足於當時帆船的普及，事實上「乘流則逝」云云，《莊子·列御寇》「泛若不繫之舟，虛而遨遊」、賈誼（前 200～前 168）〈鵩鳥賦〉「乘流則逝兮，得坻則止」早有類似語，只不過物質文化在這裡有它的伏筆——是在上述的特徵中，船的行進功能才被提出來：「不疾而速，忽若馳奔。周遊曲折，動與時并」。物質文化現在給「意義」提供了一個特殊的「處境」，也就是說「唯時而征」在這裡不能撇開風力被斷章取義；它的「斯用卻廣」也不完全指向哲思，而是要將它的航程確實比人力船更遠的情況考慮進來。我們想要強調的是，相較於老、莊，棗據可以說是不騖空談、不作虛辯。

實事求是的態度不僅是為文表現，也極有可能是棗據的人生哲學。當年他近侍君側，徙黃門侍郎時，因「忝職門下」、「志之所存，不能無言」，所以寫下了〈表志賦〉，疾言「懷聖德之弘施，情慘切而內傷，感有莘之媵臣，願致主於陶唐。」（《全晉文》卷六十七，頁 699）銘謝主恩溢於言表，以至於產生某種暗示：他很清楚謀政必須在位。致君堯舜的能力與機會也許對所有人來說就是永恆的嚮往，但對棗據而言，更實際的是賦予了他充分的話語權。這裡的「志」，是以「職」為前題的；同理，如若不是有「船」，誠如〈船賦〉開篇所謂「立成器以備用兮，因垂象以造舟」，又何來最後「感斯用之卻廣」的感慨？

權當我們所盼望，秉據很瞭解他所面對的材料，從這個角度來說，他確實是一名思想家——如果我們對思想家的期待，是其憑藉對社會的廣泛認識與生活知識來解決人生的切要問題的話。

（二）信仰功能

一般所理解的器物功能多是實用的，有一定的使用場合、時機、步驟，然而也有一部分器物的使用方法無法被明確定義，它的效果不是憑藉任何具體操作而得來的，這類器物多半暗合某些信仰、符合某些象徵意義，例如儀仗之旗、宗教之物，代表作品是毌丘儉的〈承露盤賦〉和胡綜的〈黃龍大牙賦〉。

前節已經說過，承露盤的整體並不是只有一個盤身，而是還包含托舉盤身的仙人，因此雖以「盤」為名，但與民生吃食無關。史上最早的建造者是漢武帝，此盤的建造目的是讓漢武帝得以向上天求露，和藥服之，實現延年益壽的願望，但是漢武帝的承露盤並沒有保存下來。在漢武帝之後，魏明帝曹叡（204～239）也於芳林園立了一座，〈與東阿王詔〉：「昔先帝時，甘露屢降於仁壽殿前。靈芝生芳林園中，自吾建承露盤以來，甘露復降芳林園仁壽殿前。」（《太平御覽》〈天部十二〉「露」引）這就是毌丘儉（？～255）所描寫的對象。

作為曹魏後期最重要的將領之一，毌丘儉對曹魏的忠心昭昭於歷史，王應麟（1223～1296）《困學紀聞・考史》：「魏以不仁得國，而司馬氏父子世執其柄。然節義之臣，蠱巨姦之鐺，若王凌以壽春欲誅懿而不克，文欽、毌丘儉以淮南欲誅師而不遂，諸葛誕又以壽春欲誅昭而不成，千載猶有生氣，魏為有臣矣。」〔註139〕習鑿齒（？～383）《三國志集解》：「夫竭節而赴義者，我也；成之與敗者，時也。我苟無時，成何可必乎？忘我而不自必，乃可以為忠也。古人有言：『死者復生，生者不愧』，若毌丘儉，可謂能不愧也。」（《魏書二十八・王毌丘諸葛鄧鍾傳第二十八》）因著這樣的淵源，這篇賦文的意義就不僅在個人對長生的理解，而是站在魏氏政權的立場上以漢室為投射，賦云：

> 偉神盤之殊異，邈迢迢以秀峙。樹根芳林，濯景天池。嘉木靈草，綠葉素枝。飛閣鱗接而從連，層臺偃蹇以橫施。龜龍怪獸，嬉遊乎其中，詭類壯觀，雜還眾多。若乃肇制模熔，應變入神；窮數極理，究盡物倫。命班爾，召淳均，撰蘭籍，簡良辰，采名命金崑丘，斬扶桑以為薪，詔燭龍使吐火，運混元以陶甄。毆陰陽而役神物，豈

〔註139〕〔宋〕王應麟著；〔清〕翁元圻等注；欒保群、田松青、呂宗力校點：《困學紀聞》卷十三〈考史〉（上海：上海古籍出版社，2008），頁1515。

取力于烝民。用能弗經弗營，不日而成；匪雕匪斲，天挺之靈。雄幹碣以高立，干雲霧而上征。蓋取象於蓬萊，實神明之所憑。峻極過於閬風，鳳高翔而弗升。遠而望之，若紫霓下鄰，雙鷫集焉；即而視之，若璆琳之柱，華蓋在端。上際辰極，下通九原。中承仙掌，既平且安。越古今而無匹，信奇異之可觀。又能致休徵以輔性，豈徒虛設於芳園？采和氣之精液，承清露於飛雲。

賦文分為五段。第一段由「偉神盤之殊異」到「雜遝眾多」，文字構築出一個承露盤所在的環境，其中怪獸嬉遊、奇花異草，鬧中取靜、生氣勃勃。第二段描寫製盤的過程，由「若乃肇制模熔」到「不日而成」。第三段由「匪雕匪斲」到「華蓋在端」，描寫承露盤給人的視覺體驗。第四段由「上極辰極」到「信奇異之可觀」，寫承露盤佑護個人長生的原始功能。最後兩句為第五段，以「又能致休徵以輔性」寫承露盤在後代所延伸出的、以家國吉慶為願景的盼望。

　　賦文五段層次分明，承露盤的基本狀態交待得很清楚，但更有意思的是，毌丘儉替魏明帝打開了承露盤由護佑個人走向護佑群體的可能性。從出土文物來看，通過服藥而「不死」的觀念在東漢以後就逐漸動搖了，東漢墓中開始增加了許多「鎮安」、「解罪」、「代過」的物品，它們可能以「券」（鎮墓券）、以「瓶」（解殃瓶、解讁）、以「俑」（鎮墓俑）、以「獸」（鎮墓獸）、以「人」（鉛人）的各式形象現身，被孫機先生歸之於「宗教迷信」物品一類。所謂「迷信」，是因為漢人認為通過這些物品能有效處理活著時候所犯的罪孽，當這些物品隨著往生者下葬，同時也就變相地許諾了一個安穩的「死後的世界」〔註140〕。換句話說，古老的信念正在瓦解，人們開始懷疑「餐風飲露」的神話，他們接受了人一定會走向死亡。

　　因此我們有理由相信，當魏明帝再造承露盤時，絕不會以「接露」、「長生」為目的。從後世的評說來看，魏明帝的才幹雖不如先輩，但他對國家卻是有心經營的。陳壽（233～297）說他「沉毅斷識，任心而行，蓋有君人之至概焉。」（《三國志‧魏志卷三‧明帝》陳壽評語）孫盛（302～373）說他「魏明帝天

〔註140〕 「餌藥成仙之說本屬虛誕，在帝王面前玩弄這套騙術也帶有相當大的冒險性。因而至東漢時，求不死藥的鬧劇漸趨消匿，方士巫覡之流轉而在死人的地下世界裡打主意，造出各種「符劾厭勝之具」。所以東漢墓中的迷信物品明顯增多，如解讁瓶、鉛人、錢樹、鎮墓券、符籙、鎮墓俑、鎮墓獸等紛紛出現。」孫機：《漢代物質文化資料圖說》（上海：上海古籍出版社，2011），頁465。

姿秀出，立髮垂地，口吃少言，而沉毅好斷。初，諸公受遺輔導，帝皆以方任處之，政自己出。而優禮大臣，開容善直，雖犯顏極諫，無所摧戮，其君人之量如此之偉也。」（《三國志・魏志卷三・明帝》裴松之注引孫盛語）裴松之（372～451）說他「一時明主」（《三國志・吳志卷七》）。雖具體上追秦皇、漢武的方式比如大興宮室，被視為奢淫無度、種種荒謬，然而卻也藉由選忠良、寬刑罰、省賦役等各種善政「以悅民心」（《三國志・吳志卷七》）、恢復洪業。毌丘儉賦文最後指出「致休徵以輔性，豈徒虛設於芳園」，應該符合魏明帝的終極關懷。即便在魏明帝的眼中，承露盤已經沒有那麼「迷信」，但它終究不是一個實用的盤子──看著和前代一樣的盤，人們就好像重新回到了前漢那長治久安、休徵輔性的盛世。在此基礎上，「複製的承露盤」的神聖性取決於人們的記憶和想像，而不是它自身；複製品會成為歷史的鎖鍊，讓過去時空中的，在今日復原；或者說，讓今日時空中的，回到過去。

　　問題在於，削弱「迷信」色彩的同時，「神靈」的力量也就淡了，人們要如何毫無疑問地面對這個「複製品」，那個理直氣壯的理由是什麼？建盤者、書寫者於是必須賦予它獨特而依然神聖的意味。我們會發現，〈承露盤〉此賦真正耐人尋味的，是第一段：當我們的眼光落在迢迢峻立的承露盤時，看到的是「嘉木」、是「靈草」、是眾多遊戲其間的「龜龍怪獸」，多麼壯觀、多麼「奇詭」，他直接讓承露盤座落於「仙境」。至於這座仙境之盤的建造過程，毌丘儉稱「不日而成」、「匪雕匪斲」，通過一種理所當然的語氣，作者要讀者相信那就是一座仙境之盤，要知道，在現實中打造一個承露盤，那肯定是曠日廢時、勞民傷財的〔註141〕。

　　賦文的仙境是用語言文字打造的仙境，是虛假的，但似乎也可想像，語言文字此時正在為古代以信仰為功能之器物「提出說明」：承露盤的仙境存在、它的仙界來處、就是它神聖功能的印證──就這部分而言，它真實不虛。

　　胡綜〈黃龍大牙賦〉篇幅略長，通篇四字句，嚴謹的安排與肅穆的內容頗為一致。賦云：

　　　乾坤肇立，三才是生。狼弧垂象，實惟兵精。聖人觀法，是效是營。
　　　始作器械，爰求厥成。黃農創代，拓定皇基。上順天心，下息民災。

〔註141〕班固〈西都賦〉：「抗僊掌以承露，擢雙立之金莖。軼埃壒之混濁，鮮顥氣之清英」，顏師古注引《三輔故事》：「露建章宮承露盤高二十丈，大七圍，以承露和玉屑飲之，金莖即銅柱也。」（《後漢書・列傳第三十上・班固傳》）

高辛誅共，舜征有苗。啟有甘師，湯有鳴條。周之牧野，漢之垓下。

靡不由兵，克定厥緒。明明大吳，實天生德。神武是經，惟皇之極。

乃自在昔，黃虞是祖。越歷五代，繼世在下。應期受命，發迹南土。

將恢大繇，革我區夏。乃律天時，制為神軍。取象太一，五將三門。

疾則如電，遲則如雲。進止有度，約而不煩。四靈既布，黃龍處中。

周制日月，實曰太常。桀然特立，六軍所望。仙人在上，鑒觀四方。

神實使之，為國休祥。軍欲轉向，黃龍先移。金鼓不鳴，寂然變施。

闇謨若神，可謂秘奇。在昔周室，赤烏銜書。今也大吳，黃龍吐符。

合契河洛，動與道俱。天贊人和，僉曰惟休。

賦文共分六段：第一段由「乾坤肇立」到「爰求厥成」，表明器物製作的動機。第二段由「黃農創代」到「惟皇之極」，講述遠古神農、高辛、帝舜、商湯、先周、漢代到而今東吳的變遷。第二段由「乃自在昔」到「革我區夏」，表示東吳為受天命、繼世運作出準備。第三段由「乃律天時」到「鑒觀四方」，描寫整備軍事、編列軍伍，揭顯軍旗的必要性。第四段由「神實使之」到「可謂秘奇」表達作者對軍旗作用的驚嘆。末三句為最後一段，總結在萬事具備的基礎上，東吳勢將天贊人和、眾望所歸。

與承露盤異曲同工之處在於以軍旗對軍隊加以指揮調度，並沒有具體的操作需求，它們的存在是象徵的、精神式的。毌氏將承露盤置放在仙境之中以說明它的神聖意味，而胡綜則是以「仙人在上」、「神實使之」來為軍旗的效力解釋；仙境保證了承露盤的功能，應運而起的上天降命也肯定了軍旗的作用。因此〈黃龍大牙賦〉的第一段，看似歷史爬梳，實際上就是此種信仰器物的功能展示。

（三）遊慮功能

在當代的理解裡，以壺與箭進行的投壺，以局與棋進行的圍棋，以木與矢進行的六博等活動，都可以歸之於遊戲。它必須通過操作才能發揮作用，但人們對它的依賴顯然又不同於基本功能型器物——居家生活中如果沒有一個棋盤，可能只是略顯乏味，但如果沒有一盞燈燭，那將會立刻造成困擾。但一直到《藝文類聚》在規劃遊戲類器物時，都不是稱它們為遊戲，而是遊藝。

古有六藝，投壺即是禮節儀式當中的一環，「圍棋」則與攻守之道、練軍習武有關，誠如元虞集（1272～1348）序《玄玄棋經》所說：

自古聖人制器，精義入神，各以致用，非有無益之習也。故孔子以

奕為「為之猶賢乎已」。孟子以奕之為數，如不專心致志，則不得。

且夫經營措置之方，攻守審決之道，猶國家政令出入之機，軍師行

伍之法，舉而習之，亦居安慮危之戒也。〔註142〕

班固在圍棋意義的發展歷程中具有關鍵地位，他的〈奕旨〉第一次將「棋技」與「治道」連在一起。值得注意的是，圍棋的「娛樂」成分幾乎是在同一個時間被提出的──稍晚的李尤有〈圍棋銘〉一文：

詩人幽憶，感物則思。志之空閒，翫弄遊意。局為憲矩，棊法陰陽。

道為經緯，方錯列張。〔註143〕

「遊意」二字在《韓非子》、《漢書》中都出現過，本是「留意」的強調：「故明主使其群臣不遊意於法之外，不為惠於法之內，動無非法」（《韓非子·有度第六》）、「今陛下遊意於太平，勞精於政事，亹亹不舍晝夜。」（《漢書·張敞傳》）但在李尤這裡的「意」，並非政事，所謂遊意者，也非道德上的聖人，只是一個平凡卻具備感物能力的。李尤或許說明：誰都可以下棋，也同時說明，人在政治理想抱負的「志」之外，還有一種需要藉由圍棋來緩解、來鬆弛的「幽憶」之情。所以「志之空閒」一句極好，如果說政治譬喻是把棋道的進退喻為施政的權衡，並上推到仁德的把握，那麼李尤就是把棋盤所擬造的空間當作詩人「精神一遊」的「處所」，使人想起席勒（J. F. C. Schiller）的名言：「只有當人在充分意義上是人的時候，他才遊戲；只有當人遊戲的時候，他才是完整的人。」〔註144〕如此看來，李尤以「翫弄」形容，正好觸及了圍棋之所以存在的理由，誠如張如安先生所說：

作者（李尤）是把圍棋活動看作是對緊張的創作生活的一種心志調

劑……銘文的後半段，李尤用精練的語言形象地道出了圍棋的外觀特

點，是班固「四象」的詩意化說法……班固以儒家規定的人格美、

社會美來衡量、審視圍棋，立象比德，人為地賦予了圍棋的社會功

能，帶有強烈的經世致用的色彩。李尤的「游意」觀突破尚用的藩籬

而轉向精神世界，實可視為六朝圍棋新觀念的精彩伏筆。〔註145〕

〔註142〕〔元〕虞集：〈玄玄棋經序〉，〔元〕嚴德甫、晏天章輯；林天鐸整理；林勉復
　　　　校：《玄玄棋經》（上海：上海文化出版社，1996），頁1。
〔註143〕文句依《藝文類聚》卷七十四。
〔註144〕（德）席勒著；徐恆醇譯：《美育書簡》第十五封信（台北：丹青圖書有限公
　　　　司，民76），頁116。
〔註145〕張如安：《中國圍棋史》（北京：團結出版社，1997），頁34。

李尤之後，東漢持續對圍棋保持關注的是馬融，他的〈圍棋賦〉對從兵法的角度論述圍棋的棋藝，包含鞏固陣地、救棋不急、講究聯繫的基本概念，進而指出戰略之法，比方出奇制勝、捨小取大、誘敵入室、取之先與、縱觀全局：

> 略觀圍棋兮，法於用兵。三尺之局兮，為戰鬥場。陳聚士卒兮，兩
> 敵相當。拙者無功兮，弱者先亡。自有中和兮，請說其方：

> 先據四道兮，保角依旁。緣邊遮列兮，往往相望。離離馬目兮，連
> 連雁行。踔度間置兮，徘徊中央。違閣奮翼兮，左右翱翔。道狹敵
> 眾兮，情無遠行。棋多無策兮，如聚群羊。駱驛自保兮，先後來迎。
> 攻寬擊虛兮，蹌踉內房。利則為時兮，便則為強。厭於食兮，壞決
> 垣墻。堤潰不塞兮，泛濫遠長。橫行陣亂兮，敵心駭惶。迫兼棋雜
> 兮，頗棄其裝。已下險口兮，鑿置清坑。窮其中罫兮，如鼠入囊。
> 收取死卒兮，無使相迎。當食不食兮，反受其殃。勝負之策兮，於
> 言如髮。乍緩乍急兮，上且未別。白黑紛亂兮，於約如葛。離亂交
> 錯兮，更相度越。守規不固兮，為所唐突。深入貪地兮，殺亡士卒。
> 狂攘相救兮，先後并沒。上下離遮兮，四面隔閉。圍合罕散兮，所
> 對哽咽。韓信將兵兮，難通易絕。自陷死地兮，設見權譎。誘敵先
> 行兮，往往一室。捐棋委食兮，三將七卒。馳逐爽問兮，轉相周密。
> 商度地道兮，期相盤結。蔓延連閣兮，如火不滅。扶疏布散兮，左
> 右流溢。浸淫不振兮，敵人懼慄。迫役踧踖兮，惆悵自失。計功相
> 除兮，以時早訖。事留變生兮，收拾欲疾。營惑窘乏兮，無令詐出。
> 深念遠慮兮，勝乃可必。

就動機而言，馬融看來更接近班固，是圍棋理論的政教化；但就表現而言，馬融實際上是脫離政教的預言——文學創作將使作者在過程中獲得想像的馳騁，作品所構建的另一個場域不再是現實的，它脫離了政教的包袱、純粹為了遊戲本身而感到愉快。

無獨有偶。曹魏時，曹攄（？～308）撰〈圍棋賦〉，直指在班固「行棋如行道」、馬融以行棋論兵法之後，還有另一個圍棋的世界，這個世界無關經世濟民，卻可以調劑身心：李尤以「遊意」稱，曹攄則用「遊慮」稱；後者表面上較前者嚴肅，其實是指向一種不那麼傷神而拘謹的精神世界。賦文如下：

> 昔班固造弈旨之論，馬融有圍棋之賦，擬軍政以為本，引兵家以為
> 喻。蓋宣尼之所以稱美，而君子之所以遊慮也。既好其事而壯其

辭，聊因翰墨，述而賦焉。其辭曰：

> 局則鄧林之木，魯班所造。規方砥平，素質玄道。犀角象牙，是錯
> 是礪。內含光潤，形亦應制。於是二敵交行，星羅宿列。雲會中區，
> 網布四裔。合圍促陣，交相侵伐。用兵之象，六軍之際也。張甄設
> 伏，挑敵誘寇。縱敗先鋒，要勝後復。尋道為場，頻戰累鬭。夫保
> 甲依邊，處山營也。隔道相望，夾水兵也。二鬭共生，皆目并也。
> 持棋合圍，連理形也。覽斯戲以廣思，儀羣方之妙理。訏奇變之可
> 嘉，思孫吳與白起。世既平而功絕，局告成而巧止。當無為之餘日，
> 差見玩於君子。

爬梳了班固、馬融和孔子的態度，曹攄一方面提醒讀者，圍棋所涉及的另一個精神世界事實上早已被提及，只是沒有獲得正視；另一方面，則是從這個爬梳中突顯他與前人不同──關於遊藝器，無論是孔子的「猶賢說」、班固的「方正說」、馬融的「兵家說」、徐幹的「聖人說」（見前節器物品項分析之（七）遊藝器），還是傅玄的「正心說」：「投壺者，所以矯懈而正心也。」（〈投壺賦序〉），終歸還是站在尋理致用的立場，而一直要到曹攄才賦予了遊藝器獨立的個性：圍棋固然可比擬軍演、可較量智力、可修持心性，但人們從中獲得的放釋與鬆快，才是最直接的感受，在本賦的最後一句裡，曹攄終究點出了「玩」字，正面迎視遊藝器的娛樂性質。

二、以「殊料」為取向

是在「功能」的主導之下，「材料」的書寫在賦文中才穩穩地占據了一席之地。那些在一般印象當中的美文式的字眼「珍」、「貴」、「靈」、「妙」，如傅玄〈筆賦〉說：「簡修毫之奇兔，選珍皮之上翰。」孫惠〈維車賦〉說：「制以靈木，絡以奇竹。」潘岳〈笙賦〉對匏瓜的形容：「河汾之寶，有曲沃之懸匏焉。鄒魯之珍，有汶陽之孤篠焉」，均可被解讀為保障功能的前題。

作為「被發現」與「被運用」的理由，作者溯源產地，讀者會看見這些產地集中於「崇山」、「他鄉」、「異國」，也就是說，這些材料的「好」包含著它們的「特殊性」。

（一）出自崇山

在許多不同類型的器物裡，我們會發現作者都將它們的「材料」指向

「山」〔註146〕。《說文・山部》曰：「山，宣也，謂能宣散氣，生萬物也。」
《釋名・釋山第三》：「山，產也，產生物也。」儘管對應器物範圍之廣，也許
會讓當代人感覺古怪、不合常理，但無論是製硯的石、製扇的木、製碗的琉璃
還是製琴的桐料，「山」都確實可以解釋成根本源頭。賦文列舉如下：

惟羽類之攸出，生東南之遐嶠。育庶族於雲夢，散宗儔於具區。（江
逌〈羽扇賦〉）

有神區之名竹，生不周之高岑。對漾水之素波，背玄澗之重深。（曹
植〈九華扇賦〉）

惟椅梧之所生兮，託峻嶽之崇岡。披重壤以誕載兮，參辰極而高驤。
（嵇康〈琴賦〉）

爾乃採桐竹，翦朱密。摘長松之流肥，咸崑崙之所出。（夏侯淳〈笙
賦〉）

其制器也，則取不周之竹，層城之苞。生懸崖之絕嶺，邈隆峰以崇
高。（王廙〈笙賦〉）

嶧陽之桐，植穎巖標。清泉潤根，女蘿被條。（曹毗〈箜篌賦〉）

爾乃陟九峻之層巖，晞承溫之朝日。剖嶧陽之孤桐，伐楚官之椅漆。
（孫瓊〈箜篌賦〉）

採陰山之潛璞，簡眾材之攸宜。（傅玄〈硯賦〉）

局則崑山之寶，華陽之石。或煩蜿龍藻，或分帶班駁。（夏侯惇〈彈
棋賦〉）

良工登乎層巒，妙匠鑒乎林阿。顧眄乎晞陽之條，投刃乎直理之柯。
（張翰〈杖賦〉）

其由來也阻遠，其所託也幽深。據重巒之億仞，臨洪溪之萬尋。（潘
尼〈琉璃椀賦〉）

挺英才於山岳，含陰陽之淑貞。（王粲〈車渠碗賦〉）

〔註146〕按李宛蒨先生所指，漢代賦作已經顯出這種跡象：「漢賦中鋪陳諸物，寫各種
飲食、器物之來源、材料之所出，普遍呈現一現象：特別重視賦寫其所源出
之山……賦寫物鋪陳天地萬物，並非是一種為了繁敷多飾而鋪衍的文辭陳
列，而是反映一物與天地萬物之間不斷的關聯，更是對一物之所由來的本源
的重視。」《賦物傳統與漢魏間詠物賦中的本源之山》（台北：臺灣大學中國
文學研究所碩士論文，2012.08），頁 5。

惟茲碗之珍瑋，誕**靈岳**而奇生。扇**不周**之芳烈，浸瓊露以潤形。（應
瑒〈車渠碗賦〉）

上引之山分為兩種，一種在文化史上別具意義，包含「不周山」，其次為「崑
崙山」，兩座都是神話裡的神山〔註147〕，有草木鳥獸金石都城，宛若另一個獨
立的世界，並且是外界之水、風、雨的發源地，地下可通，天上亦有天梯可達
〔註148〕，神物居處，人跡罕至。另一種山不特別具名，唯「遐崛」、「峻嶽」、
「崇岡」、「層巒」、「重巒」等形容說明了它們非遠即高，幽遠的條件也表明了
它難以企及的特質，從而保證了山之所出的材料的稀罕。

山的意義不僅是內容上的，也是結構上的，它預言了後文的書寫方向：山
遠路險，尋索材料，猶如訪道求仙，便是像潘尼〈琉璃碗賦〉所描述「於是遊
西極，望大蒙。歷鍾山，窺燭龍。觀王母，訪仙童。取琉璃之攸華，詔曠世之
良工。纂玄儀以取象，准三辰以定容。」現實之器因此也包含著精神的威力。

造器如為人，故而崇山一方面是為器物溯源神聖，另方面也是人們自我嚮
往的表態，用李宛蕙先生的話來說，就是「引人入勝的存在」：

由〈高唐賦〉可以看到：林、木、風、花、草、鳥等這一切互動相融

〔註147〕《淮南子・天文訓》：「昔者共工與顓頊爭為帝，怒而觸不周之山，天柱折，
地維絕。」《山海經》第二〈西山經〉：「西北三百七十里，曰不周之山。北望
諸毗之山，臨彼崇嶽之山，東望湖澤，河水所潛也，其源渾渾泡泡。爰有嘉
果，其實如桃，其葉如棗，黃華而赤柎，食之不勞。」《山海經》第十〈海內
西經〉：「海內崑崙之虛，在西北，帝下之都。崑崙之虛，方八百里，高萬仞。
上有木禾，長五尋，大五圍。面有九井，以玉為檻。面有九門，門有開明獸
守之，百神之所在。在八隅之巖，赤水之際，非仁羿莫能上岡之巖。」

〔註148〕《淮南子・墜形訓》：「禹乃以息土填洪水以為名山，掘崑崙虛以下地，中有
增城九重，其高萬一千里百一十四布二尺六寸。上有木禾，其修五尋，珠樹、
玉樹、琁樹、不死樹在其西，沙棠、琅玕在其東，絳樹在其南，碧樹、瑤樹
在其北。旁有四百四十門，門間四里，里間九純，純丈五尺。旁有九井玉橫，
維其西北之隅，北門開以內不周之風，傾宮、旋室、縣圃、涼風、樊桐在崑
崙閶闔之中，是其疏圃。疏圃之地，浸之黃水，黃水三周複其原，是謂丹水，
飲之不死。河水出崑崙東北陬，貫渤海，入禹所導積石山，赤水出其東南陬，
西南注南海丹澤之東。赤水之東，弱水出自窮石，至於合黎，餘波入於流沙，
絕流沙南至南海。洋水出其西北陬，入於南海羽民之南。凡四水者，帝之神
泉，以和百藥，以潤萬物。崑崙之丘，或上倍之，是謂涼風之山，登之而不
死。或上倍之，是謂懸圃，登之乃靈，能使風雨。或上倍之，乃維上天，登
之乃神，是謂太帝之居。扶木在陽州，日之所曤。建木在都廣，眾帝所自上
下，日中無景，呼而無響，蓋天地之中也。若木在建木西，末有十日，其華
照下地。」

的物事皆處在「山」這一「物」的包容中，並且「山」孕育、生長這些物，為「萬物祖」並作為賦予其共生交融之基礎的「場」而存在。因此在萬物中，「山」是非常特出的：它是眾多「物」之一，卻又包容眾多物事，並且作為人「臨望」的不可或缺的基礎，也將登臨的人的身、心包容入內，成為俯仰天地、覽觀四方、察見萬物的憑藉，同時也自然而然觸發、導引著「遊」、「觀」活動與觀察和思緒的理路，與人之間存在著相當重要的「感」，感人至深而引人入勝。〔註149〕

就內容而言，崇山符合了器物的現實性；就意義而言，崇山保證了器物的珍罕；就境界而言，崇山提供了精神的安定；就模式而言，這種精神安定的認知，提供了書寫「材料」的更高層次的必要性。

（二）來自他鄉

　　羽扇在魏晉以降的史料與物質遺產中，顯示為一種流行的扇制，這種流行的意識也明顯地表現在魏晉扇賦的書寫裡，但羽扇並非原產自西晉的權力中心，它是在西晉滅吳以後，才由南方吳地傳至北方的。作為吳郡之人，陸機的〈羽扇賦〉很清楚地反映出這個歷史背景，賦文如下：

> 昔楚襄王會於章臺之上，山西與河右諸侯在焉。大夫宋玉、唐勒侍，皆操白鶴之羽以為扇。諸侯掩麈尾而笑，襄王不悅。
>
> 宋玉趨而進曰：「敢問諸侯何笑？」
>
> 諸侯曰：「昔者武王玄覽，造扇於前，而五明安眾，庶繁於後。各有託於方圓，蓋受則於箑甫，舍茲器而不用。顧奚取於鳥羽？」
>
> 宋玉曰：「夫創始者恒樸，而飭終者必妍。是故烹飪起於熱石，玉輅基於椎輪。安眾方而氣散，五明圓而風煩。未若茲羽之為麗，固體俊而用鮮。彼凌霄之逸鳥，播鮮輝之蕱蕱。隱九皋以鳳鳴，游芳田而龍見。醮靈龜而遠期，超長年而久眄。累懷璧於美羽，挫千載乎一箭。委曲體以受制，奏雙翅而為扇。則其布翮也，差洪細，秩長短，稠不逼，稀不簡。發若蕭史之鳴金籟，趜若大容之羅玉琯。於是鏤巨獸之齒，裁奇木之幹。憲靈樸於造化，審貞則而妙觀。移圓

〔註149〕李宛蒽：《賦物傳統與漢魏間詠物賦中的本源之山》（台北：臺灣大學中國文學研究所碩士論文，2012.08），頁51。

根於新體，因天秩乎舊貫。鳥不能別其是非，人莫敢分其真贗。翩
媥媥以微振，風颲颲以垂婉。妙自然以為言，故不積而能散。其執
手也安，其應物也誠。其招風也利，其播氣也平。混貴賤而一節，
風無往而不清。發芳塵之郁烈，拂鳴弦之泠泠。斂揮汗之瘁體，灑
毒暑之幽情。」

諸侯曰：「善。」

宋玉遂言曰：「伊茲羽之駿敏，似南箕之啟扉。垂皓曜之奕奕，含鮮
風之微微。襄王仰而捫節，諸侯伏而引非。皆委扇於楚庭，執鳥羽
而言歸。」

屬唐勒而為之辭曰：「伊鮮禽之令羽，夫何翩翩與眇眇。性勁健以利
□，每箕張而雲繞。反寒暑於一掌之末，廻八風乎六翮之杪。引凝
涼而響臻，拂隆暑而□到。驅囂塵之郁述，流清氣之悄悄。符璀空
以煩輪，道洞房而窈窕。」

此家鄉之扇，不僅有一般扇子的好處：能招風、能播氣，能迴八風、能拂隆暑，
更重要的是，它「差洪細，秩長短，稠不逼，稀不簡」，它是靈樸之「鳥」的
「造化」，看上去是經過人為的再製，其實很大程度保留了它「自然」的樣貌。
如果我們同意「自然」在當時是一個士人追求的最高的心靈境界，就會明白這
是一個對器物非常高的讚美，任何關於傳統扇制的好壞定義，在羽扇身上都是
無意義的，我們無法真正用一種「人為」的標準去衡量一個「自然」之物，所
謂「鳥不能別其是非，人莫敢分其真贗」。

有趣的是，賦文結構和一般的魏晉作品很不一樣，作者設計了一場楚大夫
宋玉、唐勒與諸侯們的對話，以諸侯們不懂得欣賞羽扇為開端，藉宋玉之口，
把羽扇的好處寫出來──讚美羽扇大概是一種託辭，懷念故土、表達對外來政
權的不滿恐怕才是真。

真正從物質出發，源於「羽扇或其它扇制」的興趣的，要屬傅咸。傅咸，
「字長虞，剛簡有大節」，在史書記載裡，傅咸給人剛正不阿、決斷分明的印
象，前文提過，傅咸的父親傅玄也是「性剛勁亮直，不能容人之短」的人物。不
同的是，傅咸對待事物的態度較為平和、不像他父親那般躁切。傅咸平生有幾
件事情值得我們關注，其中之一是他重視農耕。作為立國之本，農耕即生產，
傅咸認為，若人人不事生產，而等待他人供給，失去平衡則必導致災禍：

> 五等諸侯，復坐置官屬，諸所寵給，皆生於百姓。一夫不農，有受其
> 飢，今之不農，不可勝計。縱使五稼普收，僅足相接；暫有災患，便
> 不繼贍。以為當今之急，先并官省事，靜事息役，上下用心，惟農是
> 務也。（〈上言宜省官務農〉節錄，《全晉文》卷五十二，頁543）

傅咸的「惟農是務」很容易讓人想到元康元年（公元291年），朝廷下詔讓百
官推薦各郡縣的官員補充朝官，傅咸上書力陳選用合適人才、不能偏私的一席
話：

> 臣咸以為：夫興化之要，在於官人。才非一流，職有不同。譬諸林
> 木，洪纖枉直，各有攸施。故明揚逮于仄陋，疇咨無拘內外。內外
> 之任，出處隨宜，中間選用，惟內是隆；外舉既頹，復多節目，競
> 內薄外，遂成風俗。此弊誠宜亟革之，當內外通塞無所偏耳。既使
> 通塞無偏，若選用不平，有以深責，責之苟深；無憂不平也。且膠
> 柱不可以調瑟，況乎官人而可以限乎！（〈上書陳選舉〉節錄，《全
> 晉文》卷五十二，頁543）

才器不同，道理則一：因材是適、各有攸施，若能盡其所能，縱是螢火之光，
也煥若日月，傅咸〈燭賦序〉說：「余治獄至長安，在遠多懷，與同行夜飲以
忘。愁顧惟燭之自焚以致用，亦有殺身以成仁矣。」賦文首段不是由材料寫起，
而是先贊歎蠟燭的映照：

> 蓋泰清垂象，匪日不光。向晦入冥，匪火不彰。故六龍銜燭於北極，
> 九日登曜於扶桑。日中則昃，月虧則望。時邁靡停，晝不于常。（〈燭
> 賦〉首段）

可以想像，傅咸將特別反對不實用的物品，或者對物品的過度累積。曾感嘆「世
俗奢侈」，傅咸上書稱「奢侈之費，甚於天災」，而凡食肉衣帛皆以定制：

> 古者堯有茅茨，今之百姓競豐其屋。古者臣無玉食，今之賈豎皆厭
> 粱肉。古者后妃乃有殊飾，今之婢妾被服綾羅。古者大夫乃不徒行，
> 今之賤隸乘輕驅肥。古者人稠地狹而有儲蓄，由於節也；今者土廣
> 人稀而患不足，由於奢也。欲時之儉，當詰其奢；奢不見詰，轉相
> 高尚。（〈上書請詰奢〉節錄，《全晉文》卷五十二，頁543）

作為生活之必須，器物之好，在於發揮功能，而不是讓人「轉相高尚」、滿足
虛榮。至於如何掌握器用，關於器用的原則與標準？當時晉惠帝守喪，使楊駿
輔政，傅咸以為不妥之餘，上書勸阻：「今聖上欲委政於公，諒闇自居，此雖

謙讓之心，而天下未以為善。天下未以為善者，以億兆顒顒，戴仰宸極，聽於冢宰，懼天光有蔽。人心既已若此，而明公處之固未為易也。」（〈與楊駿箋〉，《全晉文》卷五十二，頁546）言語之間甚為委婉，認為行為出處的合適與否，其實並無絕對，端看當時的環境。用器如用才，傅咸〈紙賦〉首段即以「禮隨時變」、「器與事異」為話端：

> 蓋世有質文，則治有損益，故禮隨時變，而器與事易。既作契以代結繩兮，又造紙以當策。猶純儉之從宜，亦唯變而是適。

回到羽扇。傅咸〈羽扇賦〉賦序交待了來自異地的淵源：「吳人截鳥翼而搖風，既勝於方圓二扇，而中國莫有生意。滅吳之後，翕然貴之。」賦文如下：

> 鳳凰于飛，翽翽其羽。況靈體以遐翔，匪六翮其焉舉。感扇揚之興風，宜收之以清暑。彼安眾之云妙，差剖篾於毫縷。體荏苒以輕弱，侔縞素於齊魯。此因資以為用，不假裁於規矩。雖靡飾於容好，亦差池而有序。上比烈於南箕，下等美於蓳莆。近興風於捲握，豈遠嘯於金塘。似燕鴻之翕習，象白鶴之群翔。朱衣為之飄飄，□紱拂於丹梁。熾九日之隆赫，然高燎於扶桑。熱熙天而灼地，沸巨海而成湯。（傅咸〈羽扇賦〉）

「秋扇見捐」的意思，在這裡完全看不到了，作者寫出了對一「好用」之器最實際的評論：羽扇不僅宜於「去暑」（感扇揚之興風，宜收之以清暑），而且也能使得火愈旺、熱愈熾，「熾九日之隆赫，然高燎於扶桑。熱熙天而灼地，沸巨海而成湯」，簡單來說，即傅咸專注於「羽扇」的原始生風功能，而不是它的延外意涵。在「扇意象」的書寫脈絡裡，羽扇賦被傅咸所排除在外，羽扇不屬於這個脈絡，「羽扇」並不是「扇」、它不具扇的象徵意義，當然，這未必不是它的幸運之處——奠基於原始功能的書寫，恢復了羽扇作為器物的本性。傅咸指出「羽扇」與傳統絲帛之扇最大的不同在於它不像以往需要藉助竹篾作為骨架（彼安眾之云妙，差剖篾於毫縷。體荏苒以輕弱，侔縞素於齊魯），因此不必依附一定的製作規格（因資以為用，不假裁於規矩）。其容之所以好，在於隨著取用的羽毛不同，每把扇子都有獨特的風貌，每把扇子都獨一無二，不需要其它裝飾。

在傅咸以前，只有閔鴻（生卒年不詳）寫過〈羽扇賦〉：

> 惟羽扇之攸興，乃鳴鴻之嘉容。產九皋之中澤，邁雍喈之天聰。表高義於大易，著詩人之雅章。賴茲翮以內飛，曜羽儀於外揚。於是

祝融持運，朱明發暉。奔陽衝布，飛炎赫曦。同熅隆於雲漢，咸慘
毒於中懷。爾乃登爽塏，臨甘泉。漱清流，廢玄雲。運輕融以容與，
激清風於自然。披綃袨而入懷，飛羅縷之繽紛。眾坐侃以怡懌，咸
俯節以齊歡。感蕙風之蕩懷，詠棘心之所歎。於是暑氣云消，獻酬
乃設。停神靜思，且以永日。妍羽詳迴，清風盈室。動靜揚暉，嘉
好越逸。翻翻奕奕，飛景曜日。同皦素於凝霜，豈振鷺之能匹。（閔
鴻〈羽扇賦〉）

在閔鴻的賦裡，關於「羽扇」長什麼樣子、如何製作而成，原則上完全依賴讀
者的想像力，他將大部分的篇幅拿來描述暑氣的炎熱以及人們歡聚於清風之
中的場景。不過這倒也符合他的身份：閔是擅於文字的書寫者，而不是長於工
藝的匠人〔註150〕，也不像傅咸一樣對物質保持熱情。除了「羽扇」賦，傅咸
也寫「竹扇」，也寫外形奇特的「狗脊扇」——狗脊扇乃因扇柄類似狗脊草而
得名。

　　傅咸以後，和他一樣能關注鳥羽的獨異的作家就多了，如張載（生卒年不
詳）〈羽扇賦〉：「若乃搜奇選妙，絕色寡雙。鵠質皦鮮，玄的點鋒。修短雖異，
而光彩齊同。」江逌（301～365）〈羽扇賦〉：「惟羽類之攸出，生東南之遐嶇。
育庶族於雲夢，散宗儔於具區。色非一彩，或素或玄。肌平理暢，瓊澤冰鮮。」

（三）來自異國

　　除了出自崇山、來自他鄉，材料的特殊性還表現在「異國」之源。誠如前
節所述，魏晉連通國域之外有三個途徑：一向西出玉門關，與今天所稱中亞範
圍內的國家的往來。二往西南，經雲南通緬甸、印度。三是沿南海航道直向大
秦。

　　第一條路線所涉及的範圍在漢史中被稱為西域，《漢書·西域傳》：「自周
衰，戎狄錯居涇渭之北，及秦始皇壤卻戎狄，築長城，界中國，然西不過臨洮。」
原初的動機是政治上的，漢武帝派遣張騫通使西域，從具體舉措看來，重點
不在武力的劫掠而是威儡——西域諸小國對西漢而言並不構成威脅，「往者
圖西域，制車師，置誠郭都護三十六國，費歲以大萬計者，豈為康居、烏孫能

〔註150〕閔鴻以文才傳世，《晉書》列傳第三十八記載閔與薛兼、紀瞻、顧榮、賀循號
　　　　為五俊，張華以「南金」稱之，元盛如梓疑為當時人才薈萃於中原，偏方難
　　　　得之故。《隋書·經籍志》有晉徵士閔鴻集三卷，已佚。現存〈羽扇賦〉、〈芙
　　　　蓉賦〉、〈覯蟲賦〉、〈琴賦〉、〈蓮華賦序〉、〈與劉子雅書〉。

蹂白龍堆而寇西邊哉？」（《漢書・匈奴傳下》）漢宣帝開始設置行政機構「遣衛司馬使護鄯善以西數國。」（《漢書・西域傳上》）以西數國包含且末、精絕、扜彌、于闐、皮山、莎車六國於塔里木盆地南緣，並有婼羌、小宛、戎盧、渠勒、西夜、子合、蒲犁、依耐、無雷、烏秅、難兜十一國散處於崑崙山谷，其結果是「最凡國五十，自譯長、城長、君、監、吏、大祿、百長、千長、都尉、且渠、當戶、將、相至侯王、皆佩漢印綬，凡三百七十六人。」（〈西域傳〉）屬臣與屬國的增加使國土擴張，所以《史記・大宛列傳》說：「誠得而以義屬之，則廣地萬里，重九譯，致殊俗，威德遍於四海。」

　　東漢以後，面對西域屢屢躁動不安，國家的政策由積極轉趨保守，安帝時以西域遙遠難治為理由撤去了都護，當北匈奴連同車師入侵河西，竟有人提議關閉玉門關以為能阻止敵人的入侵。延光二年敦煌太守張璫上書提出上中下策，同樣以為放棄交河城（車師國所在），要樓蘭人全部進入邊關是方法之一，引得尚書陳忠上書力辯這種失去遠見的作法：「西域內附日久，區區東望扣關者數矣，此其不樂匈奴慕漢之效也。今北虜已破車師，勢必南攻鄯善，棄而不救，則諸國從矣。若然，則虜財賄益增，膽勢益殖，威臨南羌，與之交連。如此，河西四郡危矣。河西既危，不得不救，則百倍之役興，不訾之費發矣。議者但念西域絕遠，卹之煩費，不見先世苦心勤勞之意也。」（〈西域傳〉）東漢還能有此長遠眼光者，大概要屬班超、班勇父子，《後漢書・班梁列傳》記載班勇語：「今通西域則虜勢必弱，虜勢必弱則為患微矣。孰與歸其府藏，續其斷臂哉！今置校尉以扜撫西域，設長史以招懷諸國，若棄而不立，則西域望絕。望絕之後，屈就北虜，緣邊之郡將受困害，恐河西城門必復有晝閉之儆矣。今不廓開朝廷之德，而拘屯戍之費，若北虜遂熾，豈安邊久長之策哉！」

　　《魏志・武帝紀》記建安二十年（215），曹操攻屠河池，西平、金城諸將麴演、蔣石等共斬送韓遂首。涼州平定，西域交通開始恢復，西域諸國饋送達致鄴都，爾後一直到西晉泰始年間，西域的進獻從沒有間斷。黃初三年（222）：「二月，鄯善、龜茲、于闐王各遣使奉獻。」（〈文帝紀〉）太和元年（227）：「焉耆王遣子入侍。」（〈明帝紀〉）太和三年十二月（230）：「癸卯，大月氏王波調遣使奉獻，以調為親魏大月氏王。」（〈明帝紀〉）景初三年（239）：「西域重譯獻火浣布。」（〈三少帝紀〉）齊王芳正始元年（240）：「焉耆、危須諸國……皆遣使來獻。」（〈宣帝紀〉）元帝咸熙二年（265）：「庚辰，康居、大宛獻名馬，歸於相國府，以顯懷萬國致遠之勳。」（〈三少帝紀〉）晉武帝泰始六年（270）：

「九月，大宛獻汗血馬，焉耆來貢方物。」（《晉書·武帝紀》）又太康元年（280）和八年（288）皆有車師前部和康居國等遣使東來的紀錄。〔註151〕

魏代有幾篇珍寶玉器賦，來源都是異國的進獻：「瑪瑙，玉屬也。出自西域，文理交錯，有似馬腦，故其方人因以名之。」（曹丕〈瑪瑙勒賦序〉）「車渠，玉屬也。多纖理縟文，生於西國，其俗寶之，小以繫頸，大以為器。」（曹丕〈車渠碗賦序〉）「覽方貢之彼珍，瑋茲碗之獨奇。」（潘尼〈琉璃椀賦〉）車渠碗一題，曹丕、曹植、王粲、應瑒、徐幹有共作。王粲逝世於二十二年（217）春天，因此諸〈車渠碗賦〉的創作時間，不能晚於建安二十一年（216）。這個時間點和曹操平定涼州恢復西域交通基本是吻合的。為說解方便，以下羅列之：

> 車渠，玉屬也，多纖理縟文。生於西國，其俗寶之，小以繫頸，大以為器。惟二儀之普育，何萬物之殊形，料珍怪之上美，無茲椀之獨靈。苞華文之光麗，發符采而揚榮。理交錯以連屬，似將離而復并。或若朝雲浮高山，忽似飛鳥屬蒼天。夫其方者如矩，圓者如規。稠希不謬，洪纖有宜。（曹丕）

> 侍君子之宴坐，覽車渠之妙珍。挺英才於山岳，含陰陽之淑貞。飛輕縹與浮白，若驚風之飄雲。光清朗以內曜，澤溫潤而外津。體貞剛而不撓，理條達而有文。雜玄黃以為質，似乾坤之未分。兼五德之上美，超眾寶而絕倫。（王粲）

> 圓德應規，巽從易安。大小得宜，容如可觀。盛彼清醴，承以琱盤。因歡接口，媚於君顏。（徐幹）

> 惟茲椀之珍瑋，誕靈岳而奇生。扇不周之芳烈，浸瓊露以潤形。蔭碧條以納曜，噏朝霞而發榮。紛玄黃以形裔，曄豹變而龍華。象蛇虹之輔體，中含曜乎雲波。若其眾色鱗聚，卓度詭常。絪縕襍錯，乍圓乍方。蔚術繁興，散列成章。揚丹流縹，碧玉飛黃。華氣承朗，

〔註151〕余太山先生《兩漢魏晉南北朝與西域關係史研究》指出：「西晉一代與西域往來最密切的是武帝太康年間，而自泰始中至太康初有一個較長的間隔，約十年左右，太康以後則完全中斷。以上記錄雖未必完整，但如果考慮到從泰始六年起河西鮮卑便不斷起兵反晉，一度攻陷涼州，河西連年戰亂，直至咸寧五年年底始告平息，與西域交通得以恢復；而太康之後不久就是長達十六年的所謂『八王之亂』，西晉王朝從此走向崩潰，則不能不認為這些記載大致反映了真實的情況。《晉書·武帝紀》載泰始六年有詔云：『自泰始以來，大事皆撰錄，秘書寫副。後有其事，輒宜綴集為常。』也表明有關西域諸國的朝貢記錄，即使有遺漏也不會太多。」（北京：商務印書館，2011），頁151。

內外齊光。（應瑒）

讀者之所以會得到「共作」的印象，除了共同的題目，最主要是他們的書寫傾向相當一致：山之高遠表示車渠之珍殊（王粲「挺英才於山岳，含陰陽之淑貞」、應瑒「惟茲椀之珍瑋，誕靈岳而奇生」），然後形容感官接收到的光采（曹丕「苞華文之光麗，發符采而揚榮」、王粲「光清朗以內曜，澤溫潤而外津」、應瑒「蔭碧條以納曜，噏朝霞而發榮」），最後讚嘆此器是如何地與眾不同（王粲「兼五德之上美，超眾寶而絕倫」、徐幹「因歡接口，媚於君顏」、應瑒「華氣承朗，內外齊光」）。然而，正由於它們彼此之間十分類似，美則美矣，令人印象不深，從而突顯出曹植作品的特出，全賦如下：

> 惟新椀之所生，於涼風之浚湄。采金光之定色，擬朝陽而發輝。豐玄素之暐曄，帶朱榮之葳蕤。蘊絲綸以肆采，藻繁布以相追。翩飄飂而浮景，若驚鵠之雙飛。隱**神璞**於西野，彌百葉而莫希。於時乃有篤厚**神后**，廣被仁聲。夷慕義而重使，獻茲寶於斯庭。命公輸之巧匠，窮妍麗之殊形。華色燦爛，文若點成。鬱蓊雲蒸，蜿蜒龍征。光如激電，影若浮星。何**神怪**之巨偉，信一覽而九驚。雖離朱之聰目，內炫耀而失精。何明麗之可悅，超羣寶而特章。俟君子之閒燕，酌甘醴於斯觥。既娛情而可貴，故永御而不忘。（曹植）〔註152〕

在賦文一開始，曹植就將原始材料以「神璞」稱之；接著，以「神后」點出製碗的契機；最後用「神怪」形容成品——全文，或說此器的所有歷程，都被披上了「神」的色彩。

《說文》以「神」為「從示申聲」、「天神引出萬物者」。甲骨文裡有「示」、「申」，而無「神」字，故從根源來說，「示」之甲骨意「祭祀的神主」與「申」之「雷電」義，演繹「神」字「從示申聲」的兩個主要意涵：其一，上天通過雷電向人示警。其二，天的意志深不可測，其中之妙無可名言。〔註153〕前者預言了「神」與「天」同一的「身份」，後者則揭露了神的威能。

在先秦兩漢的哲學思辨中，神的威能往幾個不同的面向開展：首先，《周易·繫辭上》：「陰陽不測謂之神」，此威能是根源的、同時無遠弗屆、不可思議的。其次，《孟子·盡心下》：「可欲之謂善，有諸己之謂信，充實之謂美，

〔註152〕文句依《本集》。
〔註153〕詳參吳靜怡：《六朝美學批評「神、「骨」之研究》（彰化：國立彰化師範大學國文研究所國語文教學碩士論文，2009），頁39。

充實而有光輝之謂大，大而化之之謂聖，聖而不可知之謂神。」這種威能反映在人身，可達到聖的境界。其三，《莊子》裡談到了養神，〈刻意篇〉：「平易恬淡，則憂患不能入，邪氣不能襲，故其德全而神不虧。」只有神存，才能保形「神將守形，形乃長生。」（〈在宥〉）其四，形與神之間的辯證在漢代得到進一步地深化，《淮南子》以神為形之主宰，〈原道訓〉：「以神為主者，形從而利。以形為制者，神從而害。」《春秋繁露》〈人副天數〉以神為情緒的源頭：「心有哀樂喜怒，神氣之類也。」〔註154〕其五，到了王充《論衡》〈論死〉，則以為形神不能分離：「人與物同，死而精神亦滅。」〔註155〕

　　《世說》用「神」，主要有三個方面：一講精神，〈言語〉：「衛洗馬初欲渡江，形神慘悴，語左右云：『見此茫茫，不覺百端交集。苟未免有情，亦復誰能遣此！』」（第32則）二指表情神色，〈雅量〉：「嵇中散臨刑東市，神氣不變；索琴彈之，奏廣陵散。曲終，曰：『袁孝尼嘗請學此散，吾靳固未與，廣陵散於今絕矣！』太學生三千人上書請以為師，不許。文王亦尋悔焉。」（第2則）三指超凡的識見能力，〈術解〉：「荀勖善解音聲，時論謂之『闇解』。遂調律呂，正雅樂。每至正會，殿庭作樂，自調宮商，無不諧韻。阮咸妙賞，時謂『神解』。每公會作樂，而心謂之不調。既無一言直勖，意忌之，遂出阮為始平太守。後有一田父耕於野，得周時玉尺，便是天下正尺。荀試以校己所治鐘鼓、金石、絲竹，皆覺短一黍，於是伏阮神識。」（第1則）

　　必須注意的是，儘管「神」的淵源複雜，字義多涉抽象，但在日常的溝通裡，神並不是一個罕見字。劉孝標引《名士傳》品論王衍：「夷甫天形奇特，明秀若神。」《晉書》王衍：「神情明秀，風姿詳雅」、「衍既有盛才美貌，明悟若神，常自比子貢。」這樣的容姿在〈賞譽〉篇被比喻為「瑤林瓊樹」：「王戎

〔註154〕〔漢〕董仲舒撰；葉平注譯：《春秋繁露》卷五十六〈人副天數〉：「人有三百六十節，偶天之數也；形體骨肉，偶地之厚也。上有耳目聰明，日月之象也；體有空竅理脈，川谷之象也；心有哀樂喜怒，神氣之類也。」（鄭州：中州古籍出版社，2010），頁169。

〔註155〕〔漢〕王充著；張宗祥校注；鄭紹昌標點：《論衡校注》卷第二十〈論死〉：「物與人通。人有癡狂之病，如知其物然而理之，病則愈矣。夫物未死，精神依倚形體，故能變化，與人交通；已死，形體壞爛，精神散亡，無所復依，不能變化。夫人之精神，猶物之精神也。物生，精神為病；其死，精神消亡。人與物同，死而精神亦滅，安能為害禍？設謂人貴，精神有異，成事：物能變化，人則不能，是反人精神不若物，物精奇於人也。」（上海：上海古籍出版社，2010），頁421。後文所引《論衡》皆準此版本，惟記篇目，不另作註。

云：『太尉神姿高徹，如瑤林瓊樹，自然是風塵外物。』」（第 16 則）又如〈品藻〉說：「劉丹陽、王長史在瓦官寺集，桓護軍亦在坐，共商略西朝及江左人物。或問：『杜弘治何如衛虎？』桓答曰：『弘治膚清，衛虎奕奕神令。』王、劉善其言。」（第 42 則）《晉書・杜乂傳》：有一段類似的記載：「性純和，美姿容，有盛名於江左。王羲之見而目之曰：『膚若凝脂，眼如點漆，此神仙人也。』桓彝亦曰：『杜乂膚清，叔寶神清』。」神與膚對舉，一者外、一者內，一者質、一者形。〈巧藝〉：

> 戴安道中年畫行像甚精妙。庾道季看之，語戴云：「神明太俗，由卿
> 世情未盡。」戴云：「唯務光當免卿此語耳。」（第 8 則）

「神明」如此抽象，然而戴安道似乎一下子就接受了庾道季的針砭——雙方是如何瞭然於胸還是個謎團，也許只是因為「神」的抽象性恰好用以傳遞事物的「不可言傳」。

如果真是這樣，我們似乎有所領悟：當曹植在賦文一開始就將「車渠碗」以「神璞」稱之，與其說是要傳達曹植對材料的認識，毋寧說剛剛好相反，他是要強調這個材料超出了一般人所能認知的範圍。「曹植的〈車渠碗賦〉藉詠車渠碗歌頌曹操的功德」〔註 156〕，類似的說法經常被用來解釋曹植的寫作意義，「神后」（或說曹操）的德性也許完全配得上這樣的器物，但此器的「神璞」的本質卻不是擁有者所賦予的，那是它原生的好處。一直到成品之完成，車渠碗都一直保持著「巨偉」的性質，它最終引出了這個「神怪」之器最重要的意義：「既娛情而可貴，故永御而不忘」，車渠碗在這裡指向的是一種永恆的使用。在曹植的有意安排下，〈車渠碗賦〉的內容恰好服膺於它的創作背景：一次域外進獻的永恆記錄。

是以，「神」，很大程度不應看作文學的溢美，而是這個史實紀錄的先決條件。可以說，「神」不僅不是一個虛詞，它還是對「以功能為取向」的器物最寫實的一次形容。

三、以「去聖」為取向

肇因於生活中所遇到的不便，以想像構思、以美感創造，藉助於各類工匠的專業製作技術，將抽象的器物草稿具體化——關於這樣一種器物產生的動機和背景，在現在看來，似乎是理所當然的。然而這並不符合上古人們的

〔註 156〕石雲濤：《漢代外來文明研究》（北京：中國社會科學出版社，2017），頁 388。

「習慣」。

《周禮》〈考工記〉是最早記述上古工藝技術的匯編，展示了先秦時期工藝技術的進步程度，其中一個指標是工種的區分非常細緻。依材料屬性，〈考工記〉將所記述的三十種工官分為「攻木之工七」、「攻金之工六」、「攻皮之工五」、「設色之工五」、「刮摩之工五」與「搏埴之工二」。治木工官包含輪人、輿人、弓人、廬人、匠人、車人、梓人；治金工官包含筑氏、冶氏、鳧氏、栗氏、段氏、桃氏；治皮工官有函人、鮑人、韗氏、韋氏、裘氏。施色工官有畫、繢、鍾氏、筐氏、㡛氏；琢磨工官包含玉人、㮚人、雕人、矢人、磬氏；制陶工官有陶人和旊人。〔註157〕然而，即便分工如此細密周詳，意味著各自專業難以取替，但〈考工記〉卻是將最緊要的功勞歸給「聖人」：

> 坐而論道，謂之王公。作而行之，謂之士大夫。審曲面勢，以飭五
> 材，以辨民器，謂之百工……智者創物，巧者述之，守之世，謂之
> 工。百工之事，皆聖人之所作也。爍金以為刃，凝土以為器，作車
> 以行陸，作舟以行水，此皆聖人之所作也。（卷上）

不獨〈考工記〉，在許多個別器物的討論裡，「聖賢」——包含神農、伏羲、黃帝、堯、舜、文王、武王，都是常見的初創者。以「琴」為例，桓譚《新論·琴道》認為「琴，神農造也。」蔡邕〈琴操序〉記「伏羲作琴」，《御覽·樂部十五》引《風俗通》說文王、武王參與的改制：「今琴長四尺五寸者，法四時五行；七絃者，法七星。大絃為君，小絃為臣，文王、武王加二絃，以合君臣之恩。」表現在創作中，傅毅〈琴賦〉上溯自神農：「命離婁使布繩，施公輸之剞劂，遂雕琢而成器，揆神農之初制。」王逸〈機賦〉歸源於軒轅：「帝軒龍躍，庶業是昌。俯覃聖恩，仰覽三光。悟彼織女，終日七襄。爰制布帛，始垂衣裳。」（節錄）馬融〈長笛賦〉最為經典：

> 昔庖羲作琴，神農造瑟，女媧制簧，暴辛為塤，倕之和鐘，叔之離
> 磬。或鑠金礱石，華睆切錯。丸挺彫琢，刻鏤鑽笮。窮妙極巧，曠

〔註157〕閩人軍先生將〈考工記〉三十種工種（原文「段氏」、「韋氏」、「裘氏」、「㮚人」、「雕人」五種闕佚，故有具體內容者僅二十五種）依器用分為六個角度：輪人、輿人、輈人和車人四者為第一種，負責的是製車系統；筑氏、冶氏、桃氏、鳧氏、栗氏、段氏為第二種，負責銅器鑄造；函人、鮑人、廬人、桃氏、冶氏、矢人、弓人為第三種，負責弓矢兵甲等武器系統；梓人、玉人、鳧氏、韗氏、畫繢、鍾氏、㡛氏為第四種，代表禮樂飲射系統；匠人為第五種，負責建築水利；陶人、旊人為第六種，負責制陶。詳參《考工記譯注》（上海：上海古籍出版社，1993），頁3〜5。

以日月。然後成器，其音如彼。唯笛因其天姿，不變其材，伐而吹
之，其聲如此。蓋亦簡易之義，賢人之業也。

在聖賢面前，人們既有道德上的敬服，也有權力上的敬畏，因此由這些人物創
製器物，確保了器物符合於天常地綱的要求，強化了器物的合宜性，「昔有玄
通先生，遊於京都。道德既備，好此樗蒲。」（馬融〈樗蒲賦〉）《御覽・工藝
部十一》「樗蒲」引《博物志》：「老子入胡，日造樗蒲焉。」面對「遊戲之物」，
沒有比立基於道德的方法更加名正言順。

　　訴諸於聖人的另個原因在於當時雖然有獨立的工匠，但社會地位極低。劉
勝（前 165～前 113）有一篇〈文木賦〉，以魯恭王劉餘得文木一枚、伐以為器
為背景，寫到材料的辨別：

　　麗木離披，生彼高崖。拂天河而布葉，橫日路而擢枝。幼雛羸鷇，
　　單雄寡雌，紛紜翔集，嘈啾鳴啼。載重雪而梢勁風，將等歲於二儀。
　　巧匠不識，王子見知。乃命班爾，載斧伐斯。（〈文木賦〉節錄，全
　　漢文卷十二，頁 373）

「巧匠不識」大概是誇飾，劉勝要想突顯魯恭王在治器上有過人的天份。這篇
賦最終使劉餘大樂。〈文木賦〉固然不可算是器物賦，但可以看見工匠的專業
極易被更尊貴的身份、階級、地位所抹滅。這種情況，一直到魏晉器物賦才有
了全面的改換：以「隱士」取代聖賢，代表作品是嵇康的〈琴賦〉；而「巧匠」
則是器物生成歷程最關鍵的人物。

（一）隱士

　　一個通樂理者應該也是一個演奏者，但一個善於演奏的人卻未必能表
達、分析音樂的好處。唐以前典籍中的善演樂者如師曠（生卒年不詳）、師涓
（生卒年不詳）、師襄（生卒年不詳）、師文（生卒年不詳）、鍾儀（生卒年不
詳）、伯牙（生卒年不詳）、成連（生卒年不詳）、李延年（？～前 82）、蔡邕
（133～192）、嵇康、阮籍、阮咸、沈約（441～513）、蕭衍（464～549）等，
不是全都有理論之作。能兼善二者，又能從文學家的身份，表達對「琴器」、
「琴藝」、「琴道」的全面感知，大概只有嵇康一人了。

　　〈琴賦〉共一千九百餘字，前有序，後有亂，結構完整，立意明確，它既
繼承了部份漢代詠樂器的書寫模式，又有見解上的創新，是魏晉以降最重要的
詠樂器賦：

　　余少好音聲，長而玩之。以為物有盛衰，而此無變；滋味有厭，而

> 此不倦。可以導養神氣，宣和情志，處窮獨而不悶者，莫近於音聲
> 也。是故復之而不足，則吟詠以肆志；吟詠之不足，則寄言以廣意。
> 然八音之器，歌舞之象，歷世才士，並為之賦頌，其體制風流，莫
> 不相襲。稱其材幹，則以危苦為上；賦其聲音，則以悲哀為主；美
> 其感化，則以垂涕為貴。麗則麗矣，然未盡其理也。推其所由，似
> 元不解音聲；覽其旨趣，亦未達禮樂之情也。眾器之中，琴德最優，
> 故綴敘所懷，以為之賦。

此段為序，交代作者寫作的動機，指出過去吟詠樂器的賦作雖所在多有，但多
半把音聲之美指向悲苦，這樣的見解其實是對音樂缺乏正確的認識。由於音樂
可以讓人們宣洩情感、提升修養，因此人們更要有正確認識音樂的必要性。眾
器之中，琴音是最深奧而優美的，所以嵇康寫琴，更重要的是嵇康自小深愛音
樂，也深闇樂性，這是他能言之成理的根本立場。

> 惟椅梧之所生兮，託峻嶽之崇岡。披重壤以誕載兮，參辰極而高驤。
> 含天地之醇和兮，吸日月之休光。鬱紛紜以獨茂兮，飛英蕤於昊蒼。
> 夕納景於虞淵兮，旦晞幹於九陽。經千載以待價兮，寂神跱而永康。
> 且其山川形勢，則盤紆隱深，礒嵬岑嵒，互嶺巉巖，岵崿嶇嵁，丹
> 崖嶮巇，青壁萬尋。若乃重巘增起，偃蹇雲覆，邈隆崇以極壯，崛
> 巍巍而特秀。蒸靈液以播雲，據神淵而吐溜。爾乃顛波奔突，狂赴
> 爭流，觸巖觝隈，鬱怒彪休。洶湧騰薄，奮沫揚濤。瀄汨澎湃，蜿
> 蟺相糾。放肆大川，濟乎中州，安回徐邁，寂爾長浮，澹乎洋洋，
> 縈抱山丘。詳觀其區土之所產毓，奧宇之所寶殖，珍怪琅玕，瑤瑾
> 翕葹，叢集累積，奐衍於其側。若乃春蘭被其東，沙棠殖其西。涓
> 子宅其陽，玉醴涌其前，玄雲蔭其上，翔鸞集其巔，清露潤其膚，
> 惠風流其間。竦肅肅以靜謐，密微微其清閒。夫所以經營其左右者，
> 固以自然神麗，而足思願愛樂矣。

上引是正文第一段[註158]，主要介紹琴材的生長環境。首先，琴材梧桐不
是生長於城市周邊、也不是遊客如織的山水景點，而是人煙罕至的崇山險
壑。其次，因為其幽深遠僻，不受打擾，故梧桐的生長能歷經千年，吸收了
日月精華。其實不僅是梧桐，同在一處的皆是奇花異石、仙人仙獸、瑤瑾寶

[註158] 此處嵇康〈琴賦〉分段，係依張蕙慧先生《嵇康音樂美學思想探究》（台北：
　　　　文津出版社有限公司，1999）。

玉。因此，在肯定琴材的立場上，嵇康打造了一個孕育珍貴材料的人間仙境。

> 於是遁世之士，榮期、綺季之疇，乃相與登飛梁，越幽壑，援瓊枝，陟峻崿，以遊乎其下。周旋永望，邈若凌飛，邪睨崑崙，俯闞海湄。指蒼梧之迢遞，臨回江之威夷。悟時俗之多累，仰箕山之餘輝。羨斯嶽之弘敞，心慷慨以忘歸。情舒放而遠覽，接軒轅之遺音。慕老童於騩隅，欽泰容之高吟。顧茲桐而興慮，思假物以託心。乃斷孫枝，准量所任。至人攄思，制為雅琴。乃使離子督墨，匠石奮斤。夔、襄薦法，般、倕騁神。鎪會裛廁，朗密調均。華繪彫琢，布藻垂文。錯以犀象，籍以翠綠。弦以園客之絲，徽以鍾山之玉。爰有龍鳳之象，古人之形。伯牙揮手，鍾期聽聲。華容灼爍，發采揚明。何其麗也！伶倫比律，田連操張，進御君子，新聲慘亮，何其偉也！

此為正文第二段，敘述製琴的過程。打造琴的人，必須是優秀的工匠，這些人可比擬古代的離婁、夔、魯班、工倕等；決意製琴的人，則是榮啟期、綺季等隱者。

> 及其初調，則角羽俱起，宮徵相證，參發并趣，上下累應，踸踔礚礚，美聲將興，固以和昶而足耽矣。爾乃理正聲，奏妙曲，揚《白雪》，發清角，紛淋浪以流離，奐淫衍而優渥。粲奕奕而高逝，馳岌岌以相屬。沛騰遌而競趣，翕韡曄而繁縟。狀若崇山，又象流波。浩兮湯湯，鬱兮戩戩，怫愲煩冤，紆餘婆娑，陵縱播逸，霍濩紛葩。檢容授節，應變合度，兢名擅業，安軌徐步。洋洋習習，聲烈遐布，含顯媚以送終，飄餘響乎泰素。若乃高軒飛觀，廣廈閒房，冬夜肅清，朗月垂光。新衣翠粲，纓徽流芳。於是器冷弦調，心閑手敏，觸批如志，惟意所擬。初涉《淥水》，中奏《清徵》。雅昶《唐堯》，終詠《微子》，寬明弘潤，優遊躇跱，拊弦安歌，新聲代起。歌曰：「凌扶搖兮憩瀛洲，要列子兮為好仇。餐沆瀣兮帶朝霞，眇翩翩兮薄天遊。齊萬物兮超自得，委性命兮任去留。激清響以赴會，何絃歌之綢繆！」

接著是正文的第三段，描寫一般的彈琴情境。嵇康在這一段用了大量的擬狀詞描繪了音聲的豐富華麗、變化多端。

> 於是曲引向闌，眾音將歇，改韻易調，奇弄乃發。揚和顏，攘皓腕，

> 飛纖指以馳騖，紛磾以流漫。或徘徊顧慕，擁鬱抑案。盤桓毓養，
> 從容秘玩。闓僩奮逸，風駭雲亂，牢落凌厲，布濩半散，豐融披離，
> 斐韡奐爛，英聲發越，采采粲粲。或間聲錯糅，狀若詭赴，雙美並
> 進，駢馳翼驅。初若將乖，後卒同趣。或曲而不屈，直而不倨；或
> 相凌而不亂，或相離而不殊。或劫挭以慷慨，或怨㜘而躊躇；忽飄
> 颻以輕邁，乍留聯而扶疏；或參譚繁促，複疊攢仄。從橫駱驛，奔
> 遁相逼，拊嗟累贊，間不容息，瓌艷奇偉，殫不可識。

正文的第四段在指法的靈活刻劃中描述律調的解放〔註 159〕，張蕙慧先生則將
場景中的彈琴者、動作、音聲同觀，視為「理想的彈琴情境」〔註 160〕。

> 若乃閑舒都雅，洪纖有宜，清和條昶，案衍陸離。穆溫柔以怡懌，
> 婉順敘而委蛇；或乘險投會，邀隙趨危，譬若離鵾鳴清池，翼若游
> 鴻翔曾崖。紛文斐尾，慊縿離纚。微風餘音，靡靡猗猗。或摟批㩺
> 捋，縹繚潎冽，輕行浮彈，明嫿㜘慧。疾而不速，留而不滯，翩緜飄
> 邈，微音迅逝。遠而聽之，若鸞鳳和鳴戲雲中；迫而察之，若眾葩
> 敷榮曜春風。既豐贍以多姿，又善始而令終。嗟姣妙以弘麗，何變
> 態之無窮！

正文第五段講隨著指法（摟、批、㩺、捋）不同，音聲的演繹（縹、繚、潎、
冽、疾、速、留、滯等）亦將有別〔註 161〕，從此產生琴聲的多樣風貌。

> 若夫三春之初，麗服以時，乃攜友生，以遨以嬉。涉蘭圃，登重基。
> 背長林，翳華芝，臨清流，賦新詩。嘉魚龍之逸豫，樂百卉之榮滋。
> 理重華之遺操，慨遠慕而長思。若乃華堂曲宴，密友近賓，蘭肴兼
> 御，旨酒清醇。進《南荊》，發《西秦》。紹《陵陽》，度《巴人》。變

〔註 159〕「（此段）欲以『奇弄』鬆動看似固定的和昶之聲與志意，因此『奇弄』有兩
個特點，一為指法之靈活，此關聯到彈琴者的志意是否能不受阻礙地落實於
彈奏之中，達到心手如一；另一特點為間聲，代表律調的解放。故此段特別
指出『改韻易調』，『改韻』解消了因詞韻而建立的樂句，『易調』則是聲律的
重新運用。」詳參蔡佩書《嵇康〈琴賦〉研究——兼與〈聲無哀樂論〉之比
較》（台北：臺灣大學中國文學研究所碩士論文，2012.08），頁 18～19。
〔註 160〕詳參張蕙慧《嵇康音樂美學思想探究》（台北：文津出版社有限公司，1999），
頁 40。
〔註 161〕戴明揚《嵇康集校注》卷第二〈琴賦〉注云：「本篇行文至此，不當更言調絃
手勢矣。陳暘《樂書·琴論》曰：『吟木、沉散、抑抹、別操、㩺擘、偏綽、
齪璪之類，聲音之法也。』此處，摟批㩺捋，當即指法；縹繚潎冽，自是狀
聲之詞。」上冊（北京：中華書局，2014），頁 177。

用雜而並起，竦眾聽而駭神。料殊功而比操，豈笙籥之能倫？

第六段講琴聲之美在其它樂器之上。不像笛音多悲、箏聲多思，嵇康指出琴適用於多種場合——既可以攜於戶外漫遊，也可以在華堂之間彈奏；既可以抒發思古之幽情、排遣個人的悲喜，又可以增益歡樂的氣氛，相比之下，其它樂器的用途即不如琴來的廣泛。

> 若次其曲引所宜，則《廣陵》《止息》，《東武》《太山》，《飛龍》《鹿鳴》，《鵾雞》《游弦》。更唱迭奏，聲若自然，流楚窈窕，懲躁雪煩。下逮謠俗，蔡氏五曲，《王昭》《楚妃》，千里《別鶴》，猶有一切，承間簻乏，亦有可觀者焉。然非夫曠遠者，不能與之嬉遊；非夫淵靜者，不能與之閑止；非夫放達者，不能與之無吝；非夫至精者，不能與之析理也。

第七段論述知音的重要性。琴曲依風格可以典雅，可以俚俗，但除非是境界與演奏者一致，否則就難以體會其中的妙處。

> 若論其體勢，詳其風聲，器和故響逸，張急故聲清，閒遼故音〔痺〕，弦長故徽鳴。性潔靜以端理，含至德之和平。誠可以感蕩心志，而發洩幽情矣。是故懷戚者聞之，莫不憯懍慘悽，愀愴傷心，含哀懊咿，不能自禁。其康樂者聞之，則欨愉歡釋，抃舞踊溢，留連瀾漫，嗢噱終日。若和平者聽之，則怡養悅愉，淑穆玄真，恬虛樂古，棄事遺身。是以伯夷以之廉，顏回以之仁，比干以之忠，尾生以之信，惠施以之辯給，萬石以之訥慎。其餘觸類而長，所致非一，同歸殊塗，或文或質，總中和以統物，咸日用而不失。其感人動物，蓋亦弘矣。

第八段論述琴音的特色與功能。接續前文的鋪衍，嵇康指出，隨著演奏者的不同，琴音能有多種變化、多種風格、呈現不同的面貌，可以陶冶人的性情。

> 于時也，金石寢聲，匏竹屏氣，王豹輟謳，狄牙喪味。天吳踊躍於重淵，王喬披雲而下墜。舞鸑鷟於庭階，遊女飄然而來萃。感天地以致和，況跂行之眾類？嘉斯器之懿茂，詠茲文以自慰。永服御而不厭，信古今之所貴。

第九段讚美琴是最珍貴的樂器，以琴聲使神、人、鳥、獸為之傾醉，天地為之感動，再次強調琴的「永久性」和超越時空的特殊價值。

> 亂曰，愔愔琴德，不可測兮。體清心遠，邈難極兮。良質美手，遇

今世兮。紛綸翕響，冠眾藝兮。識音者希，誰能珍兮？能盡雅琴，
唯至人兮！

亂辭總結全文，關於琴的道理深奧玄妙，展露了嵇康鍾愛於琴，以及渴求知音的一種言外之意。

基於一種對長久以來樂器賦書寫表現的不甚滿意，嵇康創作了〈琴賦〉，雖然比起漢代馬融〈長笛賦〉在謀篇上並未推陳出新，卻也不難發現他的獨到之處：

首先，琴音可以「感蕩心志」、「發洩幽情」、導引人情，但並不意味它可以決定人的情緒：哀樂是藏於人心，而不是藏於音樂，是故聞之「傷心」者實為「懷戚者」，聞之「歡釋」者實為「康樂者」，心與聲，分明是二物，〈聲無哀樂論〉可以視為〈琴賦〉的呼應，嵇康在此文中強調聲心相離、聲心異軌：「至夫哀樂，自以事會，先遘於心，但因和聲以自顯發；故前論已明其無常，今復假此談以正其名號耳。」（《全三國文》卷四十九，頁484）「事」是現象，「心」是本體，「聲」是發顯，就「事─心─聲」兩端而言，哀樂在前端已然產生。用內／外境的表達方式來說，事、聲為外，心為內；用主／客觀來說，事、聲為客，心為主，牟宗三先生所以說「嵇康『聲無哀樂論』意在表示和聲純美之客觀性，將哀樂剝下來歸之於主觀之情。」〔註162〕

其次，聲心異軌，音聲在理論上能保持一定客觀，所謂：「章為五色，發為五音；音聲之作，其猶臭味在於天地之間。其善與不善，雖遭遇濁亂，其體自若而不變也」、「夫五色有好醜，五聲有善惡，此物之自然也；至於愛與不愛，喜與不喜，人情之變，統物之理，唯止於此，然皆無豫於內，待物而成耳。」（〈聲無哀樂論〉）但是人情卻享受樂音，對美好的音樂有種天然的期待「宮商集化，聲音克諧，此人心至願，情欲之所鍾」（〈琴賦〉），因此人情需要樂音，也同時依賴樂音來調節自己的狀態「古人知情不可恣，欲不可極，因其所用，每為之節；使哀不至傷，樂不至淫。」（〈琴賦〉）從這方面來說，琴因此是有「德」的──它彰顯了主體通過它所獲得的「哀不至傷」或「樂不至淫」的內在品質，用嵇康自己的話來說，就是「『中和』之德」，舉凡「廉」、「仁」、「忠」、「信」、「能言善辯」、「取財謹慎」等都可以被「中和」所解釋，它既不一定要為儒家之德，也不限於某一項特定的德目，它所以是「愔愔琴德，不可測兮」（〈琴賦〉）。

〔註162〕牟宗三：《才性與玄理》（台北：臺灣學生書局，民67），頁266。

　　其三，也是最重要的一點，〈琴賦〉所述人情與樂器的依賴關係，為我們提供了線索，作為理解「琴音」在魏晉以降眾多作品中不可或缺的理由：

> 秋風蕭瑟天氣涼，草木搖落露為霜，羣燕辭歸雁南翔，念君客遊思斷腸。慊慊思歸戀故鄉，君何淹留寄他方，賤妾煢煢守空房，憂來思君不敢忘。不覺淚下沾衣裳，**援琴鳴絃發清商**，短歌微吟不能長。明月皎皎照我牀，星漢西流夜未央。牽牛織女遙相望，爾獨何辜限河梁。（曹丕〈燕歌行〉）

> 荊蠻非我鄉，何為久滯淫。方舟泝大江，日暮愁我心。山岡有餘映，巖阿增重陰。狐狸馳赴穴，飛鳥翔故林。流波激清響，猴猿臨岸吟。迅風拂裳袂，白露沾衣襟。獨夜不能寐，**攝衣起撫琴**。絲桐感人情，為我發悲音。羈旅無終極，憂思壯難忍。（王粲〈七哀詩〉）

> 夜中不能寐，**起坐彈鳴琴**。薄帷鑑明月，清風吹我衿。孤鴻號外野，朔鳥鳴北林。徘徊將何見，憂思獨傷心。（阮籍〈詠懷詩八十二首〉之一）

琴似乎是魏晉文士的標準配備。不過顯然，彈琴雖有具體的動作，但善音者更願意琢磨彈琴人的意識感受，這使得它很大程度上是「向內」，而非「向外」的，這一時期人們對彈琴的熱衷並不意味琴藝或琴曲有什麼特出的發展，而很可能恰恰反映對內心世界的重視，正是如此，才有東晉陶淵明的無弦琴：「潛不解音聲，而畜琴一張，無絃。每有酒適，輒撫弄以寄其意。」（《宋書·隱逸列傳第五十三·陶潛傳》）以心彈琴比以手彈琴具有更大的吸引力。

　　嵇康的身邊似乎永遠有一張琴，令人玩味的是，我們會看見琴隨嵇康在華堂綺宴，也隨他在三春之初涉蘭圃、背長林、臨清流。在〈琴賦〉所描述的彈琴情境裡，嵇康先寫戶外、再寫室中，但無論身處哪裡，琴都如影隨形，也就是說，「攜琴」才是嵇康的主題。幾乎是每一個山林遊覽的記錄裡，嵇康都會帶上一張琴；也幾乎是每一個遺世獨立的宣言裡，嵇康身無長物，卻有一張琴：

> 輕車迅邁，息彼長林。春木載榮，布葉垂陰。習習谷風，**吹我素琴**。交交黃鳥，顧儔弄音。感悟馳情，思我所欽。心之憂矣，永嘯長吟。
> （〈四言贈兄秀才入軍詩〉之十四，魏詩卷九，頁483）

> 息徒蘭圃，秣馬華山。流磻平皋，垂綸長川。目送歸鴻，**手揮五絃**。俯仰自得，游心太玄。嘉彼釣叟，得魚忘筌。郢人逝矣，誰與盡言。
> （〈四言贈兄秀才入軍詩〉之十四，魏詩卷九，頁483）

樂哉苑中遊，周覽無窮已。百卉吐芳華，崇基逸高時。林木紛交錯，
玄池戲魴鯉。輕丸斃翔禽，纖綸出鱣鮪。坐中發美讚，異氣同音軌。
臨川獻清酤，微歌發皓齒。**素琴揮雅操**，清聲隨風起。斯會豈不樂，
恨無東野子。酒中念幽人，守故彌終始。但當體七絃，寄心在知己。
（〈酒會詩〉，魏詩卷九，頁 486）

微風清扇，雲氣四除。皓皓亮月，麗于高隅。興命公子，携手同車。
龍驥翼翼，揚鑣踟躕。肅肅宵征，造我友廬。光燈吐輝，華幔長舒。
鸞觴酌醴，神鼎烹魚。**絃超子野**，歎過綿駒。流詠太素，俯讚玄虛。
孰克英賢，與爾剖符。（〈四言詩〉，魏詩卷九，頁 485）

這個物質的移動並非偶然，因為琴不再只是室內的擺設，琴即是他的「話
語」，包含代替他作臨死前的發聲，於是當嵇康「息彼長林……吹我素琴」、
「手揮五弦……游心太玄」，也就再次宣示了這些行動最準確的意旨——這是
人們對器物的一種必要性的依賴，或者說，這是嚮往現實之外者對樂器的必要
性依賴：〈琴賦〉清楚地說明了琴的製作並非聖人之創意，而是由隱士所發起
〔註 163〕。

於是遁世之士，榮期、綺季之疇，乃相與登飛梁，越幽壑，援瓊枝，
陟峻崿，以遊乎其下。周旋永望，邈若凌飛，邪睨崑崙，俯闞海湄。
指蒼梧之迢遞，臨回江之威夷。悟時俗之多累，仰箕山之餘輝。羨
斯嶽之弘敞，心慷慨以忘歸。情舒放而遠覽，接軒轅之遺音。慕老
童於騩隅，欽泰容之高吟。顧茲桐而興慮，思假物以託心。（〈琴
賦〉節錄）

這同時就是〈琴賦〉與漢代樂器賦最大的差異、也是最現實的物質環境：製琴
的人當然可以是儒家的聖賢，但嵇康已經說明了隱士對琴的熱切；道德的引路
人也許真的會製琴，但隨著道德信仰的降低，個人意識的提高，一名善音之人
如隱士將會得到前所未有的關注。

〔註 163〕蔡佩書先生《嵇康〈琴賦〉研究——兼與〈聲無哀樂論〉之比較》：「論琴的
製作機緣，嵇康強調遯士之世的『思假物以託心』。以往論琴之製作，或謂聖
人製琴，如桓譚〈琴道〉所述；或論琴體構造配應天地人倫，如蔡邕《琴操》
之說。王褒談洞簫之名，也說『幸得謚為洞簫兮，蒙聖主之渥恩』，以顯尊
榮。但當嵇康將製琴歸因於『隱士假物託心』這個原因時，就捨棄了琴器可
能具有的道德暗示：彰顯聖主恩德、引導風俗人倫。」（台北：臺灣大學中國
文學研究所碩士論文，2012.08），頁 14。

（二）巧匠

能工巧匠在魏晉以前的角色，只能保證器體的製作，至於器用的表現、器德的發揚，都必須仰賴聖主仁人的參與，最典型的一篇是淮南王劉安的〈屏風賦〉（見第三章第二節）：大匠雕琢的再美，不被道德高尚之人擁有，屏風等同枯木。但無疑到魏晉的時候，器用效果可以不為聖人所決定，傅玄〈相風賦〉是一個很好的例子，賦序云：

> 昔之造相風者，其知自然之極乎？其達變通之理乎？上稽天道陰陽之運，表以靈烏，物象其類；下憑地體安貞之德，鎮以金虎，玄成其氣。風雲之應，龍虎是從。觀妙之徵，神明可通。夫能立成器以占吉凶之先見者，莫精乎此。

序文的開頭是兩個問句，兩句之後，作者自己便作了回答，此二句實際上不是疑問，而是藉疑問表示不可置信的驚嘆。驚嘆者何？他驚嘆「過去造相風的人」，竟然可以「上稽天道」、「下憑地體」，徹悟天地之奧妙、瞭解自然現象的變化運行，以至於打造出相風這樣的測風器來。如果說聖賢原本就意味著無所不能，那麼顯然傅玄所謂「昔之造相風者」指的並不是聖賢。雖然同為晉代的寫賦大家，傅玄的取材不比其子傅咸多元；謀篇上，傅咸通常是把創作動機作為賦的開頭，而傅玄則是偏向傳統由材料開始鋪陳的模式，不過正是因為傅玄在各方面相對保守，這一點個人特質驗證了我們的臆測：關於造器者，傅玄指的是過去不受重視的工匠——只有工匠才會使人心生疑慮而又發出感嘆。

張翰的〈杖賦〉也是一個例子，賦文共分三段，第一段寫逐漸衰老的人們對手杖的倚賴。第二段寫良工妙匠選材製造。第三段寫這支手杖如何地適用：

> 惟萬物之品分，何利人之獨書，中神性之極妙，豈給口之至味。雖至味之御內，乃靡失乎身外。舍少壯之自然，假扶我之攸賴。良工登乎層巒，妙匠鑒乎林阿。顧眄乎晞陽之條，投刃乎直理之柯。方圓適意，洪細可手。蹻蹻旦夕，欲與永久。儀制裁於一尋，假飾存乎首尾。瑩牙為其眉額，朗金為其觜距。

總之，標舉巧匠、良工的魏晉器物賦比比皆是。列舉如下：

1、「是以孟秋之月，首殺庶物。工民呈材，取彼椅梓。貞幹修枝，名匠騁工」順接「美乎利器，心暢體通。膚合理同。規矩盡法，因事作容。好無不媚，事無不供。」（楊泉〈織機賦〉）

2、「於是乃命工人，裁以飾勒。因姿象形，匪雕匪刻」順接「厥容應規，

厥性順德。御世嗣之駿服兮，表驍驥之儀式。」（王粲〈馬瑙勒賦〉）

3、「命夫良工，是剖是鐫。追形逐好，從宜索便。乃加砥礪，刻方為圓。沈光內灼，浮景外鮮。繁文縟藻，交采接連」順接「嘉鏤錫之盛美，感戎馬之首飾。圖茲物之攸宜，信君子之所服。」（曹丕〈瑪瑙勒賦〉）

4、「于時乃有篤厚神后，廣彼仁聲。夷慕義而重使，獻茲寶於斯庭。命公輸使制匠，窮妍麗之殊形」順接「華色燦爛，文若點成。鬱蓊雲蒸，蜿蜒龍征。光如激電，影若浮星。何神怪之巨偉，信一覽而九驚。雖離朱之聰目，內炫耀而失精。」（曹植〈車渠碗賦〉）

5、「取琉璃之攸華，詔曠世之良工。纂玄儀以取象，准三辰以定容」順接「光映日曜，圓盛月盈。纖瑕罔麗，飛塵靡停。灼爍旁燭，表裏相形。凝霜不足方其潔，澄水不能喻其清。」（潘尼〈琉璃椀賦〉）

6、「極名工之機變」順接「總五方之奇妙」。（傅玄〈團扇賦〉）

7、「於是班匠竭巧，名工逞術。纏以素枲，納以元漆。豐約得中，不文不質」順接「爾乃染芳松之淳煙兮，寫文象於紈素。動應手而從心，煥光流而星布」。（傅玄〈筆賦〉）

8、「局則崑山之寶，華陽之石。或煩蜿龍藻，或分帶班駁。或發色玄黃，或皦的鱗白。悉魯匠之精能，傾工心於雕錯」順接「形方隆而應矩，焜煜霞以條鑠。」（夏侯惇〈彈棋賦〉）

9、「命班爾之妙手，制朝陽之柔木。取坤象於四方，位將軍乎五岳」順接「然後畫路表界，立質朱文。曲直有正，方而不圓。籌塗授卒，三百惟羣。任巧於無主，譬採菽乎中原。」（蔡洪〈圍棋賦〉）

10、「殊珍寶器，奇像妙工」順接「取光藏烟，致巧金銅。融冶甄流，陶形定容。」（夏侯湛〈缸燈賦〉）

11、「懷蘭膏於胸臆，明制節之謹度」順接「伊工巧之奇密，莫尚美於斯器。」（殷巨〈鯨魚燈賦〉）

12、「順陰位於清商，採秋金之剛精。醮祝融以制度，命歐冶而是營」順接「燧火爐以陶鑄，飛光采於天庭。希日月之光烈，儀厥象乎曜靈。」（傅咸〈鏡賦〉）

應該注意的是，有一部分的賦作不對「巧匠」的工作進行鋪陳，彷彿這是一個不辨自明的環節，孫惠〈繖車賦〉說：

惟工藝之多門，偉英麗乎創形。擬老氏之轉轂兮，應天運以迴行。

　　秉轉屈以成規兮，不辭勞以自傾。故其用同造物，功參天地。軒轅
　　垂衣，因斯以濟。袞冕龍旂，用康上帝。勛存王室，惠流皂隸。觀
　　其微風興於輪端，霧雨散於軨輅。制以靈木，絡以奇竹。危朝日以
　　投員兮，准暈月以造象。若洪輪之在雍兮，似蜘蛛之結網。（節錄）

「巧匠」匿身於「工藝表現」之中。就像是刻意的強調，孫惠讓過去習慣追溯
天地聖王的書寫退居後段，當然他並沒有否認前代創製維車者的功勞，畢竟這
不是魏晉才出現的新東西，但孫惠還是用他的方式表達了對「工藝」這個關鍵
環節的重視──「工藝」被放在篇首，一個最明顯的地方，作為開啟後文的切
入點，就像只有當能工巧匠憑藉技藝將器物製造出來，我們才能進一步談器
用、器德。夏侯湛〈雀釵賦〉與〈維車賦〉的謀篇極為相似，作者同樣將「嘉
藝之精巧」置於篇首：

　　覽嘉藝之機巧，持精思於雀釵。收泉珍於八極，納瑰異以表奇。布
　　太陽而擬法，妙園園而應規。於是妍姿英妙之徒，相與競壁寵，並
　　修黻，理袿襟，整服飾。黛玄眉之琰琰，收紅顏而發色。流盼閒步，
　　輕袂翼翼。恃炫豔以相邀，常逍遙而侍側。昔先王興道立教，崇冲
　　讓以致賢，不留志於華好。

成就了女子容姿的，不是「雀釵」，而是「此雀釵」──是夏侯湛所要把握的
這個由「嘉藝」打造出的雀釵。真正被作者盛讚的，是絕佳的工藝，而不是器
物所能達到的裝飾性。

四、以「素樸」為取向

　　站在繪聲繪色、潤色鴻業的立場，精緻的語言文字和繁複華麗的取物描寫
是漢賦最顯著的特色，直到魏晉詠器物乃呈現出另一種風景：在器物形貌上，
作者往往透露對於「樸素」的偏好。呼應這種偏好，所謂器之「奇」，其實是
「內質」之奇；所謂「美」，講的是「本色」之美。不同於前代的「勸百諷一」，
伏線已然被安排在魏晉器物賦的形象描寫之中；相較於「曲『終』奏雅」，魏
晉器物賦可以說是「很『早』」就透露它真正的追求。

（一）內質之奇

　　上一節最末我們引用了一篇夏侯湛的〈雀釵賦〉，和篇首同樣醒目的，是
賦文最後急轉直下，作者提出了不耽溺於華好的聲明，與前文對女子華貴容姿
的描述形成一種明顯的對比，但轉折並不突兀，關鍵在於〈雀釵賦〉第二句用

了一個「奇」字。

雖是同一個字眼，但因為各領域的旨歸不同，奇遂在佔據著完全不同的意義位置。《說文・大部》以「奇」為「異」，比方說在儒家的典籍裡，奇以其「異」義，與正相對，包含「偏離」、「歧出」的行為指涉，《禮記・曲禮上》：「國君不乘奇車。」鄭玄注：「出入必正也。」陸德明音義：「奇車，居宜反，奇邪不正之車。」或「錯誤」、「混亂」的狀態形容，《禮記・祭義》：「天下之禮，致反始也，致鬼神也，致和用也，致義也，致讓也。致反始，以厚其本也。致鬼神，以尊上也。致物用，以立民紀也。致義，則上下不悖逆矣。致讓，以去爭也。合此五者以治天下之禮也。雖有奇邪，而不治者則微矣。」孔穎達疏：「奇，謂奇異；邪，謂邪惡，皆據異行之人。言用此五事為治，假令有異行、不從治者，亦當少也，故云『則微矣』。」在此意義涵攝下，即便「奇偉」云云，也總向誇大不實的負面傾斜，如《荀子・非相》：「聽其言則辭辯而無統，用其身則多詐而無功，上不足以順明王，下不足以和齊百姓，然而口舌之均，噡唯則節，足以為奇偉偃却之屬，夫是之謂姦人之雄，聖王起，所以先誅也。然後盜賊次之。盜賊得變，此不得變也。」楊倞注：「奇偉，誇大也。偃却，猶偃仰，即偃蹇也。言姦雄口辯，適足以自誇大偃蹇而已。」

但在兵家的語境裡，「奇」得到完全不同的待遇，所謂「出『奇』制勝」，「奇」在兵家的說解裡充滿彈性：「凡戰者，以正合，以奇勝。故善出奇者，無窮如天地，不竭如江海」〔註164〕、「戰勢不過奇正，奇正之變，不可勝窮也。奇正相生，如循環之無端，孰能窮之哉。」（《孫子・兵勢第五》）

而真正「尚奇」者，當屬莊子。唐君毅先生指出：「至莊子之即自然界之物，以悟道而喻道者，則恆取其物之大者、遠者、奇怪者，以使人得自超拔於卑近凡俗之自然物與一般器物之外。」〔註165〕莊子哲學重感官的突破、克服形、名的限制，所以「奇」正好能指示說理中超越感官的異想世界：

> 文中之支離疏，畫中之達摩，是中國藝術裡最特色的兩個產品。正如達摩是畫中有詩，文中也常有一種「清醜入圖畫，視之如古銅古玉」的人物，都代表中國藝術中極高古、極純粹的境界；而文學中

〔註164〕〔清〕孫星衍等校：《孫子十家註》〈兵勢第五〉（北京：中華書局，1985），頁84～87。

〔註165〕唐君毅：《中國哲學原論》（台北：臺灣學生書局，1978），頁345。

這種境界的開創者，則推莊子。〔註 166〕

「奇」、「醜」在這裡，恰是「棄形求德」的路徑。

魏晉以降，「奇」的正面意義正式地豐富了起來。據《世說新語》所載，奇首先可以指人在言語方面的敏捷，出語「小時了了，大未必佳」的孔文舉，便被李元禮及其賓客以奇視之〔註 167〕。奇又可以指學思文筆的卓越：「何平叔注老子始成，詣王輔嗣；見王注精奇，迺神伏，曰：『若斯人，可與論天人之際矣！』因以所注為道、德二論。」（〈文學〉第 7 則）奇還指從容的氣度。東晉羊綏之子羊孚和父親一樣品性高潔又有才俊，不恭維人，也不喜歡人家恭維，遇到無禮之人也能處之泰然，這份「奇」的稟賦在《世說新語》〈雅量〉第 42 則記載得很清楚〔註 168〕。

特別有意思的是，面對人物之「奇」，時人嘗以「水鏡」形容：

> 衛伯玉為尚書令，見樂廣與中朝名士談議，**奇**之，曰：「自昔諸人沒已來，常恐微言將絕。今乃復聞斯言於君矣！」命子弟造之，曰：「此人，人之**水鏡**也，見之若披雲霧睹青天。」（〈賞譽〉第 23 則）

劉孝標注引王隱晉書：「衛瓘有名理，及與何晏、鄧颺等數共談講，見廣，奇之，曰：『每見此人，則瑩然猶廓雲霧而覩青天也。』」〔註 169〕這裡的奇，和水鏡的瑩然光潔、通達透徹相通，是對有為者的高度評價。又〈言語〉第 90 則記袁羊以謝安、謝石兄弟為明鏡，贊二人對傳播智識的不遺餘力：

〔註 166〕聞一多：《聞一多全集》卷二〈古典新義·莊子〉（北京：三聯書局，1982），頁 289。

〔註 167〕《世說新語》〈言語〉第 3 則：「孔文舉年十歲，隨父到洛。時李元禮有盛名，為司隸校尉。詣門者皆儁才清稱及中表親戚乃通。文舉至門，謂吏曰：『我是李府君親。』既通，前坐。元禮問曰：『君與僕有何親？』對曰：『昔先君仲尼與君先人伯陽有師資之尊，是僕與君奕世為通好也。』元禮及賓客莫不奇之。太中大夫陳韙後至，人以其語語之。韙曰：『小時了了，大未必佳！』文舉曰：『想君小時，必當了了！』韙大踧踖。」

〔註 168〕《世說新語》〈雅量〉第 42 則：「羊綏第二子孚，少有俊才，與謝益壽相好。嘗蚤往謝許，未食。俄而王齊、王睹來；既先不相識，王向席，有不說色，欲使羊去。羊了不晒，唯腳委几上，詠矚自若。謝與王敘寒溫數語畢，還與羊談賞，王方悟其奇，乃合共語。須臾食下，二王都不得餐，唯屬羊不暇。羊不大應對之，而盛進食，食畢便退。遂苦相留，羊義不住，直云：『向者不得從命，中國尚虛。』二王，是孝伯兩弟。」

〔註 169〕《世說新語》〈賞譽〉第 8 則劉孝標注引王隱晉書語，〔南朝宋〕劉義慶原撰；〔梁〕劉孝標原注；楊勇校箋：《世說新語校箋》（台北：正文書局，1999），頁 385。

> 孝武將講孝經，謝公兄弟與諸人私庭講習。車武子難苦問謝，謂袁羊曰：「不問，則德音有遺；多問，則重勞二謝。」袁曰：「必無此嫌。」車曰：「何以知爾？」袁曰：「何嘗見明鏡疲於屢照，清流憚於惠風？」（〈言語〉第 90 則）

可惜，鏡的瑩然人人可知，人的奇卻不一定人人能懂：

> 蔡洪赴洛，洛中人問曰：「幕府初開，群公辟命，求英奇於仄陋，采賢俊於巖穴。君吳、楚之士，亡國之餘，有何異才而應斯舉？」蔡答曰：「夜光之珠，不必出於孟津之河；盈握之璧，不必采於崑崙之山。大禹生於東夷，文王生於西羌。聖賢所出，何必常處。昔武王伐紂，遷頑民於洛邑，得無諸君是其苗裔乎？（〈言語〉第 22 則）

大賢常隱於岩穴、英奇可能來自於仄陋，這裡頭，不能不說有一種重才學而不重出身的理想，所謂「與眾不同」，關鍵不在外飾：

> 南郡龐士元聞司馬德操在潁川，故二千里候之。至，遇德操采桑，士元從車中謂曰：「吾聞丈夫處世，當帶金佩紫，焉有屈洪流之量，而執絲婦之事？」德操曰：「子且下車。子適知邪徑之速，不慮失道之迷。昔伯成耦耕，不慕諸侯之榮；原憲桑樞，不易有官之宅。何有坐則華屋，行則肥馬，侍女數十，然後為奇？此乃許、父所以慷慨，夷、齊所以長嘆。雖有竊秦之爵，千駟之富，不足貴也。」士元曰：「僕生出邊垂，寡見大義，若不一叩洪鐘、伐雷鼓，則不識其音響也！」（〈言語〉第 9 則）

陳玉強先生以為，這樣的脈絡在曹魏時代的劉邵《人物志》已見端倪，呼應當時「唯才是舉」的用人策略，而這個重內質之奇、輕外形之奇的觀念也同時氾濫到六朝的書論、畫論之中。〔註 170〕

　　回到〈雀釵賦〉之奇。我們在前節已經提過了，雀釵不僅是裝飾物，它更重要的意義是身份辨識。往輕了說，它攸關後宮的秩序；往重了說，它起到國家有效統治、維護社會秩序的重要作用。有趣的是，分明是應嚴密劃分的等級概念，我們如今所能看到的資料卻常是各自表述，比方《太平御覽》卷七一八〈服用部二〇〉「釵」引晉令：「六品下，得服金釵以蔽髻。」而《北堂書鈔》〈服飾部三〉也引晉令：「第七品以下始服金釵，第三品以上蔽結爵

〔註 170〕此節論述參考陳玉強：《古代文論「奇」範疇研究》（北京：人民出版社，2015），頁 16～25、38～41。

釵。」〔註171〕《晉書‧帝紀第六‧元帝》所記載的一件事情可以各自表述的原因稍作窺探：

> 帝性簡儉沖素，容納直言，虛己待物。初鎮江東，頗以酒廢事，王導深以為言，帝命酌，引觴覆之，於此遂絕。有司嘗奏太極殿廣室施絳帳，帝曰：「漢文集上書皂囊為帷。」遂令冬施青布，夏施青練帷帳。
>
> 將拜貴人，有司請市雀釵，帝以煩費不許。所幸鄭夫人衣無文彩。

有司顯然是依例行事的，主政者卻依照自己的價值觀省去了，古樸的追求不免削弱了器物的身份辨識度，作為賦文最後「昔先王興道立教，崇沖讓以致賢，不留志於華好」的伏筆，以「奇」彰顯雀釵之「內質」深具時代感。

（二）本色之美

《說文‧羊部》：「美，甘也」，段注：「甘者五味之一，而五味之美皆曰甘」相比於「奇」的抽象性，「美」在字源意義上，很大程度訴諸感官，仰賴體驗。作為一個起點，在擁有解釋權的上古哲學語境中，那恰好突顯了有更值得的形上追求，《論語‧八佾》：「子夏問曰：「『巧笑倩兮，美目盼兮，素以為絢兮。』何謂也？」子曰：『繪事後素。』曰：「禮後乎？」子曰：「起予者商也！始可與言詩已矣。」《荀子‧勸學》：「凡人有所一同：飢而欲食，寒而欲煖，勞而欲息，好利而惡害，是人之所生而有也，是無待而然者也，是禹桀之所同也。目辨白黑美惡，而耳辨音聲清濁，口辨酸鹹甘苦，鼻辨芬芳腥臊，骨體膚理辨寒暑疾養，是又人之所常生而有也，是無待而然者也，是禹桀之所同也。」因此，有趣的是，儘管人們對美加以倡議，但論述脈絡間它扮演的往往是配角，《論語‧堯曰》：「子張問於孔子曰：『何如斯可以從政矣？』子曰：『尊五美，屏四惡，斯可以從政矣。』子張曰：『何謂五美？』子曰：『君子惠而不費，勞而不怨，欲而不貪，泰而不驕，威而不猛。』」《道德經》說：「天下皆知美之為美，斯惡已。皆知善之為善，斯不善已。故有無相生，難易相成，長短相較，高下相傾，音聲相和，前後相隨。是以聖人處無為之事，行不言之教。」（二章）老子所談之美並不具體，主要是作為一種惡的映襯。

從先秦一直到漢代，「美」實際上不像它給人的印象是一個完全的褒義詞，更多時候它的出現昭示了某種「失衡」、某種「偏頗」，一直要到魏晉才「從

〔註171〕〔唐〕虞世南撰；〔清〕孔廣陶校註；〔清〕富文齋刊刻：《校宋刻本北堂書鈔》卷一百三十六〈服飾部三〉（台北：新興書局，民60），頁631。後文所引《北堂書鈔》皆準此版本，惟記卷目，不另加註。

『有用之美』轉向了『無用之美』」，即從重視個體之「才」轉向欣賞「人格」之多元、「形貌」之動人〔註172〕，關於此點，〈容止〉第2則表達得甚是昭著：「何平叔『美』姿儀，面至白；魏明帝疑其傅粉。正夏月，與熱湯餅。既噉，大汗出，以朱衣自拭，色轉皎然。」而〈品藻〉的記載則最可以說明《世說》開放的欣賞眼光：

> 桓玄問劉太常曰：「我何如謝太傅？」劉答曰：「公高，太傅深。」
> 又曰：「何如賢舅子敬？」答曰：「櫨、梨、橘、柚，各有其美。」
> （〈品藻〉第87則）

以「物」喻美、喻麗之中，引起我們關注的是「玉」的比喻：

> 王夷甫容貌整麗，妙於談玄，下捉白玉柄塵尾，與手都無分別。（〈容止〉第8則）

> 王大將軍稱太尉：「處眾人中，似珠玉在瓦石間。」（〈容止〉第17則）

> 潘安仁、夏侯湛並，有美容，喜同行，時人謂之「連璧」。（〈容止〉第9則）

> 魏明帝使后弟毛曾與夏侯玄共坐，時人謂『蒹葭倚玉樹』」。（〈容止〉第3則）

> 裴令公有俊容儀，脫冠冕，麤服亂頭皆好。時人以為「玉人」。見者曰：「見裴叔則如玉山上行，光映照人。」（〈容止〉第12則）

《晉書》本傳王夷甫「祖尚虛浮」，不能「戮力以匡天下」（《晉書·列傳第十三·王衍傳》），但〈言語〉記載他善於分析：「諸名士共至洛水戲。還，樂令問王夷甫曰：『今日戲樂乎？』王曰：『裴僕射善談名理，混混有雅致；張茂先論史漢，靡靡可聽；我與王安豐說延陵、子房，亦超超玄箸。』」（第23則）《晉書》本傳記載潘岳：「性輕躁，趨世利，與石崇等詔事賈謐。」（〈列傳第二十五·潘岳傳〉）講夏侯湛「性頗豪侈，侯服玉食，窮滋極珍」（《晉書·列傳第二十五·夏侯湛傳》），但兩位的文學之才毋庸置疑。《三國志·魏書卷九·夏侯玄傳》記載夏臨刑時「臨斬東市，顏色不變，舉動自若」；至於裴楷，如

〔註172〕根據董曄《世說新語美學研究》的看法，這個轉捩點屬東漢末劉邵《人物志》，他首將「美」指向一種純粹的、無關道德的審美活動，所謂「夫聖賢之所美，莫美乎聰明。」（〈原序〉）「智者，德之帥也。」（〈八觀〉）詳參董著（北京：人民文學出版社，2017），頁50～54。

前文所引《晉書》：「每游榮貴，輒取其珍玩，雖車馬器服，宿昔之間，便以施諸窮乏。嘗營別宅，其從兄衍見而悅之，即以宅與衍」、「行己取與，任心而動，毀譽雖至，處之晏然。」〔註173〕說他寵辱不驚——通過史傳材料，我們想要說明的是，「美」沒有一定的指向，從「才」、「德」轉向而來，它充分顯示了自身的多樣性。

　　有一點是極要緊的，那就是當《世說》不再以「德」為欣賞標準，卻也不是完全摒棄了它，我們必須想像說者不僅僅是以「玉」之勻潤來講手臉肌膚，古典意義中的「比德」依然有它詮釋的空間。不同於先秦儒家要求的「繪事後素」、要求一切返回道德上的素樸，魏晉更醒目的是保持人物的本心本性：

> 苟以不虧為純，則雖百行同舉，萬變參備，乃至純也；苟以不雜為
> 素，則雖龍章鳳姿，倩乎有非常之觀，乃至素也。若不能保其自然
> 之質而雜乎外飾，則雖犬羊之鞟，庸得謂之純素哉？〔註174〕

所謂至純，不是所謂排除添加，至素，也不是不著色彩，而是指不傷本質的狀態，「是就事物的自然質性而言，指的是某一具體審美對象的內在和諧美」〔註175〕，只要不傷和諧，即便龍章鳳姿，斑斕外飾，也基本應視作本質的展現。於是，一個琉璃碗之所以珍貴，可不是因為它的雕工、也不是它的市值：

> 王公與朝士共飲酒，舉琉璃盌謂伯仁曰：「此盌腹殊空，謂之寶器，
> 何邪？」答曰：「此盌英英，誠為清徹，所以為寶耳！」（《世說·排
> 調》第14則）

王導刻意用碗之中空來嘲諷周顗，沒想卻被「英英」的本質給說服了。類似的事情不止發生過一次，《晉書·周顗傳》：「王導……嘗枕顗膝而指其腹曰：『此中何所有也？』答曰：『此中空洞無物，然足容卿輩數百人。』導亦不以為忤。」大抵不是周顗發明了一種新的視角，而只是啟動了古老的審美方式，誠如宗白華先生所說：

> 「賁」本來是斑紋華采，絢爛的美。白賁，則是絢爛又復歸於平淡。
> 所以荀爽說：「極飾反素也。」有色達到無色……才是藝術的最高境
> 界。所以《易經》的〈雜卦〉說：「賁，無色也。」這裡包含一個重

〔註173〕《世說新語》引《名士傳》，見〔南朝宋〕劉義慶原撰；〔梁〕劉孝標原注；
　　　　楊勇校箋：《世說新語校箋》（台北：正文書局，1999），頁19。
〔註174〕郭象注〈刻意〉，〔晉〕郭象注；〔唐〕成玄英疏；〔唐〕陸德明釋文；〔清〕郭
　　　　慶藩集釋：《莊子集解》（台北：世界書局，2011），頁241。
〔註175〕見張鈞莉：《魏晉美學趨勢》（新北市：花木蘭文化事業有限公司，2011），頁41。

要的美學思想，就是認為要質地本身放光，才是真正的美。(〈中國
美學史中重要問題的初步探索〉)〔註176〕

我們接下來要舉的例子就是這種以「本色」為「美」的。殷巨僅存的兩篇器物
賦——〈奇布賦〉、〈鯨魚燈賦〉的來歷都和大秦國來朝有關。大秦遙遠，物項
罕見〔註177〕，所以引起賦家的迴響。〈奇布賦〉云：

> 維泰康二年，安南將軍廣州牧滕侯作鎮南方。余時承乏，忝備下
> 僚。俄而大秦國奉獻琛，來經於州。眾寶既麗，火布尤奇。乃作賦
> 曰：

> 伊荒服之外國，建大秦以為名。仰皇風而悅化，超重譯而來庭。貢
> 方物之綺麗，亦受氣於妙靈。**美斯布之出類**，稟太陽之純精。越常
> 品乎意外，獨詭異而特生。森森豐林，在海之洲。煌煌烈火，焚焉
> 靡休。天性固然，滋殖是由。芽萌炭中，穎發爐隅。葉因燄潔，翹
> 與炎敷。焱榮華實，焚灼萼珠。丹輝電近，彤炯星流。飛耀衝霄，
> 光赫天區。惟造化之所陶，理萬端而難察。燎無爍而不燋，在茲林
> 而獨昵。火焚木而弗枯，木吐火而無竭。同五行而並在，與大椿其
> 相率。乃採乃析，是紡是績。每以為布，不盈數尺。以為巾帙，服
> 之無斁。既垢既污，以焚為濯。投之朱爐，載燃載赫。停而冷之，
> 皎潔凝白。

奇布又稱火布、火浣布，也就是耐高溫的石棉布。據干寶（286～336）《搜神
記》卷十三記載，此布出於崑崙山，漢時有使節從西域進獻，但魏代時域外斷
絕，甚至連魏文帝也沒見過，一直到魏明帝以後與西域恢復往來才又再看到：

〔註176〕宗白華：〈中國美學史中重要問題的初步探索〉，《美從何處尋》（南京：江蘇
　　　　教育出版社，2005），頁16～17。

〔註177〕相關記載如《後漢書·西域傳第七十八·大秦國》：「土多金銀奇寶，有夜光
　　　　璧、明月珠、駭雞犀、珊瑚、虎魄、琉璃、琅玕、朱丹、青碧。刺金縷繡，
　　　　織成金縷罽、雜色綾。作黃金塗、火浣布。又有細布，或言水羊毳，野蠶繭
　　　　所作也。合會諸香，煎其汁以為蘇合。凡外國諸珍異皆出焉。又《晉書·四
　　　　夷列傳第六十七·大秦國》：「大秦國一名犁鞬，在西海之西，其地東西南北
　　　　各數千里。有城邑，其城周回百餘里。屋宇皆以珊瑚為梲栭，琉璃為牆壁，
　　　　水精為柱礎。其王有五宮，其宮相去各十里，每旦於一宮聽事，終而復始……
　　　　其土多出金玉寶物、明珠、大貝，有夜光璧、駭雞犀及火浣布，又能刺金縷
　　　　繡及積錦縷罽……漢時都護班超遣掾甘英使其國，入海，船人曰：『海中有思
　　　　慕之物，往者莫不悲懷。若漢使不戀父母妻子者，可入。』英不能渡。武帝
　　　　太康中，其王遣使貢獻。」

「崑崙之墟，地首也。是惟帝之下都，故其外絕以弱水之深，又環以炎火之山。山上有鳥獸草木，皆生育滋長於炎火之中，故有火澣布。非此山草木之皮枲，則其鳥獸之毛也。漢世，西域舊獻此布，中間久絕。至魏初時，人疑其無有。文帝以為火性酷裂，無含生之氣，著之典論，明其不然之事，絕智者之聽。及明帝立，詔三公曰：『先帝昔著典論，不朽之格言，其刊石於廟門之外及太學，與石經並，以永示來世。』至是西域使人獻火浣布袈裟，於是刊滅此論，而天下笑之。」〔註178〕面對如此奇異的東西，殷巨精準地掌握了它的兩個特點，一是不被烈火所耗滅的物質本身：「火焚木而弗枯，木吐火而無竭」，二是經歷燒灼以後依舊「皎潔凝白」的布質。「焱榮華實，焚灼蕚珠。丹輝電遊，彤炯星流。飛耀衝霄，光赫天區」的場景固然可觀，但顯然更大的震撼是來自於星火落盡後的平靜。

　　殷巨的另一篇是〈鯨魚燈賦〉。漢代就有通體以動物為形的燈，此種燈之燈盤位於動物的腔體內，中原所見的動物形燈多為陸上動物，例如河北滿城漢墓出土的羊形燈（圖4-52，引自《漢代燈具研究》圖2.15），以及河南南陽出土的東漢牛形燈（圖4-53，引自《漢代燈具研究》圖2.15）。從殷巨的賦文內容來看，鯨魚燈是晉武帝泰康二年間大秦國來朝見的禮品。

圖 4-52　　　　　　　　　　圖 4-53

本賦云：

　　橫海之魚，厥號為鯨。普彼鱗族，莫之與京。大秦美焉，乃觀乃詳。
　　寫載其形，託於金燈。隆脊矜尾，鬐甲舍張。垂首俯視，蟠於華房。
　　狀欣欣以竦峙，若將飛而未翔。懷蘭膏於胸臆，明制節之謹度。伊
　　工巧之奇密，**莫尚美於斯器**。因綺麗以致用，設機變而罔罟。匪雕

〔註178〕〔晉〕干寶撰：《搜神記》卷十三（台北：里仁書局，民71），頁165～166。

文之足瑋，差利事之為貴。永作式於將來，跨千載而弗墜。

所謂「伊工巧之奇密，莫尚美於斯器」，最美的莫過於此燈了。第一是外形上的。應該注意的是，儘管從文字描述我們彷彿能捕捉閃鑠的流光，但這座燈並非要給人奢華的印象，殷巨認知的外形之美，來自於它的擬真「狀欣欣以竦峙，若將飛而未翔」。第二，殷巨說「因綺麗以致用，設機變而罔寘」，也就是這座燈之所以受人喜愛雖必然與它的「綺麗」有關，但整體而言並不給人以過度之感，換言之，殷巨強調此燈在外形和功能之間有很好的平衡。第三，賦文最末提出「匪雕文之足瑋，差利事以為貴。永作式於將來，跨千載而弗墜」，這種永久的想像既要來自於「奇形」，更要來自於「實用」：一個徒具功能卻毫無美感的燈具不致被人厭棄，但一個奪人眼球卻失去功能的燈具，卻很難獲得真正的青睞。美要美得「匪雕文而足瑋」，當穿透了器物的感官價值，「珍貴」便會從「有利於生活」（差利事以為貴）中顯現。

（三）至簡之物

以素樸為取向的終極追求，是直接面對一個至簡之物。

魏晉留有為數頗豐的〈相風賦〉。孫楚、張華、傅玄、傅咸、潘岳、陶侃（259～334）之作保留完整，杜萬年、左九嬪、盧浮、牽秀（？～305）雖只存序或殘句，但仍可看見對此題材的有意參與。這些作品當中所描寫的相風大部份是架設於城牆與庭院，而不用於舟車或儀仗隊伍。眾作之中，特別引人注目的是張華〈相風賦〉，因為他開宗明義地說明自己被一座「不假飾」的相風所吸引——這並非當時相風的普遍形制。

根據孫楚、傅玄、潘岳的摹寫，當時的相風基本包含「獸座」（①）、「長竿」（②）、「靈烏」（③）、「羽飾」（④）四個部份：

1、孫楚〈相風賦〉節錄

　　爾乃神獸盤其根，靈烏據其顛，羽族翩飄羅其側，翔風蕭聊出其間。
　　　　　　①　　　　　③　　　　②　　④

2、傅玄〈相風賦〉節錄

　　乃構相風，因象設形。蜿盤獸以為趾，建修竿之亭亭。
　　　　　　　　　　　　①　　　　　　　②

　　體正直而無撓，度徑挺而不傾。棲神烏以竿首，俟祥風之來征。
　　　　　　　　　　　　　　　　③

3、潘岳〈相風賦〉節錄

采修竹於層城，歷寒暑而靡凋。踞神獸於下趾，棲靈烏於上標……
　　　　　　　　　　　　　　①　　　　　　　　　②

棲靈烏於帝庭，似月離乎紫宮。飛輕羽於竿杪，若鸞翔乎雲中。
　　　③　　　　　　　　　　　　④

相較之下，張華所描述的這個相風不具獸座、沒有「羽毛之飾」，甚至「丹漆不為」：

> 大史候部有相風在西城上，而作者弗為，豈以其託處幽閒，違眾特立，無羽毛之飾，而丹漆不為之容乎。

> 蓋在先聖，道濟生人。擬論天地，錯綜明神。在璿璣以齊七政，象渾儀於陶鈞。考古旁於六氣，仰貞觀於三辰。爰在保章，世序其職。辨風候方，必立准極。循物致用，器不假飾。眇脩幹之迢迢，凌高墉而莖植。玄烏偏其增矯，睎雲霄而矯翼。嘉創制之窮理，諒器淺而事深。步元氣於尋木，寄先識於茲禽。既在高而想危，又戒險而自箴。雖廻易之無常，終守正而不淫。永格立以彌世，志淹滯而愈新。超無返而特存，差偶景而為鄰。

篇首有序，簡介了張華留心於一座樸實無華的相風的情況，緊接著第一段由「蓋在先聖」到「仰貞觀於三辰」，敘述相風產生的淵源；第二段由「爰在保章」到「器不假飾」，說明製作的初衷；第三段由「眇脩幹之迢迢」到「睎雲霄而矯翼」，描寫相風的形貌。第四段由「嘉創制之窮理」到「寄先識於茲禽」，談相風的功能。「既在高而想危」以下為末段，論相風對人事的啟示。以形貌上的素樸為切入，張華這篇作品最終告訴了讀者，這樣一座相風無論在功能上、在價值上，完全不亞於任何一座裝飾繁複的。顯然，張華不僅是對素樸表示好奇，也是對背後的種種成因與影響深感興趣。

　　關於張華對事物的樂於探索，我們並不陌生，尤其是從他的《博物志》十卷特別能看出個人的特質。歷史傳說、山川故事、名物記載，神仙方術，這些「說法」總是因為「有所不載」刺激張華〔註179〕，促使他進行一次更仔細的

〔註179〕〔晉〕張華撰；范寧校證：《博物志》〈序〉：「余視《山海經》及《禹貢》、《爾雅》、《說文》、《地志》，雖曰悉備，各有所不載者。作略說，出所不見，粗言遠方。陳山川位象吉兇有征。諸國境界，犬牙相入，春秋之後，並相侵伐，其土地不可具詳，其山川地澤略而言之，正國十二。博物之士，覽而鑒焉。」

考略，比如《博物志》卷三「漢武帝時北胡獻一獸」，這件事情之所以被記載，首先不在於事件或物本身，而是在於「帝見之，怪其細小」的「異」。其取材的看法、其行文的思路，都讓人覺得與〈相風賦〉不謀而合：

> 漢武帝時，大宛之北胡人有獻一物，大如狗，然聲能驚人，雞犬聞之皆走，名曰猛獸。帝見之，怪其細小。及出苑中，欲使虎狼食之。虎見此獸即低頭著地，帝為反觀，見虎如此，欲謂下頭作勢，起搏殺之。而此獸見虎甚喜，舐唇搖尾，徑往虎頭上立，因搦虎面，虎乃閉目低頭，匍匐不敢動，搦鼻下去，下去之後，虎尾下頭去，此獸顧之，虎輒閉目。（《博物志》卷三）

〈相風賦〉因「特立」而寫，「獻猛獸」則因「怪其細小」而記；〈相風賦〉接著說「辨風候方，必立唯極」為「器淺而事深」背書，「獻猛獸」則以猛獸與虎的互動對「異獸」作出解釋性的描述。必須注意的是，《博物志》看上去是資料的編纂，實際上是張華為自身之「好奇」所做的進一步「坐實」〔註180〕，反應在賦的創作裡，我們會發現〈相風賦〉的行文最終也是在回應最初的動機：這座相風必有可觀。張華用筆墨展示了一座可觀卻不為人所知的器物，如果不是他，我們不會發覺有一座相風「循物致用」卻「器不假飾」，也就無法像張華一樣擁有一種超前的物質眼光：愈簡易、愈單純的器物，愈不容易產生變化，於是「永格立以彌世，志淹滯而愈新」，愈可以在時空變化當中保持原樣。必須說，對待事、對待物、對待相風，他既是文學家，也更像歷史學家——真偽是其次，他總要從橫向空間與縱向的時間中，賦予它們該有的意義。

　　「特立」就不能不引人注意，很快地，傅咸也作了一篇〈相風賦〉，完全針對張華而來：

> 相風之賦，蓋以富矣，然辭義大同。唯中書張令以太史相風獨無文

（台北：明文書局，民70），頁7。後文所引《博物志》皆準此版本，惟記卷目，不另加註。

〔註180〕陳元朋先生〈傳統博物知識裡的「真實」與「想像」：以犀角與犀牛為主體的個案研究〉：「有博物旨趣的文本，長期以來還是成為傳統中國知識分子理解自然界物類的窗口。顯例之一，就是每當經義詩文的內容涉及自然界的物類時，存在於這類文本裡有關該物類形色、名義的記述，就會成為相關經注、詩注的徵引對象。值得注意的是，這種藉由他人認知以瞭解世間物類的取徑，不獨一般士流有之，就連博物文本的編纂者們也往往抱持著相同的態度。」《政治大學歷史學報》第33期（2010.05），頁3～4。

飾，故特賦之。太僕寺丞武君賓，樹一竹於前庭，其上頗有樞機，
插以雞毛，于以占事知來，與彼無異。斯乃簡易之至，有殊太史相
風。張氏之賦，非其至者也。（傅咸〈相風賦〉序）

傅咸以為，若要論「簡易」，張華所描述的相風絕對稱不上「之至」。他即刻搜
尋了另一個更簡易的相風。這實在是一個極有趣的現象，因為當傅咸汲汲於顛
覆張華的同時，卻恰好顯示此二人的書寫其實沒有交集：張華是在對「特立」
的欣賞的驅動下，為「簡易之至」進行「器淺事深」的解釋；而傅咸卻將張華
的「簡易」當成了一種「搜奇」，於是，傅咸用以「抗衡」的作品遂長成了如
下的模樣：

翟翟竹竿，在武之庭。厥用自然，既脩且貞。插羽其首，丹漆弗營。

經之營之，不日而成。

論簡易，確實是比太史侯相風更簡易了；論器美，賦文的描述也確實讓人感覺
純淨、簡淨。史料中看不見張華的回應，但我想，張華絕對沒有去找下一個相
風來和傅咸爭勝——那本來就不是他的目的。

＊　＊　＊　＊　＊

奠基於物質環境，魏晉器物賦的書寫模式特徵如下：

1、關於「功能」。「功能」是魏晉詠器物最重要的強調，指標之一便是在
賦文的開篇就傳遞了「禮隨時變，而器與事易」、「器有經粗，用有疏密」的消
息。

2、關於「殊料」。「出自崇山」者，潛藏著遠古以來「名山嚮往」的書寫
意義，藉以突顯器物的珍貴；「來自他鄉」者，說明了文人對周邊器物流通背
景的敏銳感知；「來自異國」者，則是一段中原對外的經濟交通政治史。

3、關於「製作」。魏晉以前，「先帝（聖賢）製器」是基本上一種共同的
信仰，但是魏晉以降，器物的發想者不必站在道德至高點，賦家們並且已經能
意識到能工巧匠在器物生產過程中的關鍵作用。

4、關於「形貌」。和辭藻華麗、筆勢誇張的印象恰好相反，魏晉的器物形
貌描寫以素樸為取向，「奇」或「麗」的稱許往往只是一種線索，它們真正是
要引導出某器之所以奇或麗的前題：內質與本色——一種實用性的具備。

祝堯曾經比較兩漢、魏、晉賦篇，認為時代愈晚，情味愈淺，而一個根本
原因在於經營之工切奪去了情的主位：

> 嘗觀古之詩人，其賦古也，則於古有懷；其賦今也，則於今有感；
> 其賦事也，則於事有觸；其賦物也，則於物有況。情之所在，索之
> 而愈深，窮之而愈妙，彼於其辭，直寄焉而已矣。又觀後之辭人，
> 刊陳落腐，而惟恐一語未新；搜奇摘豔，而惟恐一字未巧；抽黃對
> 白，而惟恐一聯未偶；回聲揣病，而惟恐一韻未協。辭之所為罄矣
> 而愈求，妍矣而愈飾。彼其於情，直外焉而已矣……蓋西漢之賦，
> 其辭工於楚騷；東漢之賦，其辭又工於西漢；以至三國六朝，一代
> 工於一代，辭愈工則情愈短，情愈短而味愈淺，味愈淺則體喻下。
> 建安七子，獨王仲宣辭賦有古風。〔註181〕

祝堯的褒貶意向可以說很明確了，簡宗梧先生也指出：「當賦不再口誦耳受去欣賞的時候，當它以繁密的隸事為工的時候，文辭便少排比多駢儷，而以巧妙工穩是求，隔句對便逐漸增多。」〔註182〕從文體自然演變的立場看來，俳偶的增多是不再使用口誦作為欣賞途徑的賦的必然發展。也許形式確實會對意與情造成某些限制，但未必妨礙我們對物質世界的觀察，或者說，不妨礙賦家傳遞他們所認知的世界，這便是最弔詭的地方，理由是：天地萬物，在中國傳統文化的詮釋下，本來就是對立與並行、成偶成對的。嵇含〈八磨賦〉：「方木矩跱，圓質規旋。下靜以坤，上轉以乾。巨輪內達，八部外連。」大概也只有乾與坤，最能有效的表示人們極力去描寫的能量的蓄積與發揮。傅玄〈硯賦〉說「設上下之剖判，配法象乎二儀」、「木貴其能軟，石美其潤堅。」傅咸〈紙賦〉則說「攬之則舒，舍之則卷。可屈可伸，能幽能顯。」大如乾坤二儀、細如感官所能覺察的顏色、氣味、觸感、形態，體現在一器之中，也都是可以用並行與對立去突顯的。

於是，俳偶既是結構的編排，也是概念的編排。陸機〈漏刻賦〉開篇一段，非常簡易、同時非常要緊：「偉聖人之制器，妙萬物而為基……寸管俯而陰陽效其繩，尺表仰而日月與之期。」「陰陽」如何與「日月」相對？「陰陽」為虛，「日月」為實，兩者皆為萬物之源頭。但在這裡，比俳偶要緊的言外之意是：所謂的一切人為的建構，是從天地萬物中獲得的心得。換句話說，俳偶，作為人為建構之一，其實就是以賦作「還原」天地萬物。

〔註181〕〔元〕祝堯：《古賦辯體》卷五，《景印文淵閣四庫全書》第1366冊（台北：臺灣商務印書館，民75），頁778。

〔註182〕簡宗梧：〈賦的可變基因與其突變——兼論賦體蛻變之分期〉，《逢甲人文社會學報》第12期（2006.06），頁16。

　　本節所要強調的是，魏晉器物賦不同於漢代的詠器物；所謂以俳偶為特徵的美文，理論上來說，不會真正掩蓋魏晉器物賦的新取向——回歸器物功能本質、奠基於物質現實的新取向。這也是為什麼魏晉的模式會比漢代的版本來得更好，因為現實保證了器物之用，而器物之可用，正是以器為喻——鏡的可鑑、杖之可倚、筆之可書、鞋之可履云云——最重要的條件。

　　值得注意的是，主張魏晉器物賦奠基於物質現實，並不意味著排除了賦家個人的意向。事實上，作為書寫的主要參與者，改變漢器物賦的模式，就意謂著魏晉的書寫可能更為主觀。因此，一個更關鍵的訊息是：魏晉的眾多器物賦中，雖然關注物質現況，但依然保持絕對主觀的觀物視角；關於物質在客觀環境中可能面臨的折舊、耗損、失效問題，在魏晉器物中並沒有完全表現出來。我們會看到，幾乎所有魏晉器物賦所描述的，都是「好的」器物。

　　按客觀情況，比方說一個瓷碗被燒製完成以後，裝食盛水的功能是具備了，但我們還會評估它伏手與否、好用與否。一旦過輕過沉、過寬過窄，難免有使用上的意見，何況在使用時間長了以後，瓷碗可能刮磨、龜裂、缺角，凡此種種，都會多少影響人們對它的功能印象。但是魏晉器物賦中沒有這個部份。這些「現實的缺陷」，要到南朝器物詩才真正「承認」。